記憶の薄暮

十七世紀英国と伝記

齊藤 美和 著

大学教育出版

まえがき

　英国で書店に入り、店内をぐるりと見渡せば、旅行ガイドや犯罪小説にかなりのスペースが割かれていることに気づくが、これらと向こうを張るようにわがもの顔で棚を占拠している、もうひとつのジャンルがある。伝記である。

　古代から現代に至るまで、他者の、あるいは自己の一生を記録し、後世に残したいという衝動に突き動かされた書き手が途絶えたことはない。そうした伝記作家たちの執筆意欲を支えてきたのは、他人の生を己の生の拠り所にして生きる、私たち読者の存在である。記された人生を、私たちはある時は生き方の指針を求め、またある時はゴシップを求めて読む。ある時は物語として、ある時は歴史として読む。人の一生は、一時の娯楽として消費されることもあれば、時代が思わぬ意義づけをすることもある。

　'biography' という語は、'writing of lives' を意味するギリシャ語に由来し、*OED* によれば、ジョン・ドライデンのプルタルコス『英雄伝』翻訳（1683年）が初出である。だが、それ以前に伝記が書かれなかったかといえば、もちろんそういうわけではない。'biography' という言葉が登場する前には、このジャンルを指す一般的呼称としては主に、'life' が用いられた。1980年代頃から文学批評などにおいて、'life-writing' が好んで採られるようになった。この呼称は主として研究者の間で用いられ、従来の伝記よりさらに広範な対象を包括する。'biography' と聞けば、私たちは書き物として、一定水準の完成度を期待するが、'life-writing' は日記や手紙、航海記録など、書き散らした雑多なメモや散漫な記録をも、その範疇に含むのである。その研究のアプローチ法は文学にとどまらず、歴史学、心理学、社会学、民俗学、ジェンダー学など、'life-writing' は多岐の学問が交叉する、まさに学際的な研究分野となっている。イギリスでは伝記研究の拠点として、オックスフォード大学ウルフソン・コレッジやロンドン大学キングズ・コレッジ、サセックス

大学などが研究センターを設け、IABA（International AutoBiographical Association）のような国際的学術協会も誕生した。

近代初期の伝記を論じた本書もまた、著書に付された前書きや献呈書簡、追悼詩など、狭義の伝記に囚われることなく考察の対象とし、また章ごとに視点を変え、17世紀の伝記を多角的に捉えることを目指した。

本書は3部6章から成る。各部を構成する二つの章は、それぞれ対照的に配されている。第1部は信仰をテーマとする。第1章では、キリスト教徒の手本として語られる殉教者たちの伝記群を児童書の観点から論じ、対する第2章では、信者たちに警告として提示される背教者フランシス・スピラの伝記を、18世紀のデフォーの海賊冒険譚のなかに見出す。第2部は自伝を扱う。第3章では、17世紀にピューリタンによって量産された回心記の代表作であるジョン・バニヤンの信仰記録を扱うが、第4章ではこれとは対照的に、女性作家マーガレット・キャベンディッシュの極めて世俗的な自叙伝を、彼女のロマンス作品「許婚」と共に俎上に載せる。近代科学の誕生により、17世紀は伝記に対する意識が大きく変化した時代である。第3部は第5章と第6章で各々、韻文と散文による伝記を対比的に配することで、女の「イデア」を謳ったジョン・ダンと、「むき出しの真実」にこだわったジョン・オーブリーの二人の伝記的著作の文体の違いが、近代における伝記に対する意識の変容を如実に反映していることを示そうとした。巻末には、マーガレット・キャベンディッシュの自叙伝全訳を附す。

文献からの日本語訳は、すべて拙訳によるものである。引用に際し、第一次文献については、併せて原文を付した。

本書は、以下の科学研究費助成金（JSPS KAKENHI）を受けた研究成果の一部として発表された論考を中心に加筆・修正を施し、一冊にまとめたものである。

(1) 研究課題名「近代英国における女性の〈偉人伝〉研究」基盤研究（C）(2)、
　　研究代表者：齊藤美和、平成25〜27年度、課題番号25370284
(2) 研究課題名「キリスト教世界における子供の殉教研究」基盤研究（C）

(2)、研究代表者：齊藤美和、平成 22 〜 24 年度、課題番号 22520244
(3) 研究課題名「ヨーロッパの自殺観」基盤研究（C）(2)、研究代表者：吉田幸子、研究分担者：久野幸子、岡村真紀子、齊藤美和、平成 14 〜 15 年度、課題番号 14510550

　ダンの『周年追悼詩』の言葉を借りるならば、本書は諸般の事情で「月足らずで産み落とされ」た。全体的なバランスにおいても、近代初期という時代背景もあって、結果として宗教的な色合いの濃い伝記に偏ることになった。包括的な研究には程遠いが、伝記文学という巨大な魚の、せめてその尾なりとも、掴むことができればと願っている。

記憶の薄暮
―― 十七世紀英国と伝記 ――

目　次

まえがき ……………………………………………………………………… i

第Ⅰ部　鑑としての伝記 ── 殉教と背教 ──

第1章　子どもと殉教者伝 …………………………………………… 2

殉教者伝とその背景　2
児童推薦図書としての『殉教者列伝』　5
児童版『殉教者列伝』　11
『殉教者列伝』の幼い読者　15

第2章　海賊冒険譚のなかの背教者伝
──フランシス・スピラと『海賊シングルトン』── ……… 22

海賊の自叙伝　22
フランシス・スピラの悲劇　24
絶望の記録 ──『スピラの悲惨な容体』── 26
増殖するスピラ　28
背教者の最期　30
背教者と来訪者　32
悪魔と自殺願望　34
絶望のパラドックス　37

第Ⅱ部　自伝のわたし語り —— 信仰と世俗 ——

第3章　獄中の魂の記録
　—— ジョン・バニヤン『溢れる恩寵』—— ……………… *44*

　　自伝的真実と偽善　*44*

　　受難者の演じる魂　*51*

第4章　マーガレット・キャベンディッシュの〈わたし語り〉
　………………………………………………… *70*

Ⅰ．前書きの〈わたし語り〉　*70*

　　マーガレットの前書き　*70*

　　書く有閑夫人　*71*

　　出版する女流作家　*76*

　　献呈する女学者　*79*

Ⅱ．『自然の素描』における〈わたし語り〉
　—— 自伝とロマンス「許婚」——　*84*

　　伝記とロマンス　*84*

　　ロマンス作家のアンチ・ロマンス宣言　*85*

　　創作と自伝　*89*

　　自伝のヒロインとロマンスの〈わたし〉　*91*

第Ⅲ部　伝記の真実 —— 記念と記録 ——

第5章　無名少女の偉人伝
　　　—— ジョン・ダン『周年追悼詩』 —— ………………………… 110
　　哀悼と伝記　110
　　破り取られた伝記　112
　　〈処女期〉で終わる完全なる人生 —— 聖女としてのエリザベス ——　115
　　〈婚姻期〉と〈寡婦期〉 —— 女体としての「世界」——　124

第6章　王立協会と近代初期イングランドにおける伝記観 … 132
　　科学の誕生　132
　　王立協会設立と新学問の定義 —— 科学的言説 VS 文学的言説 ——　132
　　伝記の伝統とベーコンの伝記観　136
　　オーブリーの「ホッブズ伝」—— 経験哲学流伝記事始め ——　140

参照文献一覧 ……………………………………………………………… 152

附　録　マーガレット・キャベンディッシュ
　　　「著者の生い立ちと生涯についての真実の話」(1656年) …… 164

初出一覧 …………………………………………………………………… 189

あとがき …………………………………………………………………… 190

索引（人名・作品）……………………………………………………… 192

第Ⅰ部　鑑としての伝記 ── 殉教と背教 ──

第1章

子どもと殉教者伝

殉教者伝とその背景

　今日も書店の児童書コーナーや初等教育機関の図書室の定番である「偉人伝」は、古くから児童教育の役割を担う代表的な文学ジャンルであった。子どもたちの模範として居並ぶ偉人たちの顔ぶれは、まさにその国、その時代の世相を映し出す鏡である。

　近代イングランドにおいて、殉教者の伝記は「偉人伝」の核であった。プロテスタント側におびただしい数の殉教者を出したメアリ一世の治世が幕を閉じると、ジョン・フォックス（John Foxe: 1516-1587）の『殉教者列伝』（*The Acts and Monuments* [1563]）[1]が出版され、殉教者の受難と栄光を語り伝えた。成人・子どもを問わず、キリスト教徒はこうした殉教者伝を信仰の糧とし、殉教者の言行を様々な場面で想起しては、それを人生の指針とした。殉教者伝が教えるのは、信仰を貫くこと、苦難に耐える堅固な忍耐をもつこと、そして肉体の死に備えることである。殉教者と改宗を迫る迫害者とのあいだのやり取りは、真の信仰とは何かを語り、迫害者によって加えられる拷問は、残虐であればあるほどキリスト教徒に求められる忍耐がいかほどのものかを示し、恍惚として神の名を唱えながら処刑台で息を引き取る彼らの壮絶な最期は、読者に*ars moriendi*の具体的実践例を提供した。

　アウグスティヌスは『神の国』において、「その神はわたしたちが神に助けを求め、彼ら殉教者たちの記憶を新たにすることによって、そうした同じような栄誉の冠と勝利を得るべく、彼ら殉教者たちをまねるようにとわたしたちを鼓舞するのである」[2]と語っている。キリスト教において、殉教者説

話は過去の信仰の戦士たちの単なる記録というだけではなく、これから戦いに赴く信徒たちに精神の訓練を促すためのものであり、それは教化文学の初期の形態であった。シュナイダー（Carl Schneider）は、その起源がヘレニズム影響下にあった後期ユダヤ教の「第四マカバイ記」その他の殉教者物語にすでにみられると指摘する[3]。中世においては、実際に異端者として処刑された殉教者はその数を減らした。しかしながら、古代ローマ帝国におけるキリスト教徒大迫害期と近代宗教改革のあいだにおいても、人々の殉教に対する崇拝と希求の念は薄らぐことはなかった。キリストの受難の観想などを通じて、殉教者をキリスト教徒の模範とする考え方は、中世にしっかりと根を下ろしていた。それは「放棄されたわけではなく、その姿形を変えただけ」[4]であった。肉体的死を前提とせず、信仰のために忍耐強く苦難を耐え忍ぶ「精神的」あるいは「白い」殉教の実践が説かれ、それは、「実際、もし人間の救いにとって耐え忍ぶにまさって益のあるものがあったならば、必ずやキリストは言葉と模範でもって、それを示されたであろう」[5]と語るトマス・ア・ケンピスの『キリストにならいて』のような手引書となって結実したのである。

　クルティウス（E. R. Curtius）は、キリスト教民間信仰の原動力となった二つの源泉として、殉教者崇拝と聖人崇拝を挙げ、文学的には前者が受難録を、後者が聖人伝（Hagiography）を生んだとし[6]、両者は互いに混じり合いながら発達するのであるが、近代の殉教者伝もまた、*passio*と*vita*が混淆したジャンルであり、受難録のトポスと手紙や日記、裁判記録などの事実に基づく記述が混在しているのが普通である。伝記というジャンルを語る際に常に意識されるのは事実と虚構の問題であるが、殉教者伝は事実よりも宗教的真実に重きを置く聖人伝の伝統から、記述の正確さは概して度外視され、特に16、17世紀のイングランドにおいては、宗教的・政治的対立を背景にしたプロパガンダとしての性質が顕著であった。エリザベス一世の治世下でプロテスタント国家としての道を歩み始めたイングランドにおいて、フォックスの『殉教者列伝』がナショナリズムの形成に一役買ったことは明らかである[7]。メアリの治世に亡命の憂き目に遭い、いまだカトリックの脅威冷め

やらぬテューダー朝を生きたフォックスにとっては、殉教者の物語が歴史の彼方に霞む「伝説」などであったはずはなく、このことが彼の語りを『黄金伝説』の著者ヤコブス・デ・ウォラギネのそれとは異なるものにしている[8]。『殉教者列伝』はエリザベス女王の即位を殉教の歴史の流れのなかで捉え、聖書や歴史に女王の治世が神意であることの予兆を確認することで、国内外の女王に対抗する勢力を迫害者として糾弾し、個々の雑多な殉教者の伝説的逸話を一つの統一された国家の歴史へと集約して、分裂に陥りかねない正統性の多元性を一元化したといえよう。

殉教が至極身近であった時代には、それは大衆によって目撃されるものであり、また血によって受け継がれるものであった。ジョン・ダンは、『自殺論』（John Donne, *Biathanatos* [1647]）の序論のなかで、自らに自殺願望があることを告白し、これは「幼少の頃から、抑圧と受難の宗教を信仰し、死を蔑むことを常として殉教を想像してはそこに心を致している人たちと共に生き、交わってきたから」（"because I had my first breeding, and conversation with Men of a suppressed and afflicted Religion, accustomed to the despite of death, and hungry of an imagin'd Martyrdome"）[9]であろうと、自殺に傾きがちな自身の心的傾向には、カトリック殉教者の家系に生まれたことが影響しているのではないかと自己分析を展開する。一方、ジョージ・フォックスのようなクエーカー教徒もまた、『日誌』（George Fox, *The Journal* [1694]）における冒頭の自伝的述懐のなかで、母方の家系に殉教者を出していることを誇らしげに告げる[10]。「殉教」が事実上廃止され、もはや歴史の彼方に退いてからも、過去の殉教者たちは、イングランドがカトリック勢力の脅威に晒されるたびに、鮮やかに復活してきた[11]。揺るぎない信仰を翳し、歓喜のうちに炎に包まれる殉教者たちの物語を、後世の人々は戦慄と興奮、そして憧れをもって読んだ。20世紀初頭になっても、『殉教者列伝』の「ぞっとするような殉教の版画」（"the gruesome woodcuts of martyrdoms"）に恐怖と興奮を覚え、自分はこうした殉教者の末裔のひとりではないかという妄想に取り憑かれた少年もいた[12]。殉教者の家系に生まれる栄誉に浴していない者も、また、殉教が遠い過去の歴史となって以降も、人々は物心がつくかつか

ぬかのうちに殉教者の物語に親しんでいた。殉教者伝は、ナショナリズムの形成（後にはその高揚）のための単なる道具ではない。それは人々の精神のより奥深いところに働きかけてきたのである。

児童推薦図書としての『殉教者列伝』

　近代においては、児童書というジャンルが現代のように確立していなかったため、大人と子どもの読む書物を区別する境界線は曖昧であった。そのようななか、フォックスによる『殉教者列伝』は子ども向けに書かれたわけではないが、近代社会において子どもに適した教育書とみなされ、聖書と並んで広く読まれるに至ったことについては、多くの児童文学史家が論じている[13]。『殉教者列伝』は1563年の英訳版出版以来、何度も版を重ね、多くの教区教会には聖書とともにこれが備えられ、牧師は説教でしばしばその一節を引用したため、信徒にとってはごく身近な書となった。また、子どもたちは教会だけではなく家庭においても、『殉教者列伝』に親しんでいたと思われる。プロテスタントの家庭においては、日曜には家族が広間に集い、一家の主人が家族や使用人たちを前に聖書からの一節を読み聞かせるという慣習があったが、聖書以外にも『殉教者列伝』がこのような場で用いられたことは、ある女性の1599年9月の日記からも知れる[14]。とはいえ、『殉教者列伝』が児童書としてまともに論じられることはまれであり、児童文学の揺籃期についての議論のなかで軽く触れられるにとどまっている。スローン（William Sloane）のいうように、「フォックスの書は……その定義を強引に拡大解釈することによってのみ、児童書と呼ぶことができよう」[15]というのが、一般的な見方であろう。しかしながら、児童書とみなすかどうかは別として、実際に子どもたちが『殉教者列伝』に様々な形で親しんでいたという事実を重くみるならば、それが若い読者の精神形成に与えた影響、そして近代の児童書に与えた影響の大きさは、強調してもし過ぎることはないだろう。

　殉教者の物語が教化文学の祖とみなされてきたことについては前に述べたが、フォックス自身もまた、自らの仕事のねらいが「教化」にあることを明

らかにしている。『殉教者列伝』の効用を論じた序論において、彼は書の目的が殉教者の顕彰のみならず、宗教的教導にあると述べる。いわく、それは「単に読むためではなく、倣うため」("not alonely to reade, but to follow")の書であり、我々の時代の殉教者は「人々の生活を矯正したその成果」("the fruite that they brought to the amendement of mens liues")を考えてみても、原始教会の殉教者たちにいささかも劣るところはない（TAMO 1563: 15-16）。さらに、カトリック信者たちに向かって語りかけた序論（"To the Persecutors of Gods truth, commonlye called Papistes"）において、「世界のいたるところで大学や学校がそなたたちに対抗し、若者たちがそこで徹底して教育されるならば、とてもそなたたちのかなう相手ではなくなるであろう」（"Vniuersities and schooles in al quarters be set vp againste you, and youthe so trayned in the same, that you shal neuer be able to match them" [TAMO 1563: 14]）と語気を強めて宣告するフォックスは、カトリック勢力の拡大阻止に若者の教育がいかに重要かを認識しており、引用からは、『殉教者列伝』の出版がその一翼を担うはずであるという、彼の自負が感じられるのである。

　フォックスが、当初ラテン語で著わした『殉教者列伝』を亡命先であるバーゼルから帰国したのちに英語に翻訳して出版したのは、読者層を広く一般大衆に広げるためであったが、版画や欄外注などにおいて工夫を凝らした結果、若年層にも親しみやすいスタイルとなった。特に、吹き出しのついた版画が文字の読めない幼子の心を捉え、視覚的効果でもって彼らの想像力に訴えかけたであろうことは、想像に難くない。ウッデン（Warren W. Wooden）は、こうした工夫が結果的に『殉教者列伝』の読者を子どもにも押し広げる一因となったばかりではなく、そもそもフォックスが「若年層をも、主たる読者として想定していた」ことを論証しようと試みる[16]。フォックス自身がどの程度、読者として子どもたちを念頭に置いていたかについては議論の余地があろうが、大人たちがこれを子どもに読ませるに適した書であると考えたことは疑いようがない。事実、近代イングランドにおいて、『殉教者列伝』はプロテスタントの子どもたちの必読書であった[17]。たとえば、1579年にはトマス・ソルター（Thomas Salter）が、読み書きを覚

えたばかりの子どもに低俗なバラッド本などを与えて感化するような親に疑問を呈し、子どもには聖書や『殉教者列伝』、子どもの手本となるような信心深く徳の高い人物の伝記といった、「教導と魂の健康」のために書かれた書を読ませるべきであるとしている[18]。児童書の先駆けとして必ずそのタイトルが挙がる17世紀のトマス・ホワイト『幼子のための小冊』（Thomas White, *A Little Book for Little Children* [1702]）もまた異口同音に、『殉教者列伝』をバラッドと対比させつつ、徳育に相応しい書として子どもたちに薦める（17-18）。子どもの教育にあたる親たちへの指南書ともいうべき『貧者のための家庭書』（*The Poor Man's Family Book* [1674]）や『家庭の信仰問答』（*The Catechizing of Families* [1683]）などを著したリチャード・バクスター（Richard Baxter）は家庭教育を重要視し、ピューリタン牧師であった彼は、青少年をキリスト者としての正しい人生に導くために『青年への勧告』（*Compassionate Counsel to All Young Men* [1681]）を出版して、若者の教化を図る。その第八章において、彼は青少年に十項の信仰の指針を示すが、その第五の指針では、神の法を真に知るために読むべき書について、こう語る。「何か有益な歴史、特に模範となる人物の伝記や、そうした人物の生涯を明らかにする追悼説教を読むことは、役に立つはずである」（"And it will not be unuseful to read some profitable history, especially the lives of exemplary persons, and funeral sermons which characterize them."）[19]。続いてバクスターは、具体的に推薦書のタイトルを挙げていくが、そのなかにはサミュエル・クラーク（Samuel Clark）やトマス・ビアード（Thomas Beard）の著作と並んで、やはり『殉教者列伝』が示される。このように、17世紀においてすでに『殉教者列伝』は児童推薦図書としての地位を確立していたが、それは後世になっても不動であったようだ。プロテスタントのあいだでは16、17世紀からすでに子どもの「魂の健康」のためにと、特に貧しい子どもや優良な生徒に賞品として書物、特に聖書や教義問答集を与えることが好まれたが、その慣習が定着したヴィクトリア朝も末の1900年に、ある日曜学校で出席率の良い学生に褒美として『殉教者列伝』が与えられたという記録が残っている。「なんという不朽の持ちの良さか」とは、ダートン（F. J.

Harvey Darton) が思わず漏らした感想であるが、『殉教者列伝』は出版以来、子どもが親しむに相応しい良書として評価され続けてきたわけである[20]。

　そもそも、『殉教者列伝』が主たる読者として子どもを想定していたとウッデンが考える根拠の一つは、そこに登場する幼子の存在である。模範とすべき幼き殉教者たちとして、大迫害期の処女殉教者エウラリアやアンティオキアの聖ロマヌスと共に殉教した幼き聖バルラスをはじめ、イングランドのジョン・ローレンスやウエールズの漁師ローリンズ・ホワイトらの物語が、『殉教者列伝』には含まれる。さらには、列伝にはこうした手本となる幼き殉教者とは逆の、忌まわしき子どもの例も提示されており、キリスト教の教えを説いた教師に暴行を加えて殺害する生徒の逸話や、親のプロテスタント信仰をカトリック側権力者に密告する子どもの伝記が含まれる。教室で神を冒涜した十二歳のデニス・ベンフィールドという少女については、欄外注において、こうした不敬な子どもには天罰が下ることが告げられ（"Blasphemy punished"）、彼女が「教訓」（"lesson"）として幼い読者に示されていることが明らかにされる（「それゆえすべての少年少女たちよ、この卑劣で愚かな娘を教訓とせよ」）[21]。17世紀には背教者の例をカタログ化した「裁きの書」（Book of Judgment）が盛んに編まれたが、これは殉教者列伝のいわば裏ジャンルである。殉教者伝が神に対して教徒はいかにあるべきかを示し、殉教によって神の救済を確かなものにするさまを例示するとすれば、「裁きの書」は神に背く行いをした者が結果、どのような報いを受けるかを、聖書や歴史上の人物をカタログ化して示す書であり、『殉教者列伝』のネガの部分が独立したジャンルであるといってよかろう。あるいは殉教者伝と裁きの書は、「鑑（mirror）の書」としてひとつのジャンルと捉えることもできるだろう。殉教者という鑑に自らを映してそれに倣うよう奨励し、逆に背教者という鑑に映し出される神の怒りに目を向けさせ、不信仰に警告を発する。クラークの『聖人と罪人の鑑』（Samuel Clarke, *A Mirrour or Looking-Glasse both for saints and sinners: wherein, by many memorable Examples is set forth, as Gods exceeding great mercies to the one, so his severe judgements upon the other* [1646]）はその典型であり、表題にこのジャンルの本質が凝

縮されている。1671年版の表紙の版画には、「バビロン」と「真の教会」がそれぞれ上部左右に対置されている。司教らしき人物たちがその周りに集う左のバビロンの教会は、傾き、倒れかかっている。中央には鏡が据えられ、それぞれの教会に属する者が覗き込んでいる。右側の人物はしっかりと鏡に目をやるが、左側の人物は額に手を当てて下を向き、絶望しているようである。General Martyrologie (1651) の著者でもあるクラークは、フォックスの影響を強く受けており[22]、図を縦割りにして左右にカトリックとプロテスタントを対照的に配す趣向自体、1563年版『殉教者列伝』の口絵を想起させるものである。クラークは書のなかで救われる者と滅びる者、つまり表題にあるように、聖人と罪人それぞれについて項目別に章を立て、聖・俗双方から例を挙げる。

　こうした「鑑の書」の児童向け版とみなすことができるのが、たとえば『子どもたちのための鑑』(Looking Glass For Children [1673]) といったタイトルが付された書である。倣うべき敬虔な子どもと戒められるべき不敬な子どもが対比的に例示され、幼い読者がそこに自らの姿を映し出し、敬虔深くあるかどうか、自己点検するように意図されている。「鑑の書」としての『殉教者列伝』はまた、17世紀児童書のベストセラーともいうべきジェイムズ・ジェインウェイの『子どもたちのためのしるし』(James Janeway, A Token for Children [1671; 1672]) の出版をも、促したのではないかと考えられる。ハント (Peter Hunt) はジェインウェイが前述のホワイトの『幼子のための小冊』に着想を得たのではないかと指摘するが[23]、この書もまた、推薦図書として『殉教者列伝』を読むよう、子どもに勧めていることから、当時の類似書の根底に『殉教者列伝』があったことがうかがえるのである。さらに直接的な『殉教者列伝』の影響がみられる箇所としては、手本とすべき少年少女のひとりとして、〈実例八〉にジョン・サドロウという「『殉教者列伝』を読むことに熱中するあまり、食事もそこそこに書に向かう」("He was hugely taken with the reading of the Book of Martyrs, and would be ready to leave his Dinner to go to his Book" [Boston,1771: 49]) 少年が紹介されるのである。『子どもたちのためのしるし』が実例として示す子どもたちは、

殉教ではないものの、例外なくみな、幼くして命を落とす。ピューリタンにとって聖書が子どもに読ませるべき第一の書であったことは断るまでもないが、敬虔な生活を送っているかどうか、常に良心に照らし自己点検を迫られていた彼らにとってみれば、子どもに対して神の福音を説き、宗教的自覚を促すための方策として、身近な同年代の「選ばれた子」と「呪われた子」の例を示し、彼らに照らして自らの行いを精査するよう幼い心に働きかけることが、より有効であると思われたのではないかと考えられる。

児童向けの教育書という観点から見た場合、確かに殉教者伝には、読者と同年代の子どもたちをヒーローとして描くことができるという、他の英雄伝にはない利点がある。剣を手に戦うことができない女・子どもは、英雄伝からは弾き出される存在であったが、その受け身の攻撃性ゆえに、無力な彼らも殉教者としては英雄たりえたからである。『子どもたちのためのしるし』に類する児童向け読本には、夭折した子どもらに加え、幼い殉教者たちが取りあげられることが、ままあった。「マカバイ記」の七人の息子とその母や聖エウラリア、七歳の聖バルラスなどが、その例である。なかでも七人の息子と母の逸話は、オリゲネス『殉教の勧め』第三部で若者の殉教の手本とされており、児童書においても繰り返し語られる定番の殉教者伝となった。「マカバイ記」において、律令学者で長老であるエレアザルの殉教に続いてこの親子の殉教が語られるのは、ユダヤの民が自らの模範となる人物を見いだすことができるように、殉教者のタイプに多様性をもたせようとしたためであろう。この逸話はキリスト教会でもよく知られ、カトリック、プロテスタント、アナバプティストを問わず語り継がれてきたが[24]、七人の兄弟が順に、そして最後に母親が拷問にかけられるという物語展開は、反復やそれにより徐々に高まる善悪の緊張関係といった童話の要素を備えており、近代の児童書でも繰り返し用いられてきた逸話である[25]。『子どもたちのためのしるし』の人気にあやかってか、1709年か、おそらくそれ以前に出版された『若者のためのしるし』（*A Token for the Youth*）（作者未詳）は、『子どもたちのためのしるし』を含む他の児童書からの抜粋の継ぎ接ぎという体を取った書であるが、冒頭には七人の息子と母をはじめ、聖バルラスや三人の

処女聖人アグネス、カエキリア、テオドラといった、『子どもたちのためのしるし』にはなかった幼い殉教者たちについての記述が据えられている。このことは、「敬虔な子」の極限にあるのは殉教であると、当時の人々が自然に理解していたことを示しているといえよう[26]。

児童版『殉教者列伝』
　『殉教者列伝』が児童推薦図書として定着する過程において、子どもを念頭に置いた新たな版が現れる。そもそも、二折版の大冊で高価なオリジナル版が流通に不向きであったのは、明らかである。ハラー（William Haller）は、版を重ねた『殉教者列伝』が17世紀末までには一万部ほど出回っていたのではないかと述べているが[27]、教会に備えつけられるだけではなく、個人で購入する読者を想定して価格を抑え、冊子も四折版、さらには十二折版のサイズに収めた版が出回るようになり、こうした縮約版は読者層を一気に広げる役目を果たしたのである[28]。さらに18世紀には、ニコルソン（Eirwen Nicholson）らが「劣悪」（"bastard"）版と呼ぶところの、大衆向けの版が広がりをみせる[29]。19世紀になると、反カトリック気運に後押しされ、『殉教者列伝』人気が再び爆発的に高まった。ハントは『殉教者列伝』の異なる版がおよそ三十も世に出、そのなかには子どもたちが日曜学校で使うために刷られたものもあったと指摘する[30]。
　様々な縮約版のなかには、単に「嵩を減らした」だけではなく、聖書と同様、子どもの読者に配慮した文体や趣向がみられる版が存在する。例えば、17世紀には "Water Poet" こと、ジョン・テイラー（John Taylor）が、『殉教者列伝』を238の対句にまで凝縮し、六十四折版の手のひらサイズのミニチュア本『殉教者の書』（The Booke of Martyrs [1616]）として出版している。テイラーはこれを、読むための本というよりは「愛でる本」（カスタンの言葉を借りるならば、"a curiosity piece"[31]）として世に出したという考え方もできよう。しかしながら、詩が子どもを惹きつけ、記憶を助ける教育に適した形式であることは、アイザック・ワッツ（Isaac Watts）を待たずとも認識されていた。もちろん、殉教者たちの受難を芸術的形式に昇華する試みとし

て、スペイン詩人プルデンティウスの『殉教歌』(Peristephanon) のように、古くから殉教録のテクストはその詩的翻訳がなされてきた。しかし、テイラーの場合、個々の殉教者に対してはほとんど関心が払われておらず、むしろ殉教の歴史を概観する淡白な内容である。この縮約版『殉教者列伝』出版以前に、彼は子ども向けの聖書のミニチュア本（いわゆる"thumb bible"）のはしりである Verbum Sempiternum (1614) を手掛けて聖句の韻文化を試みており、彼の『殉教者の書』はこの仕事の延長線上にあると考えてよかろう。

　子どもを念頭に置いた『殉教者列伝』の縮約版は、途切れることなく出版され続けた。19 世紀には Jetta S.Wolff, *Stories from the Lives of Saints and Martyrs of the Church Told in Simple Language* (1890) や、童謡作家として児童文学史に重要な位置を占めるアンとジェインの父であり、『児童版天路歴程』(*Bunyan Explained to a Child* [1824]) を著したことで知られる版画家アイザック・テイラー (Isaac Taylor) による『児童版殉教者伝』(*A Book of Martyrs for the Young* [1826]) が出版されている[32]。しかしながら、縮約版『殉教者列伝』はこのように単独で出版されるよりは、児童向け読本の一部に組み入れられるというケースのほうが多く見受けられる。この場合、膨大な『殉教者列伝』からごく限られた殉教者が選び出され、記述も極度に簡略化される。たとえば、カトリック陰謀事件の最中に出版された Benjamin Keach (?), *The Protestant Tutor. Instructing Children to Spel and Read English* (1679) は、冒頭の献呈書簡のなかで、国の子どもたちに有害な影響を与えているカトリック側の児童向け読本に対抗する狙いがこの書にあることを明らかにする。アルファベットや音節、綴り、聖書からの抜粋、教義問答といった基本的な教材とともに、メアリ女王の治世、アルマダの海戦、火薬陰謀事件、さらにはエドマンド・バリー・ゴドフリーの変死といった出版直前の事件に至るまでの、反カトリック的スタンスを明瞭に打ち出した歴史的記述に混じって、「イングランドの殉教者および国王小史」(98-117) と題されたパートがある。歴代の王の治世に沿ってローマとの対立を軸に殉教者を挙げていくが、イングランドの歴史の流れのなかに殉教者たちを据えるこのスタイルは、『殉教者列伝』のそれと合致する。というのも、フォックスはデ・

ウォラギネというよりは『教会史』(Historia Ecclesiastica) を著したエウセビオスの後継者という意識で『殉教者列伝』を著したのであり、『殉教者列伝』は単に独立した個々の殉教者の物語の集成ではなく、イングランドにおける宗教史を大陸のそれのなかに位置づけながら、国の世俗的歴史と連動する形で描き出す歴史書なのである[33]。児童向け読本のなかの殉教者伝は、小規模ながらも、『殉教者列伝』のこの歴史書としてのスタイルを保っているのである。

　殉教者たちがこのように「群れ・総体」として示される一方で、単独で好んで取り上げられる殉教者もいる。その一人は、ジョン・ロジャーズである。フォックスは彼のことを「メアリ女王の治世において苦難を経験した、祝福されたすべての殉教者のなかの最初の原-殉教者であった」("the first Protomartyr of all that blesed company that suffered in Queene Maries time" [TAMO 1570: 1703]) と記す。ロジャーズは、彼のあとに続く同じく聖職にあった殉教者たちはもとより、メアリ治世下の全ての殉教者たちの範として示される。フォックスの記述は、ロジャーズの審問の様子について本人が書きつけた記録に依拠しているが、これは処刑後、牢獄の片隅に残されているのを、彼の妻と息子が見つけたとされる (TAMO 1570: 1702)。家族の存在は彼の殉教を特徴づける要素の一つであり、あとに残されることになる妻と十一人の子どもたちへの気遣い、焚刑に処される前に妻と短い言葉を交わしたいとの彼の申し出が却下されたこと、そして処刑場のスミスフィールドへ向かう道中、妻と乳飲み子を含む十人の子どもたちと出会うシーンの記述などは、読む者の心に訴えるが、フォックスはそれによって不撓不屈の殉教者のイメージを壊すことは避け、家族愛から心を乱すことなく信仰を貫くロジャーズ像を築く[34]。彼が処刑を待ちながら子どもたちに書き残したとされる The Exhortation of Mr. Rogers to His Children (1559) に含まれる辞世の唄は、単独のみならず、ジョン・ブラッドフォードの "the complaint of veritie" と併せてパンフレットの形で出版されたり (The Complaynt of Veritie made by John Bradford. An Exhortacion of Mathewe Rogers [1559])、あるいはアメリカでは The Protestant Tutor for Children (Boston, 1685) や New Eng-

land Primer (Boston?, ca.1700) といった子どものための教本に好んで取り入れられたりしている[35]。「子どもたちよ、わが言葉に耳を傾けよ／……／わが法をその心にとどめ／記憶に刻め」("GEue eare my children to my words, /... / Lay vp my lawe within your harte, / And printe it in your thought.") に始まる冒頭から、この辞世の唄が訓戒として子どもたちの胸に刻まれるようにと意図されていることは明白であり、父の死後、これを座右の書とし、彼のあとに続くようにと子らに促す。

　　おまえたちにこの小冊を残そう
　　みれば心にこの父の
　　顔が思い浮かぶよう
　　わが身がこの世、去りしとき。
　　I leaue you heare a lytle booke,
　　For you to loke vpon:
　　That you maye se your Fathers face,
　　When I am deade and gone. (*TAMO* 1563: 1332)

　スローンは、17世紀の児童書は主に三つのカテゴリーに分けられると考える。民話、教訓書、そして宗教書である。二つ目のカテゴリーのなかには、「作法文学」(courtesy literature) と呼ばれるところの伝統的ジャンルが含まれるが、そのもっとも好まれた形態として、親が子に施す処世訓が論じられる[36]。親の説諭は、ことに臨終の床という場面において、重みを増すであろう。出産により母親が命を落とす割合の高かった時代には、自らの死を覚悟して出産に臨む母親が、生まれてくる子に人生の指針を書き残すといったことがままあった。死後、出版されて版を重ねたものもあり、死に逝く母から子への教訓というスタイルが、人々の心を惹きつけるものであったことがうかがえる[37]。そして、産室とともに処刑場もまた、教訓書を生み出す場であった。処刑を控えた者が肉親らに残した辞世の言葉は、ブロードサイドに刷られ、処刑見物にやってきた野次馬が記念に「みやげ」として持ち帰ったというが、自らの死を覚悟した親から子への最期の箴言というテー

マは、チャップブックの定番のひとつでもある[38]。ワット（Tessa Watt）は近代初期における廉価本を論じた研究のなかで、こうした書き物の原型にソロモンの箴言があると指摘し、「教えを施す賢明なる父」として、ソロモンという聖書中の人物に次いで権威あるモデルであったのが、プロテスタント殉教者であったとして、ごく初期の例としてロジャーズを取りあげる[39]。彼の辞世の唄で説かれている内容は、カトリックへの敵愾心がむき出しになった箇所があるものの、肉慾や高慢を諌め、貧しき者に施すことといった、ごく一般的なキリスト教的モラルが語られており、それ故にこの詩が長く児童書のなかで引用され得る普遍性をもつことになったと思われる。

『殉教者列伝』の幼い読者

　これまで論じてきたように、大人は殉教者伝を子どもの教育に資すると考え、推薦書として子どもたちに薦めたり、児童向け読本の一部に盛り込んだりした。では、読者である子どもたちは、殉教者伝をどのように受容したのであろうか。

　メイグス（Carnelia Meigs）は、初期児童文学において『殉教者列伝』が揺るぎない位置を占めていたことについてははっきりと認めながらも、大人が子どもに読ませたがったのであって、児童が進んで読んだという記録はないと主張する[40]。だが、これはあまりに独断的な見解ではないだろうか。本当に殉教者伝を進んで読むような子どもはいなかったのであろうか。メイグスは、幼い子どもには殉教シーンの残虐性が耐え難かったであろうと考えているようである。しかしながら、マザーグースやグリムなどをはじめとする児童文学のもつ暴力性についての研究が進んだ今日では、むしろ*Oxford Companion to Children's Literature*の次のような主張のほうが、より受け入れられるであろう。「その身の毛もよだつ処刑の記述にもかかわらず（いや、恐らくそれゆえに）、特に殉教者と迫害者の対話における生き生きとした読みやすい文体は、即、若い読者を惹きつけるものであった」[41]。あるいは、ハントの次の見解――「子どもたちは（フォックスの『殉教者列伝』を）小気味よい語りと対話、そして何よりも版画のぞっとする威力に惹きつけら

れて、よく読んだ」[42]——に要約されているように、『殉教者列伝』には子どもたちを惹きつける要素が多分にあった。『イングランドの名士伝』(*The Worthies of England* [1662])を出版して各地方の名士の略伝を紹介したトマス・フラー(Thomas Fuller)は、幼少の頃に『殉教者列伝』の版画を目にして心奪われた、まさにこうした子どもの一人であった[43]。

だが、特に興味深いのは、少女に与えた殉教者伝の影響である。八歳でこの世を去った娘サラ・キャム(Sarah Camme)の短い一生を綴った伝記 *The Admirable and Glorious Appearance of the Eternal God* (1684)のなかで、クエーカー教徒の両親は、娘が読み書きができるかできないかの年頃でもう、『殉教者列伝』の一節を暗記していたと記録する[44]。一方、子どもに『殉教者列伝』を薦める親と、その書に強く感化され、幼心に殉教願望を募らせる子どもの姿を詳らかに描いた19世紀の例として注目したいのは、*The Christian Lady's Magazine* 等の編集を手掛け、1837年に『殉教者列伝』の縮約版を出版したシャーロット・エリザベスの『回想録』(Charlotte Elizabeth, *Personal Recollections* [1841])の一節である。少女期の回想によると、内容は理解できなくとも絵は見られるだろうといって父親が渡してくれたフォックスの『殉教者列伝』の版画を、シャーロットは何時間も飽きることなく書に覆いかぶさるようにして「胸を高鳴らせながら、目がチクチク痛むまで」("with aching eyes and a palpitating heart")食い入るように見つめ、ついには「ほおを紅潮させて」("with burning cheeks")父親を見上げ、こう尋ねたという。「パパ、私、殉教者になっていい?」("Papa, may I be a martyr?")[45] 殉教に激しく憧れる少女たちにとって、迫害の時代と比較したとき、今の安穏とした信仰生活が耐え難く映ったことであろう。同じくヴィクトリア朝に生を享けたアニー・ベサントは、『自叙伝』(Annie Besant, *An Autobiography* [1893])のなかで、子ども心に生まれてくるのが遅すぎたと、いつも悔やんでいたと回顧する。

　　私はキリスト教の初期の殉教者の物語を読んで、こんなにも遅れてどのような受難もありえない時代に生まれたことを、激しく嘆いた。私はローマの裁判官

やドミニコ修道士の審問官の前に自分が立ち、ライオンに向かって投げ出されたり、拷問にかけられたり、火焙りにされる白昼夢に何時間も耽ったものだ。……だが、いつもはっとして現実に返ると、そこには為すべき英雄的行為も、立ち向かうべきライオンも、挑むべき裁判官も存在せず、ただ、なにがしかの退屈な勤めがあるだけであった。すでに偉業はすべて為されたあとであり、この時代には新宗教のために説教をしたり、苦難を味わったりするチャンスはないのであって、自分は生まれてくるのが遅すぎたのだと、苛立ちを覚えた。

I read tales of the early Christian martyrs, and passionately regretted I was born so late when no suffering for religion was practicable; I would spend many an hour in daydreams, in which I stood before Roman judges, before Dominican Inquisitors, was flung to lions, tortured on the rack, burned at the stake; . . . But always, with a shock, I was brought back to earth, where there were no heroic deeds to do, no lion to face, no judges to defy, but only some dull duty to be performed. And I used to fret that I was born so late, when all the grand things had been done, and when there was no chance of preaching and suffering for a new religion.[46]

彼女の殉教への憧れには、形骸化した宗教への落胆と、英雄になり損ねたという少女の苛立ちが垣間見られる。

イングランドでは、1829年にカトリック解放令が可決したことで高まった反カトリック感情が、1850年の俗にいう「カトリックの侵略」(Papal Aggression) でピークに達した。カトリックの脅威が声高に叫ばれるなか、蘇ったのはメアリ女王治世下のプロテスタント殉教者たちであった。この時期、アン・アスキューやローズ・アリンといったメアリ治世下の女殉教者の伝記が相次いで小説化され、カトリックによるプロテスタント迫害が遠い過去の歴史ではなく、今まさに直面している危機であることを告げた。バースタイン (Miriam Elizabeth Burstein) が「宗教改革物語」("reformation tale") と呼ぶところのこうした歴史ロマンスは、やはりフォックスを典拠としているが、主な書き手は女性であり、たいていはthe Religious Tract Societyのようなごく限られた出版社から、安価、もしくは無料で配布され、読者として

は少女たちが想定されていたと思われる[47]。アニー・ベサントが「生まれてくるのが遅すぎた」と地団太を踏んだように、こうした女殉教者の伝記を読んで殉教に憧れた少女たちもいたことであろう。殉教者伝においては、少女たちも等しく英雄の扱いを受ける。殉教とは女性が伝統的なジェンダー規範を超えてなお、賞賛の的となる稀有な行いであり、勇敢な女たちの姿を余すところなく伝える殉教者伝から、少女たちは他の教育書や小説からは得られない興奮を得たに違いないのである。

注
1) 各版からの引用は、主に以下に依る。Mark Greengrass and David Loades, *John Foxe's The Acts and Monuments Online*（以下、引用に際しては、*TAMO* と略記）U of Sheffiield www.johnfoxe.org/
2) 『アウグスティヌス著作集』第12巻「神の国」(2) 茂泉昭男・野町啓訳（教文館、1982年）234頁。
3) 佐藤吉昭『キリスト教における殉教研究』（創文社、2004年）118頁。
4) Brad S. Gregory, *Salvation at Stake: Christian Martyrdom in Early Modern Europe* (Cambridge, Mass.: Harvard UP, 1999) 50.
5) トマス・ア・ケンピス『キリストにならいて』池谷敏雄訳（新教出版社、1984年）99頁。
6) Ernst Robert Curtius, *European Literature and the Latin Middle Ages* [1948], trans. Willard R. Trask (Princeton: Princeton UP, 1990) 425.
7) William Haller, *Foxe's Book of Martyrs and the Elect Nation* (London: Ebenezer Baylis and Son, 1967), esp. Ch.VII.
8) Helen C. White, *Tudor Books of Saints and Martyrs* (Madison: U of Wisconsin P, 1963) 140.
9) John Donne, *Biathanatos* [1647], ed. Ernest W. Sullivan (London: U of Delaware P, 1984) 29.
10) George Fox, *The Journal* (London: Penguin Books, 1998) 3.
11) 18世紀における反カトリシズムと『殉教者列伝』については、Colin Haydon, *Anti-Catholicism in Eighteenth-Century England, c.1714-80: A Political and Social Study* (Manchester: Manchester UP, 1993) 131-161.
12) Margaret Aston and Elizabeth Ingram, "The Iconography of the *Acts and Monuments*," *John Foxe and the English Reformation*, ed. David Loades (Aldershot: Ashgate Publishing, 1997) 67-68.

13) William Sloane, *Children's Books in England and America in the Seventeenth Century* (New York: King's Crown P, 1955) 50; Cornelia Meigs, Anne Thaxter Eaton, Elizabeth Nesbitt and Ruth Hill Viguers, *A Critical History of Children's Literature* (New York: Macmillan Publishing, 1969) 38-39; Jane Bingham and Grayce Scholt, *Fifteen Centuries of Children's Literature* (London: Greenwood P, 1980) 66; Peter Hunt, *Children's Literature: An Illustrated History* (Oxford:Oxford UP, 1995) 21; Peter Hunt, ed. *International Companion: Encyclopedia of Children's Literature* (London: Routledge, 1996) Vol.1: 241.

14) Andrew Cambers, *Godly Reading: Print, Manuscript and Puritanism in England, 1580-1720* (Cambridge: Cambridge UP, 2011) 90-92.

15) Sloane, *Children's Books*, 89n4.

16) Warren W. Wooden, *Children's Literature of the English Renaissance* (Lexington: U P of Kentucky, 1986) 8.

17) Bingham and Scholt, *Fifteen Centuries of Children's Literature*, 66.

18) Sloane, *Children's Books*, 9-10.

19) Richard Baxter, *The Practical Works of Richard Baxter*, 4vols. (London:1838) 4: 17.

20) F. J. Harvey Darton, *Children's Books in England: five centuries of social life* (Cambridge: Cambridge UP, 1982) 324.

21) Wooden, *Children's Literature of the English Renaissance*, 78-83.

22) Patrick Collinson, "John Foxe and National Consciousness," *John Foxe and his World*, ed.Christopher Highley and John N.King (Burlington: Ashgate, 2002) 31.

23) Hunt, *Children's Literature*, 21.

24) Gregory, *Salvation at Stake*, 123.

25) 七人の息子と母の物語は、その版画もしばしば再利用されたようである。Darton, *Children's Books in England*, 54.

26) Samuel Crossman, *The Young Man's Calling*（1678. *Young Mans Monitor* [1664]の改題）には、これを出版した編集者ナサニエル・クラウチ（Nathaniel Crouch）が他の出版物から借用して付け加えた「立派な少年少女の伝記についての記録」と見出しのついた、古今の若き王位継承者や殉教者の苦難や栄光についての記述があり（189-410）、ここには七人の息子と母をはじめ、聖エウラリアなどの残虐な拷問に耐えて信仰を貫いたことで知られる幼い殉教者も含まれている。E.Cole, *The Young Schollar's Best Companion* (1690) は、食前食後の祈りや行儀作法、ABCから算術までを含む包括的な教科書であることを表紙で謳っているが、「カトリック圧制下における殉教」と題した殉教者列伝を含む（111-125）。

27) Haller, *Foxe's Book of Martyrs*, 13-14. 16、17世紀に出版された版については、John N. King, *Foxe's Book of Martyrs and Early Modern Print Culture* (Cambridge: Cambridge UP, 2006) 92-161 参照。

28) David Scott Kastan, "Little Foxes," *John Foxe and his World*, ed. Christopher Highley and John N. King (Aldershot: Ashgate Publishing, 2002) 117-129.

29) Eirwen Nicholson, "Eighteenth-Century Foxe: Evidence for the Impact of the *Acts and Monuments* in the 'Long' Eighteenth Century," *John Foxe and the English Reformation*, ed. David Loades (Aldershot: Ashgate Publishing, 1997) 169.

30) Hunt, *Children's Literature*, 23.

31) Kastan, "Little Foxes,"125.

32) Humphrey Carpenter and Mari Prichard, *Oxford Companion to Children's Literature* (Oxford: Oxford UP, 1984) 190.

33) White, *Tudor Books of Saints and Martyrs*, Ch.VI.

34) John R. Knott, *Discourses of Martyrdom in English Literature, 1563-1694* (Cambridge: Cambridge UP, 1993) 22.

35) フォックスはこの辞世の唄をロジャーズと同年の 1555 年に殉教したロバート・スミスが残したものとしており、議論の分かれるところである。

36) Sloane, *Children's Books*, 8, 28-43. 作法書については、Darton, *Children's Books in England*, 45; Bingham and Scholt, *Fifteen Centuries of Children's Literature*, 55 参照。

37) Judith Gero John, "I Have Been Dying to Tell You: Early Advice Books for Children," *The Lion and the Unicorn* 29 (2005) : 57-61; Andrea Brady, *English Funerary Elegy in the Seventeenth Century: Laws in Mourning* (Basingstoke: Palgrave Macmillan, 2006) 200-201.

38) Margaret Spufford, *Small Books and Pleasant Histories: Popular Fiction and Its Readership in Seventeenth-Century England* (London: Methuen & Co., 1981) 201-203.

39) Tessa Watt, *Cheap Print and Popular Piety, 1550-1640* (Cambridge: Cambridge UP, 1991) 99-101.

40) *A Critical History of Children's Literature*, 38.

41) *Oxford Companion to Children's Literature*, 190. 児童文学にみられる残虐性については、Maria Tatar, "'Violent Delights' in Children's Literature," *Why We Watch: The Attractions of Violent Entertainment*, ed. Jeffrey H. Goldstein (Oxford: Oxford UP, 1998) 69-87.

42) Hunt, *Children's Literature*, 21.

43) Thomas Fuller, *Good Thoughts in Bad Times* (Boston, 1863) 75.

44) C. John Sommerville, *The Discovery of Childhood in Puritan England* (Athens: U of Georgia P, 1992) 63; Sloane, *Children's Books*, 52.

45) Charlotte Elizabeth, *Personal Recollections* [1841] (Charleston: Biblio Bazaar, 2008) 20-21.

46) Annie Besant, *An Autobiography* [1893] (Gloucester: Dodo P, 2007) 22.

47) Miriam Elizabeth Burstein, "Reviving the Reformation: Victorian women writers and the

Protestant historical novel," *Women's Writing* 12 (2005) : 74-75. ローズ・アリンの小説については、Burstein, "Reinventing the Marian Persecutions in Victorian England," *Partial Answers* 8 (2010) : 341-364 参照。

第2章

海賊冒険譚のなかの背教者伝
—— フランシス・スピラと『海賊シングルトン』——

海賊の自叙伝

　ダニエル・デフォー（Daniel Defoe: 1660-1731）の『海賊シングルトン船長の生涯と冒険』（*The Life, Adventures and Piracies of the Famous Captain Singleton* [1720]. 以下、『海賊シングルトン』と略記）[1)]の主人公は、二歳の頃、人さらいに誘拐されてジプシーの女に売られ、この女の死後、大工に弟子入りするが、造船の手伝いに駆り出された際、依頼主の船長に気に入られて船乗りとなり、十二歳になるかならぬかで航海の旅に出る。自らの半生を振り返る自叙伝の形式を借りて一人称で語られるのは、ポルトガル船の船員たちの反乱をきっかけに船乗りから海賊へと転身、反乱分子たちと共に置き去りにされたマダガスカルから脱出すると、アフリカ大陸を横断、乗っ取った船で大洋の覇者となるシングルトンの、奇想天外な冒険の数々である。この物語に筋書きらしい筋書きはないが、後半にはひとつの内面劇が用意されている。すなわち、主人公の回心である。

　誘拐され、孤児同然となったシングルトンは、幼い頃から保護者同然であった老人を殺害しようと虎視眈々とその機会をうかがう悪童であり、彼自身の言葉を借りるならば「根っからの盗人」（"an original Thief" [140]）である。悪行の限りを尽くし、海賊業に精を出すシングルトン船長であるが、ある日未曾有の大嵐に見舞われ、雷が船を直撃する。すさまじい稲光と雷鳴に襲われて放心状態のなか、かつてない恐怖を味わった彼は、これまでの罪深い自身の生き方を初めて自覚するのである。「この瞬間、自分は天によって永劫の破滅に沈められる運命にあると思った」（"I thought my self doom'd by Heaven to sink that Moment into eternal Destruction;"）と当時を述懐するシングルトンはこのとき、神が「自らの復讐の執行人」（"the Executer of his own Vengeance"）となって彼を裁くと確信したのだと語る。

> 私が陥った混乱を表現できるとすれば、それはシャドウェルの［ジョン・］チャイルドやフランシス・スピラの事例を知る者をおいて他にあるまい。これを言い表すことなど、とてもできない。私の魂は当惑と驚愕に襲われた。私は自分がまさに無窮へと沈んでいき、私に罰を下す神の裁きを受けねばならぬと思う一方で、誠実な悔悛者なら心が動き和らぐものだがその兆しはついぞなく、罰に対して心を悩ませはするが犯した罪そのものに苦悩することはなく、復讐に怯えはするが有罪となることは恐れず、これから受けることになる罰を思うと心底震え上がったが、罪への志向は相変わらずであった。
> Let them alone describe the Confusion I was in, who know what was the Case of [John] *Child* of *Shadwell*, or *Francis Spira*. It is impossible to describe. My Soul was all Amazement and Surprize; I thought my self just sinking into Eternity, owning the divine Justice of my Punishment, but not at all feeling any of the moving, softning Tokens of a sincere Penitent, afflicted at the Punishment, but not at the Crime, alarmed at the Vengeance, but not terrify'd at the Guilt; having the same Gust to the Crime, tho' terrified to the last Degree at the Thought of the Punishment, which I concluded I was just now going to receive. (195)

強い悔悛の念と激しい絶望に突如打たれたこの瞬間の心境を読者に伝えるために、語り手はここでチャイルドとスピラという二人の人物の名を挙げている。いずれの人物についても、このように唐突に挿入されるだけで詳細は語られないことから、彼らの名が 18 世紀の読者には広く知られており、何らかの固定したイメージなりメッセージなりを想起させる効果があったことがうかがえるのである。では二人は一体、いかなる人物であったのだろうか。

フランシス・スピラの悲劇

　1548年12月27日。イタリア北東部パドゥア近郊の小さな町チタデラで、一人の男が息を引き取った。彼の名はフランチェスコ・スピエラ（Francesco Spiera）。英名フランシス・スピラ（Francis Spira）である。1502年、イタリアに生まれ、博学かつ雄弁な人物として、法曹界でもよく知られた弁護士であった。家庭においても十一人の子宝に恵まれ、裕福な生活を送っていたと思われる。その彼に転機が訪れたのは、四十代半ばのこと。プロテスタントに改宗したのである。初めは身内に止めていた布教活動も、次第にその範囲を広めてパドゥアの人々の心を捉え始めたため、カトリック側の危機感が強まる。甥と共にヴェニスに召喚されると、1548年5月25日、異端審問が始まった。異端の書を所有していたことなどから、彼の有罪は免れ得ない状況となる。財産の没収、さらには死罪の判決を恐れるあまり、スピラは心ならずも信仰を撤回してチタデラに戻ると、命じられるがままに町の群集の面前で自らの過ちを認め、カトリックに回帰したことを宣言したのである。

　このときから、彼の精神錯乱が始まる。キリストを裏切ったからには永劫の苦しみを味わうであろうという神の声を、彼は聞く。真の信仰を貫けという良心の声に従わずに信仰を撤回したスピラは、悪魔に取り憑かれ、神に見捨てられたと確信した。彼の阿鼻叫喚は、周りを困惑と恐怖に陥れる。パドゥアで療養する彼のもとに医師が呼ばれたが、施す手はないと匙を投げる。続いて高名な学者や司教が立ち代わり彼を訪れては、その魂を慰めようとするが、効果は見られず、絶望に悶え、食事を拒み、スピラは死を望んでいるようであった。実際、ナイフで自殺を図るも未遂に終わり、ついには救いを見いだすことなく、衰弱死する。

　スピラ事件のあらましは、ざっとこのようなものである。16世紀のイタリアに生きたこのフランシス・スピラという名の男の運命は、16世紀、17世紀のヨーロッパでは非常によく知られた悲劇であった。イングランドも例外ではない。事の顛末を記録したパンフレットが出版され、また、スピラの名が当時の様々な文献に登場する。スピラをめぐる出版物のなかでも、

彼の死から二年後、1550 年にラテン語で出版された*Francisci　Spierae, qui quod susceptam semel Evangelicae ueritatis professionem abnegasset, damnassetque, in horrendam incidit desperationem*は、後に続く出版物が依拠してきた文献として非常に重要であり、また、カルヴァンその人が序文を引き受けているという点においても、注目に値する。*Francisci Spierae*は、病床のスピラを訪れ、直接会話を交わした人物たちによる記録や書簡、所見をまとめる形で出版されたのであり、悲劇の目撃者たちによる生々しい描写として、読者に与えた衝撃は大きかったと想像できるのである。全181頁からなるこの書の出版と前後して、収められた書簡や記録が単独でも出版されている。さらに、この逸話がヨーロッパに広まると、単に翻訳が出回るだけではなく、各国でスピラを題材にした詩が作られ、劇に脚色され、また、様々な書物に取入れられたのである[2]。

　イングランドにおいても、スピラ伝の受容は多様であるが、主に以下の三種に分類可能であろう。（一）．手記、伝記 ── Nathaniel Bacon, *A Relation of the Fearefull Estate of Francis Spira*（1637/8）や、マッテオ・グリバルディ（Matteo Gribaldi）書簡の英訳 *A Notable and Marveilous Epistle* (1550) など、翻訳を中心とする。（二）．宗教的解釈 ── Robert　Bolton, *Instructions for a Right Comforting [of] Afflicted Consciences* (1631) など、スピラの破滅を宗教的見地から議論・分析した書。（三）．文学形式 ── *A Ballad of Master FFrauncis an Italian a Doctor of Lawe who denied the lord JESUS*（残念ながら、現存しない）や、道徳劇 Nathaniel Woodes, *The Conflict of Conscience* (1581) など、バラッドや劇などの文学作品。この他、スピラ事件を主題とはしないが、彼の名に言及し、またその逸話の概要を挿入している文献は数多い。ピューリタン聖職者たちが著作のなかでスピラに言及していることを考えれば、説教においても、彼の名は頻繁に引用されたであろうと推測できる[3]。

絶望の記録 ――『スピラの悲惨な容体』――

　なかでも最も広く読まれたと考えられるのが、先の分類（一）に挙げたナサニエル・ベーコンの『フランシス・スピラの悲惨な容体に関する記録』（*A Relation of the Fearefull Estate of Francis Spira*: 以下、『スピラの悲惨な容体』と略記）である[4]。ベーコンのこの出版物は 1800 年までに十一版を数え、それ以降も 19 世紀半ばまで版を重ね続けている[5]。また、初版出版前にも手稿の形で回覧されていたことは、それ以前の写しが存在することから明らかである。『スピラの悲惨な容体』が綴るスピラについての伝記的記述の中心は、プロテスタント信仰撤回後、彼が病床で来訪者らと交わす対話であり、その対話から露わになる、癒しようのない彼の絶望である。

　『スピラの悲惨な容体』の記述によれば、絶望は背教後、直ちにスピラを襲っている。信仰撤回により名誉と財産、そして家族を守ることができ、安堵したスピラであったが、その直後、神の怒りの声を聞く。「邪な者よ、わたしを否み、わたしに服従するという誓約を翻し、誓いを破ったからには、おまえは背教者である、永劫の呪いを受けるがよい」（"*thou wicked wretch, thou haste denyed mee, thou hast renounced the covenant of thy obedience, thou hast broken thy vow, hence Apostate, beare with thee the sentence of thy eternall damnation:*"）。スピラは畏れてその場に卒倒し、そのまま病の床に伏す（30-31）。スピラに起こったこの異変を目の当たりにして、人々の判断は分かれる。肉体的な病か、メランコリーからくる狂気か（32）、はたまた悪魔のなせる仕業なのか（91）。錯乱の原因を測りかねて困惑する周囲の者たちを尻目に、スピラ自身の判断は始めから一貫している。病の治療に訪れた医者に、彼は薬で治る病ではないと自ら診断を告げ、キリストという医師による以外は治癒の見込みがない「罪の意識と神の怒り」（"*sense of sinne, and the wrath of God*"）による魂の病であると語る（36）。次いでスピラの魂を慰めようと、今度は友人たちが彼のもとを訪れ、神の恩寵を繰り返し説くが、スピラは彼らに向かって「わが罪は神の慈悲も及ばぬほど重い」（"*My sinne is greater then the mercy of God*" [41]）と応じ、自身をカインやユダに譬える。「わたしは、慈悲への希望を全て捨て去り絶望に陥った、カインや

ユダのような滅びる者である」("I am a Reprobate like Cain, or Iudas, who casting away all hope of mercy, fell into despaire;" [42-43])。この後、訪れる様々な来訪者とスピラとの間で会話が交わされるが、常に対話の要になっているのは、この「希望」と「絶望」という、信仰の両極に据えられる概念である。

マリー（Alexander Murray）によれば、「絶望」（despair）の語源となるラテン語の'desperatio'は、たとえば医者に回復の見込みなしと見離された患者の容体を形容するなど、世俗的な文脈で用いられたが、アウグスティヌス以降の神学的伝統としては、神の恩寵に希望を抱くことができない状態と理解されてきた[6]。さらに「絶望」は、「希望」（hope）を欠いているのみならず、神の恩寵に疑いを抱くということは、つまりは「信仰」（faith）そのものを欠いているということであり、「背教」（apostasy）と同義ともなるのである。したがって、スピラは信仰を撤回したという点においてのみならず、神の恩寵を信じることができなかったという点においても、「背教者」であった。信仰に希望を抱くことのできないことによる、このような宗教的絶望は、キリスト教世界において重大な罪であると説かれてきた。絶望は、それ自体は七つの大罪のひとつに数えられていないが、「怠惰」の一種と解釈され、戒められてきたという神学上の歴史がある[7]。聖書についていえば、絶望を罪とする箇所は見当たらないが、これについては註解書が多大な影響を及ぼしたと考えられる。スピラは先の引用で、聖書中の人物であるカインとユダに自らを譬えていたが、両者とも絶望を体現する人物である。註解者たちは、カインは兄弟殺しよりもむしろ、神の恩寵を信じず罪が許されないと考えたことで、より重い罪を犯したとするのである[8]。さらに、絶望は罪であるが、また罪に対する罰でもあるという解釈に立つとき、絶望の行き着く先の自殺は、罪人に与えられた神による報いということになる。ジュネーブ聖書は、アヒトフェルの自殺により、「神の正義の復讐は、この世においても、神の教会の敵、反逆者、迫害者に下される」ことが明らかにされていると、その註解に記すのである[9]。

しかしながら、聖書中の他のどの人物よりも、絶望と自殺の表象として

しっかりと根づいてきたのは、首を吊ったユダであった。ユダが「希望」と対極にある「絶望」を体現する人物として定着していたことは、ボローニャのニッコロ（Niccolo di Giacomo da Bologna）が描いた美徳と悪徳の寓意画を見れば、一目瞭然である。「希望」の足元には、首吊り自殺を示す縄が首にかかり、うずくまる男の姿が描かれ、'Judas Desperatus' と記されている[10]。ユダのような自己殺害の行為は、悔悛の道を自ら閉ざすという点においても、罪として責められるべきである。ユダに自分を重ね、絶望を深めるスピラに対し、ユダも自然に反して死ぬ（つまり自殺する）ことなく生きながらえていれば、悔悛し、結果、神の恩寵を受けることができたであろうという司祭たちの主張に、スピラは否定的である。そもそも、恩寵が奪われては、悔悛することはできない、わたしがそうであるように、と (73-74)。絶望という内に抱えた地獄の責め苦は、死後の地獄以上であり、「肉体を具えてこのように生きるよりは、いっそ地獄にいるほうがよい」("I now desire rather to be there, then thus to live in the body") と、自殺願望を吐露するのである (78-79)。生き続けることへの恐怖と死への願望 (111) を繰り返し口にするスピラに、見舞い客たちは、それならなぜ、絶望した者が常にそうするように、武器でもって「暴力的に命を終わらせようとしないのか」("why then doe you not strive ... violently to make an end of your life") と問い、スピラは、「それならば剣をくれ」("Let mee have a sword") と頼む (120)。実際、テーブルの上にナイフがあるのを目にし、それを掴もうとするが友人に抑えられるという、スピラの自殺未遂が語られるのである (124)。

増殖するスピラ

　スピラは大陸のみならずイングランドにおいても、ユダやカインと並ぶほどまでに「背教により滅びた者」の代名詞として定着していたようである。1684年に、ジョン・チャイルド（John Child）という高名なバプティスト説教師が迫害を逃れるため、また出世をあきらめきれずに、信仰を捨て国教会に協力したものの、良心の呵責から自殺する。「イングランドのスピラ」とは、あるパンフレット作家が彼に与えた名であり、海賊シングルトン

がスピラと並んでその名を挙げていたのは、誰あろう、このチャイルドである。*The English Spira* (1693) は、チャイルドを表題頁で次のように紹介する。「背教者の恐ろしき例。長年、説教師をしてきたが、自らの信仰に背き、1684年10月13日、首を吊って非業の死を遂げた」("A Fearful EXAMPLE OF AN APOSTATE, Who had been a Preacher many Years, and then Apostatized from his Religion; miserably Hanged himself, October the 13th. 1684.")。絶食による衰弱死という、絶望者／背教者の物語としてはいささか不完全であいまいなオリジナルの「スピラ」の結末に対し、このイングランドのスピラは、絶望者に相応しい、伝統に沿った最期で人生に決着をつけたといえよう。これ以外にも、チャイルドの自殺はブロードサイドやパンフレットによって取り上げられ、背教への警告にとどまらず、実際に絶望から自殺に至った事例として話題に上り、自己殺害という罪についての議論にまで発展するが、チャイルドの悲劇にスピラのそれを重ね合わせる傾向は強い。トマス・プラント (Thomas Plant) とベンジャミン・デニス (Benjamin Dennis) は、*The Mischief of Persecution Exemplified; By a True Narrative of the Life and Deplorable End of Mr. John Child* (1688) の執筆にあたって『スピラの悲惨な容体』の形式を踏襲し、自殺に至るまでのチャイルドの苦悩を、まるで直接目撃したかのように記録する。ブロードサイド『すべての背教者への神からの警告。フランシス・スピラとジョン・チャイルドの比較』(*A Warning from God to all Apostates ... Wherein the Fearful States of Francis Spira and John Child are Compared* [1684]) は、この二人を負の鑑として、神が背教者にどのような裁きを下すかを示そうとしている。さらには、ベーコンの『スピラの悲惨な容体』にこのパンフレットを併せた版 (1770) も存在する[11]。海賊の首領が二人の名を対にして並べたのは、こうした背景があってのことであった。

　加えてここで着目しておきたいのは、この「イングランドのスピラ」以上に注目された「第二のスピラ」がいるということである。F.N.というイニシャルの無神論者である。1693年、*The Second Spira* と題したパンフレットが出版されると、六週間で三万部を売り上げ、三ケ月で第五版を数えた。パン

フレット出版の約一月前、すなわち 1692 年 12 月 8 日に死亡した男は、病の床に臥したことをきっかけに改心したが、これまでに犯してきた罪を思って絶望し、病床で肉体的、そして精神的苦痛を訴える。しばしば彼のもとを訪れていたという英国国教会の牧師がこれを書き留め、男が知人と交わした書簡などと併せて出版したのが、『第二のスピラ』であるという。しかしながら、肝心の男の名は明かされず、事実の記録にしてはあまりにも出来過ぎであることから、これがでっちあげ、フィクションではないかという疑いが、出版業者ジョン・ダントン（John Dunton）に向けられた。当時、ダントンはすべて真実であると主張するが、のちになって、第二のスピラは実在せず、パンフレットの執筆者（Richard Sault）本人が自らの経験を綴ったものであったと告白する[12]。はたしてこの告白自体、真実であったかどうか、それも疑わしいが、いずれにしても F.N. という人物が実在しなかったことは、どうやら確かであるようだ。背教者の絶望を体現する人物となっていたスピラという「型」を利用して、存在しない人物のスピーチや書簡を捏造することは、いとも容易であったわけだ。「第二のスピラ」に続き、「真の第二のスピラ」（*A True Second Spira* [1697]）や「第三のスピラ」（*The Third Spira* [1724]）など、スピラはその像を増やしていき、さらには海を越え、新大陸にも現れる。ニューイングランドでは、青年が「わたしは、もう一人のスピラだ」とうめき、十五歳の少女が「スピラと同じで、救われない」のではないかと地獄に怯える[13]。デフォーが生み出したシングルトンは、そんな無数のスピラのひとりであったのだ。

背教者の最期

　さて、先に引用した嵐の日の出来事であるが、シングルトンは嵐の話はともかく、内なる宗教体験の方は読者にまじめには受け取ってもらえまいとして、さっさとこの話題を切り上げてしまい、このあとスピラの名が主人公の語りに再び現れることはない。しかしながらこの海賊譚には、絶望した背教者の影が実は物語のごく初めから、そこここに見いだされるのである。

　人さらいによって幼少期に教育の機会を奪われたシングルトンが、いか

に信仰と無縁であったかについては、物語のなかで繰り返し語られている。「道徳や宗教に対する意識が欠如」("I had no Sense of Virtue or Religion upon me" [6])しており、類を見ないほどの極悪人に成長した彼は、強欲なポルトガル人の老人を怒らせて「異端者の若造」("young Heretick" [7])と罵られ、異端審問にかけてやると脅されても、異端どころかキリスト教の何たるかも、皆目見当がつかない。異端審問にかけられて、

> もし仮に、おまえはプロテスタントか、それともカトリックかと問われれば、私は最初に尋ねられたほうに「はい」と答えたであろう。プロテスタントかとまず尋ねられていたら、間違いなく訳も分からぬまま、私は殉教者になっていたに違いない。
> if they had ask'd me, if I was a *Protestant* or a *Catholick*, I should have said Yes to that which came first. If it had been the *Protestant* they had ask'd first, it had certainly made a Martyr of me for I did not know what. (8)

語り手はここで過去を振り返り、この世でキリスト教徒を名乗る民族のうち、「最も不実で最も堕落した、最も傲慢で残忍な」("the most perfidious and the most debauch'd, the most insolent and cruel" [6])ポルトガル人に「異端者」として告発され、信仰心の欠如からプロテスタント殉教者に祭り上げられる羽目になったかもしれない、皮肉な事態を滑稽に思い描いているわけであるが、回想記のごく初めに、このようにカトリック教徒によって異端審問にかけられ、信仰を試される己の姿を語り手が想像している点は、見逃すことができない。

　シングルトンは幼い頃から盗人としての才を発揮し、自らの悪行に対する罪の意識などかけらもない少年であったが、海賊となった後も彼の胸にはいつもひとつの言葉がある。「絞首台」である。当時、海賊は捕まれば絞首刑と決まっていた。彼の心にその言葉を最初に刻み込んだのは、ポルトガル船で出会った掌砲長である。反乱を起こして島に取り残された船員たちは、どのように島から脱出するかについて意見を出し合うが、小さい船から次第に大きい船へと掠奪を繰り返そうと提案した若きシングルトンを悪党と断

じ、「おまえは生まれついての悪党だ。こんなに若いうちに海賊になろうとは。だがなあ、おまえ、絞首台のことを忘れるなよ」("'thou art born to do a World of Mischief; thou hast commenced Pyrate very young, but have a Care of the Gallows, young Man;'" [25]) と重々しい口調で忠告する。海賊行為を行った者に下される処罰であった縛り首は、神に救われないと絶望した背教者の運命でもあった。思い返せば、十二シリングで人さらいからシングルトンを買ったジプシーの「母さん」も縛り首になる (2)。シングルトン自身、ポルトガル船で反乱に加担したかどで主犯格の船員たちと共に、危うく縛り首になるところであった (10)。このように物語のごく初めから、「縛り首」はシングルトンの人生に影を落としており、海賊となってからも彼は事あるごとに「縛り首」を口にする。シングルトンの周辺で縛り首になった者たちは、ユダのごとき「首を吊った絶望者」の運命がのちにシングルトンに降りかかることを、予示しているのである。

背教者と来訪者

　しかしながら、背教者伝が真の意味で物語に活かされているのは、こうしたシングルトンの若き日の回想でも、スピラへの直接的言及がみられた嵐の場面でもなく、彼が海賊稼業から足を洗う決意をする場面である。主人公は航海の途中、クエーカー教徒の船医ウィリアム・ウォーターズと出会い、自分たちに同行させることにする。海賊たちを手助けしながらも悪行には直接手を染めようとしない彼を、シングルトンは「快活で我々の誰よりも船長にふさわしい男」("a sprightly Fellow, and fitter to be Captain than any of us") と褒め上げ、彼は自分たち海賊とは違って「縛り首」を免れる人物であると、海賊船における彼の特異な立場を語る (144)。ウィリアムはすぐに、シングルトンにとってなくてはならない存在となった。掠奪を繰り返して巨万の富を築き上げたシングルトンに、ウィリアムは今こそ「悔悛」するときだと改心を促し、海賊業に終止符を打つよう、進言する。シングルトンが彼の更生の契機となる例の雷の急襲を受けたとき、ウィリアムは船員のなかでただひとり、理性を失わずに機敏にして的確な行動をとり、船を崩壊の危機から

救っている。彼はこの後も、シングルトンが絶望の嵐を切り抜け、信仰の港に辿りつき錨を下ろすまで、いわば水先案内人の役割を果たすのである。

　ウィリアムとの対話によって罪の意識を深めたシングルトンであるが、掠奪品を所有するまま逃亡する自分には、悔悛の道自体が閉ざされていることに思い至り、縛り首になり、未来永劫呪われてしかるべきだと絶望する。「私に逃れる術はなかった。こうした考えで胸がいっぱいになり、私は狂人さながらにおろおろと歩き回った。つまり、凄まじい絶望に真っ逆さまに陥り、どうしたら自分をこの世から抹殺できるかということばかり考えていた」("there was no room for me to escape: I went about with my Heart full of these Thoughts, little better than a distracted Fellow; in short, running headlong into the dreadfullest Despair, and premeditating nothing but how to rid my self out of the World;" [267-268])。苦悩を深めるシングルトンに対し、ウィリアムは問答の間始終、「冗談とも本気ともつかぬ」("between Jest and Earnest" [269]) おどけた口調で受け答えをしてはいるものの、「神の正義」("the Justice of God") と「慈悲」("Mercy") を対極に据え、裁きと罰しか引き出せない前者より、後者にすがれと説くウィリアムと、神の慈悲は得られないと繰り返すシングルトンのやり取りは、背教者伝には欠かすことのできない背教者と来訪者との対話を想起させる。『スピラの悲惨な容体』にも、そして「イングランドのスピラ」たるチャイルド伝にもみられるこの対話の場面が、ここではパロディックなひねりを加えて用いられているのである。

　絶望を口にして自らをユダとカインに譬えるスピラを来訪者たちが激しく叱責し、神の恩寵を汚すべきではないと彼を咎めるとき、絶望は神の恩寵に対する不信であり、すなわち罪であるという、一般に流布した考えに基づいている。これに応じたスピラの返答は、神の恩寵は滅びる者には与えられない、というものである (43)。先に述べたように、宗教的絶望はそれ自体、罪であるが、それと同時に罪に対する罰であるとも解釈される。スピラが自分の病を「神の怒り」とする所以である。スピラは良心の問えを吐露しながら、繰り返し自分の罪はその苦しみに値するという。来訪者の一人がスピラを慰め、「神は、牙を剥く絶望の淵に落としても、その者を再び救い

上げるのだから、絶望せず、希望を抱け」("God suffers men to fall into the jawes of despaire, and yet raiseth them up again, and therefore despaire not, but hope;") と語りかけるが、スピラは自分の絶望が神の恩寵へと至る救済の序奏ではなく、神の声に背いたがゆえの神の裁きであると確信している (64-67)。スピラは、絶望を内面化された地獄と捉え、生きながらにしてその苦しみを味わう。「神の激しい怒りが、地獄の責め苦のように私の内で燃え、語りようのない痛みで私の良心を苛むのを感じるのです。まさに、絶望は地獄そのもの」("I now feele his heavie wrath that burnes like the torments of hell within mee, and afflicts my Conscience with pangs unutterable; verily desperation is hell it selfe." [61])。また、「絶望よりひどい地獄などありましょうか。あるいは、それ以上に重い罰などありましょうか。噛みつく虫ども、燃え続ける炎、恐怖、混乱、そして(何よりも最も忌まわしき)かの絶望が、私を絶えず苦しめるのです」("what hell can there be worse then desperation; or what greater punishment? The gnawing *worme*, unquenchable fire, horror, confusion, and (which is worse then all) desperation it selfe continually tortures me;" [78])。スピラは自らの絶望を地獄での永劫の罰そのものであると解し、死を待たずしてすでに地獄の虫どもに良心を蝕まれる痛みを感じると語るのである (87) [14]。

悪魔と自殺願望

シングルトンが「わが贖罪司祭」("my Ghostly Father" [268]) と呼ぶウィリアムは、絶望に苛まれるスピラの元を訪れて彼の魂に希望を宿そうと語りかける司祭を思わせる。重ねた罪の重さから、自分には悔悛が許されないと絶望するシングルトンは、自殺願望に取り憑かれる。「そして実際、悪魔が――それが悪魔のなせる業というものなら――私相手に熱心に仕事に勤しんだので、数日間というもの、ピストルで自分の頭を打ち抜くことばかり考えていた」("and indeed the Devil, if such Things are of the Devil's immediate doing, followed his Work very close with me, and nothing lay upon my Mind for several Days, but to shoot my self into the Head with my Pistol."

[268])。狂気同然の恐ろしい絶望に陥り、そこから抜け出すことができない主人公に、ピストルで頭を打ち抜くよう誘うのは、悪魔である。「これまでどれほど恐ろしい悪魔の誘惑に晒されてきたか」("under what terrible Temptations of the Devil I had been" [268]) を訴え、自殺を仄めかすシングルトンに対し、ウィリアムは自分自身を撃つなど、それこそ「悪魔の考え」("the Devil's Notion" [268]) というものだと応じる。二人は共に、絶望が生む自殺への衝動は悪魔によって引き起こされると考えており、シングルトンは「自分には治療はすでに手遅れだ」("I am past Remedy already" [268]) と得心している。彼の夢枕には悪魔が立ち、自分は悪党で「縛り首」になる人間だというシングルトンを、お前こそおれが捜し求めていた人間だと、地獄へ連れ去ろうとする。

悪魔に憑かれ、ピストル自殺を考えるシングルトンのこのような描かれ方は、コミカルながらも、悪魔の出現に悩まされるスピラの姿と重なる。地獄さながらの内なる苦しみに対し、スピラが苛まれる「外なる恐怖」("outward terrours") として描かれているのが、悪魔である。群れをなしてスピラの部屋にやってきて、ベッドのそばで奇妙な音を立てて彼を恐怖に陥れる悪魔たちの姿は幻などではなく、スピラにとって「来訪者と同じぐらいリアルにみえた」("hee saw them as really as the standers by" [76])。絶望を悪魔の誘惑と捉える考え方は、中世においてすでに定着していたが[15]、ここでは、悪魔の立てる音や姿という肉体の感覚上の苦痛と内面の絶望はお互いが作用し、浸透し合って、区別不可能であるようだ。

絶望を神の恩寵に対する希望の欠如とする解釈が支配的になると、いわゆる宗教的絶望はそのまま、自殺そのものを意味するようになる[16]。悪魔は手を変え品を変え、人を絶望へと追い込み、最終的に自殺へと誘うのであり、中世においてすでに自殺は悪魔の誘惑によるとする考えがみられる[17]。17世紀に出版されたジョン・シム (John Sym) の *Lifes Preservative against Self-Killing* (1637) は、自殺をテーマにした冊子としてはイングランドで最初に出版されたものであるが、自殺を引き起こす主たる原因を「強い衝動、強力な動機、そして悪魔による支配」("the strong impulse, powerfull motions, and command of the Devill"）であるとするのである（246-247）[18]。非国教会派の牧師として知られるヴァヴァサ・パウエル（Vavasor Powell）の自伝には、歯の痛みが罪の意識に直結し、自殺衝動が悪魔を出現させるという、感覚と精神が連動し合って一つとなる宗教体験を綴った有名な一節があるが[19]、パウエルの自伝の他にも、次章で扱う 17 世紀に流行をみた「内的自伝」（Spiritual Autobiography）と呼ばれるピューリタン的特長の色濃いジャンルでは、悪魔とのこのようなせめぎ合いが、そこここで繰り広げられる[20]。自らも内的自伝を綴ったリチャード・バクスター（Richard Baxter）が、サミュエル・クラークの『名士伝』（Samuel Clarke, *The Lives of Sundry Eminent Persons in this Later Age* [1683]）の序論のなかで、「我々は精神の戦いの時代に生きている。悪魔が最良の人間を騙そうと、日々熱心に仕事にいそしんでいる時代に」（"We live in a time of mental War, when it is the Devils great and daily business to belie the best of men"）と述べるように[21]、17 世紀は、悪魔との「精神の戦い」が記録され、出版された時代であった。ハンナ・アレン（Hannah Allen）は、自伝的回想録において、夫の死をきっかけに狂気に襲われた経緯を綴る。やはりユダとカインの名を出し、悪魔に囚われた自身を彼女が嘆いていうには、「わたしは完全に破滅いたしました。カインやユダよりも悪い状態です。いまや悪魔がわたしを征服し、立ち直ることができません。これこそ、悪魔が虎視眈々とねらってきたことです」（"that I was undone for ever; that I was worse than *Cain* or *Judas*; that now the Devil had overcome me irrecoverably; that this was what he had been aiming at all along;"）[22]。

『スピラの悲惨な容体』では、絶望者のもとを訪れたグリバルディ博士は、スピラにその絶望は彼を惑わそうとする「悪魔の幻影」（"an illusion of the divell"）にすぎないのだと語りかける（45）。悪魔は人に様々な幻を見せ、絶望へと誘うと考えられていたため、絶望に苛まれる者を癒すために、17 世紀には悪魔祓いの祈祷が行われることも珍しいことではなかった。例えば、錬金術師として知られるジョン・ディー（John Dee）は、悪霊に取り憑かれた召使の女性の治療を行い、それが失敗に終わったことを日記に記し

ている[23]。スピラのもとにも、司祭が悪魔祓いの書を携えて訪れ、呪文を唱えて悪魔を呼び出そうとするが、やはり失敗に終わっている。背教者には当然の運命だとして、悪魔に身を委ねるスピラは、その悪魔が呪文などでは呼び出すことのできない内的な存在、つまり絶望であると認識しているようである。「神が悪魔たちの支配下にわたしを委ねたことは、まったく疑う余地がないが、この悪魔は、あなたの祈祷には見あたらないし、呪文で追い払うことなどできないのだ」("I am verily perswaded indeed, that God hath left mee to the power of the divells: but such they are, as are not to be found in your Letanie: neither will they be cast out by spels:" [91-92])。こうしてスピラは、司祭たちの奮闘虚しく結局、悪魔の手中に落ちるわけであるが、ウィリアムはシングルトンを根気強く励まし、救済の希望をもって神の慈悲にすがるようにと説いて、自殺願望に取りつかれた絶望者に首尾よく一種の「悪魔祓い」を施すのである。

絶望のパラドックス

　悪魔によって絶望へと導かれた背教者の代名詞となったスピラであるが、先にも触れたように、厳密にいえば彼の死は自殺ではない。飢えによる衰弱死である。スピラの物語を道徳劇に仕上げたナサニエル・ウッズ（Nathaniel Woodes）は、『良心の葛藤』（*The Conflict of Conscience* [1581]）に全く異なる最期を用意している。表題頁に「フランシス・スピラの絶望についての哀れな話」とあることから、主人公フィロロガス（Philologus）とはすなわち、スピラであることがわかる。作者は、背教者にはより相応しい最期があると考えたようである。フィロロガスはユダのように「深い絶望のあまり紐で首を吊って自殺」するのである[24]。マクドナルド（Michael MacDonald）は、餓死が自殺とは考えられていなかったことから、絶望と自殺を結びつける当時の風潮が、ウッズに道徳劇に相応しい、もっとはっきりと自殺であると分かる別の死に方を選ばせたと指摘する[25]。いかに絶望が自殺と切り離せないものであったかの、これもひとつの例証となるであろう。興味深いことに、『良心の葛藤』には、同じく1581年に出版された別の版が存在し、

前に挙げた版とは大きく異なる最期が用意されている[26]。主人公は絶望に悶え苦しんだ末、神の救いを見いだすという、いわば信仰上のハッピー・エンドで幕を閉じるのである。これは、フィロロガスの人生を、背教者の悲劇であるというよりは、絶望から希望へと向かう信仰回復の物語として捉え直した結果であり、1581年版は信者が主人公の体験をなぞり真の信仰へ至ることを目的とする、劇形式の回心記であるといえる。絶望は、神の恩寵への不信ゆえに罪であるが、同時に信者がそれにより浄化されて神の恩寵へと至る、救済には不可欠のプロセスであった。したがって、絶望は罪であると同時に、信仰の証であるということになる。スナイダーが「絶望のパラドックス」と呼ぶこの自己撞着は、神学的議論のテーマとしてたびたび取り上げられてきたのである[27]。

　海賊の首領の心もまた、友の言葉に導かれ、絶望から救済の希望へという信仰の軌跡を辿る。悪魔に取りつかれたシングルトンを癒すために、ウィリアムは長い説教を垂れ、絶望を信仰へと昇華し、自殺願望から抜け出すための「方策」("Method") を説いて聞かせる。いわく、

> 悔悛のためには、自分が背負うべき罪への深い嫌悪感は間違いなく必要だ。だが、神の慈悲に対する絶望は、悔悛でも何でもなく、悪魔の手中に自らを投じるようなものだ。だから、誠実で謙虚な罪の告白に身を委ねて、冒涜した神に許しを請い、神の慈悲にすがり、進んで罪を贖うことを決意し、仮にそれが神意ならば、この世の財産をすべて投げ打ってでも、力の限り償わねばならない。
>
> that it [Repentance] ought to be attended indeed with a deep Abhorrence of the Crime that I had to charge my self with, but that to despair of God's Mercy was no Part of Repentance, but putting my self into the Condition of the Devil; indeed, that I must apply my self with a sincere humble Confession of my Crime, to ask Pardon of God whom I had offended, and cast my self upon his Mercy, resolving to be willing to make Restitution, if ever it should please God to put it into my Power, even to the utmost of what I had in the World; (270)

シングルトンの心を悩ませていたのは、強奪した掠奪品を持ち主に返す術がない以上、自分は泥棒のままであって、従って改心は不可能だということであった。これに対し、ウィリアムは神がそれを正しく役立てる機会を与えるまで、築いた資産はもち続けてしかるべきだと主張する。ウィリアムの提案する合理的かつご都合主義的な更正法と、それに易々とすがるシングルトンの絶望からの回復に、背教者伝を支配しているような切迫感はみられない。しかし、罪の意識によって自分には救済の望みなしと絶望の淵に投げ込まれながらも、まさにその自暴自棄の絶望を契機に改心へと至るシングルトンは、「絶望のパラドックス」を身をもって示した主人公であるといえよう。

このように、16世紀を生きたひとりのイタリア人は、二百年の時を経てなお、背教者の悲劇とはおおよそ無縁に思われる破天荒な海賊冒険譚にも姿を現す。スピラの絶望は、過去を悔い更生するアウトローの生涯に、通奏低音のように響いている。幼少期の述懐からすでに、シングルトンが背教者の運命に向かってひそやかに漕ぎ出していることに気づくならば、物語の終盤で唐突に語られる「信仰心のかけらもない」海賊の首領の悔悛は、作者デフォーが果てしない冒険譚を体よく切り上げるために用いた急場の方便とばかりもいえまい。

注

1) 以下、本作品からの引用は、すべて以下の版に拠る。Daniel Defoe, *The Life, Adventures, and Piracies, of the Famous Captain Singleton* (London: Oxford UP, 1969).

2) Celesta Wine, "Nathaniel Wood's Conflict of Conscience," *Publications of the Modern Language Association of America* 50 (1935) : 665-669. その他、本章のスピラ関連の第一次文献については、Michael MacDonald, "The Fearefull Estate of Francis Spira: Narrative, Identity, and Emotion in Early Modern England," *Journal of British Studies* 31 (1992) : 32-61 に負うところが大きい。

3) Brian Opie, "Nathaniel Bacon and Francis Spira: the presbyterian and the apostate," *Turnbull Library Record* 18 (1985) : 34.

4) ナサニエル・ベーコンについては、Opie, "Nathaniel Bacon and Francis Spira ," 33.

5) Wine, "Nathaniel Wood's Conflict of Conscience," 668; Michael MacDonald and Terence

R. Murphy, *Sleepless Souls: Suicide in Early Modern England* (Oxford: Clarendon P, 2002) 40.

6) Alexander Murray, *Suicide in the Middle Ages*, 2vols. (Oxford: Oxford UP, 1998, 2000) 2: 374-379.

7) 七つの大罪と絶望については、Susan Snyder, "The Left Hand of God: Despair in Medieval and Renaissance Tradition," *Studies in the Renaissance* 12 (1965) : 43-47; Murray, *Suicide in the Middle Ages*, 2: 384.

8) Murray, *Suicide in the Middle Ages*, 2: 380.

9) MacDonald and Murphy, *Sleepless Souls*, 60.

10) Murray, *Suicide in the Middle Ages*, 2: 323-368; plate 8. Snyder, "The Left Hand of God," 53.

11) チャイルドの自殺に関する出版物については、MacDonald and Murphy, *Sleepless Souls*, 67-68.

12) Margaret J. M. Ezell, *Social Authorship and the Advent of Print* (Baltimore: John Hopkins UP, 1999) 56-58. J. Paul Hunter, "Protesting fiction, constructing history" in *The Historical Imagination in Early Modern Britain: History, Rhetoric, and Fiction, 1500-1800*, ed. Donald R. Kelley and David Harris Sacks (Cambridge: Cambridge UP, 1997) 298-317 も参照。

13) David D.Hall, *Worlds of Wonder, Days of Judgment: Popular Religious Belief in Early New England Wonder* (Cambridge, Mass.: Harvard UP, 1989) 133.

14) カルヴァンの教義は、地獄を肉体の苦しみから精神の苦しみへと転換させた。John Stachniewski, *The Persecutory Imagination: English Puritanism and the Literature of Religious Despair* (Oxford: Clarendon P, 1991) 23-24.

15) Snyder, "The Left Hand of God," 35; MacDonald and Murphy, *Sleepless Souls*, 34-35.

16) 当時、いかに絶望と自殺の因果関係が確たるものとして認識されていたかについては、ジョン・ダンの自殺弁護論からもうかがうことができる。ダンは『自殺論』を、自殺が自然法に反しないことを論証することから始めるが、その際、殉教をもちだすことで、何よりも先にまず、自殺とはすなわち、神の恩寵への絶望であるという考えに異論を挟み、それを梃子にして、キリスト教社会にしっかりと根づいた、自殺を罪とする通念を覆そうとする。

> しかしながら、自殺した者が皆、神の慈悲への絶望からそうした（それこそ唯一、罪深い絶望なのだが）と、正当に言い切ることは誰にもできないことであって、聖書や他の史書といったより相応しい場に事例を求めれば、自殺という行為に及んで、かくも神の名を栄光あるものにすることを許されたとは、神の慈悲は溢れんばかりだと考え、磔刑になるのと同じぐらい信仰深く自殺に赴く、絶望などからは程遠い者を、数多、

見いだすことになる。

But howsoeuer, that none may iusly Say, that all which kill themselues haue done it out of a despaire of Gods mercy (which is the onely Sin=full despayre) we shall in more proper place when we come to consider the examples exhibited in Scriptures, and other Histories, find many, who at the act haue bene so far from despayre, that they haue esteem'd it a great degree of Gods mercy, to haue bene admitted to such a glorifying of his name, and haue proceeded therein, as religiously as in a Sacrifice; (John Donne, *Biathanatos* [1647], ed. Ernest W. Sullivan [London: U of Delaware P, 1984] 34-35.)

17) MacDonald and Murphy, *Sleepless Souls,* 20; Murray, *Suicide in the Middle Ages,* 1: 335, plate 6 を参照。
18) MacDonald and Murphy, *Sleepless Souls,* 34; Stachniewski, *The Persecutory Imagination,* 46-47.
19) Donald A.Stauffer, *English Biography before 1700* (Cambridge, Mass.: Harvard UP, 1930) 200-202.
20) Powell を含む内的自伝における外的経験と内的経験の関わりについては、Owen C. Watkins, *The Puritan Experience* (London: Routledge & Kegan Paul, 1972) 63-67.『海賊シングルトン』を内的自伝として論じた研究としては、G.A.Starr, *Defoe and Spiritual Autobiography* (Princeton: Princeton UP, 1965).
21) Richard Baxter, 'To the Reader' in Samuel Clarke, *The Lives of Sundry Eminent Persons in this Later Age* (London, 1683) A3^v.
22) Allan Ingram, ed., *Voices of Madness: Four Pamphlets, 1983-1796* (Stroud: Sutton Publishing, 1997) 9. ハンナの自伝については Allan Ingram, "Slightly Different Meanings: Insanity, Language and the Self in Early Modern Autobiographical Pamphlets," *Betraying Our Selves: Forms of Self-Presentation in Early Modern English Texts*, ed. Henk Dragstra, Sheila Ottway and Helen Wilcox (Basingstoke: Macmillan, 2000) 183-196 も参照。
23) MacDonald andMurphy, *Sleepless Souls,* 54-55.
24) Nathaniel Woodes, *The Conflict of Conscience*, ed. F.P.Wilson and Herbert Davis (Oxford: Oxford UP, 1952), prologue.
25) MacDonald, "The Fearefull Estate," 42n34。
26) 二つの版の結末の違いは、度々、議論になる。MacDonald, "The Fearefull Estate," 47-48.
27) Snyder, "The Left Hand of God," 19-30.

第Ⅱ部　自伝のわたし語り ── 信仰と世俗 ──

第3章

獄中の魂の記録
—— ジョン・バニヤン『溢れる恩寵』——

自伝的真実と偽善

　ジョン・バニヤン（John Bunyan: 1628-1688）は、不法な集会を開催したかどで1660年11月に捕らえられ、再び説教をしないと誓うことを拒んだため、ベッドフォードの牢獄で十二年にわたる獄中生活を強いられることになる。1666年に初版が出版された『溢れる恩寵』（*Grace Abounding to the Chief of Sinners* [1]：以下、『恩寵』と略記）が、バニヤンのこうした不自由な監禁生活から生まれた、いわば獄中記のひとつであることは、よく知られている。

　『恩寵』には、一般に内的自伝（Spiritual Autobiography）という呼称があてられる。デレイニー（Paul Delany）は、彼の古典的自伝研究 *British Autobiography in the Seventeenth Century* (1969) のなかで、17世紀の自伝を要人・公人による回顧録を主とする「世俗的自伝」（Secular Autobiography）と、宗教的生活について記録した「宗教的自伝」（Religious Autobiography）の二つのカテゴリーに大別した上で、さらに「宗教的自伝」には、書き手が自らの宗教生活について客観的に記述した自伝に対し、「より内省的な魂の歴史」、つまり内的自伝があるとして、『恩寵』をこの一つに数える [2]。自伝文学は17世紀に突如として開花したといわれるが [3]、なかでも内的自伝は粗雑な覚書といった体のものが多くを占めるものの、その圧倒的な数と伝記文学の成立に果たした役割において、近代の自伝のなかではとりわけ重要な位置を占めるジャンルであるとみなされてきた [4]。

　内的自伝は「回心記」（Conversion Narrative）とも称されることから分か

るように、キリスト教徒の回心体験を綴った散文である。いわゆる「伝記」が個人レベルの歴史として外的世界で起こる出来事を軸に構成されるのに対し、書き手は自らの「内的生活」(inner life)、あるいは「魂」のありようを丹念に精査し、罪の自覚、回心、そして神の恩寵へと向かう心の軌跡を詳らかにする。信仰に到達しようとして苦悩するこうした心の葛藤は、たとえばジョン・ダン (John Donne) の『聖なるソネット』(*Holy Sonnets* [1633, 1635]) のように宗教詩においても扱われてきたテーマであるが、散文で書かれる自伝は、韻文で表現される場合とは明らかに異なる問題を孕むであろう。

　ニコルソン (Harold Nicolson) は *The Development of English Biography* (1928) において、まず初めに伝記には史実に基づく「純粋な」("pure") 伝記と、逸脱した目的のために事実を歪める「不純な」("impure") 伝記があると述べるところから考察を始める[5]。今日の研究では、もはや伝記にこのような "pure" 対 "impure" の明瞭な区別があることを前提としないが、それでも伝記的言説は、「事実」(fact) と「虚構」(fiction) の狭間――あるいは、アンダーソン (Judith H. Anderson) が「伝記的真実」("biographical truth") と呼ぶところの、「歴史と芸術、年代記と演劇、客観的真実と創作」("history and art, chronicle and drama, objective truth and creative invention") の狭間――で、常に意識されてきたといえよう[6]。'Auto'-biography の場合、なかでも特に内的自伝の場合には、それが内面の記録であるがゆえに、「事実か虚構か」に代わって、「誠実か不実か」という問いに収斂することになる。

　トリリング (Lionel Trilling) は『誠実とほんもの』(*Sincerity and Authenticity* [1972]) のなかで、近代初期に出現した「誠実」という概念と、時を同じくして勃興した自伝文学との関連性を、以下のように説明している。

　　仮に一個人として重大な問題について公に語るとき、その者の拠るべき唯一の
　　権威は、己の経験の真実性と光を与えられているという強い確信であり、この
　　二つと明らかに同一であるとみなしうるのが、誠実さの強調であった。それゆ
　　え、この時代に英国で自伝が出現したことは驚くにあたらない。……最初期の

自伝は、丹念に書かれてはいない。主に宗教的体験のあれこれについての散漫な記録といったところである。しかしながら、この文学様式は内的生活について、より綿密に隈なく点検する方向へと押し進み、書き手が自分自身に対して過去も、そして今も正直であるからには、いかなる点においても、また誰に対しても、決して偽りがないと読者に得心させようとしたのである。[7]

　ここでトリリングが最初期の自伝として念頭に置いているのは、我々がそう呼ぶところの内的自伝であることは明らかである。内的自伝は、著者が自分に対して（そしてそれはとりもなおさず、他人に対してということであるが）誠実で嘘がないという前提があって、初めて成り立つジャンルである。その骨格を支える内的「真実」が疑われるようなことがあっては、たちまち読者との関係は崩壊するであろう。だが、この内的経験には「強い確信」という主観的判断以外、その真実性を主張する術はない。そこで読み手の信頼を勝ち得るために自伝作家がすることは、自身のこの確信自体に精査のメスを入れてみせることである。内的自伝の書き手は、「偽善者」の謗りを受けることへの激しい恐れをあえて口にする。前章でも取り上げたデボンシャー生まれの女性ハンナ・アレン（Hannah Allen）が自らの狂気について語った *A Narrative of God's Gracious Dealings with that Choice Christian Mrs. Hannah Allen* (1683) は、自分が偽善者ではないと確信のもてない、キリスト教徒の心の葛藤の記録である[8]。彼女が他人の目には狂気と映るほどのメランコリーに絶えず陥るのは、自分は誠実に神と対峙していると考え、慢心したときにこそ、その者は最も偽善的であるかもしれないからである。「ああ、私ほど、悪魔にたぶらかされた者はありますまい。私が呪われた偽善者であるようなときに、悪魔は私によい状態にあると信じ込ませたのですから」("Oh the Devil hath so deceiv'd me as never any one was deceived; he made me believe my condition was good when I was a cursed Hypocrite." [9])。そもそも、内的自伝を書く行為そのものが偽善ではないかと、ハンナは怯えるのである。「私は過去のこのような体験を偽善から書いているわけではないと思います。これを誰か人に見せるつもりなど、全くなかったのですから。

ですが、悪魔は私が偽善者であるなどと、神に背き恐ろしい示唆をするのです」("I hope I write not these things in Hypocrisie, I never intended any Eye should see them; but the Devil suggesteth dreadful things to me against God, and that I am an Hypocrite." [9])。このようにハンナは、自分は自己欺瞞を感知するだけの鋭敏さをもち合わせているとくり返し示唆することによってしか、自身の心の記録に偽りがないことを裏打ちできない。すなわち、ハンナのような内的自伝の書き手にとっての泣き所は、偽善の可能性を認めることによってしか、己の誠実さを自身に、そして読者に、証明できないことにある。

　ハンナが自伝を「人に見せるつもりなど全くなかった」と語り、他者の目に対する意識が回心記の執筆を「偽善」的な行為にすると考えていることは、'hypocrite' の語源がギリシャ語の 'actor' であることを我々に想起させる。『恩寵』を出版するに際しバニヤンもまた、誠実と偽善の問題を強く意識していたことが、"play" という語を軸に展開される以下の序文の結びから見て取ることができるだろう。

　　私が受けた誘惑や罪による苦しみの数々について、また私の魂に対する神の慈悲深い思慮や御業について、ここでもっと言葉を尽くして述べることもできた。また、これよりさらに格調の高い文体を用いることも、実際以上に全体に文飾を施すこともできた。しかし、あえてそうすまい。神は私に罪を自覚させる際、演じることはなかった。悪魔とて、私を誘惑する際、演じることはなかった。私もまた、あたかも奈落の底に沈むような、地獄の苦悶に襲われた際、演じることはなかった。それゆえ、ここでも私は演じることはせず、飾らず率直にありのままを書くことにしよう……。
　　I could have enlarged much in this my discourse of my temptations and troubles for sin, as also of the merciful kindness and working of God *with my Soul: I could also have stepped into a stile much higher then this in which I have here discoursed, and could have adorned all things more then here I have seemed to do: but I dare not:* God *did not play in convincing of me; the* Devil *did not play in tempting of me; neither did I play when I sunk as into a bottomless pit,* when

the pangs of hell caught hold upon me: *wherefore I may not play in my relating of them, but be plain and simple, and lay down the thing as it was* . . . . (3-4)

　バニヤンは上の悪魔についての一節 "*the* Devil *did not play in tempting of me*" を第五版で削除している。スタクニエフスキーは注釈において、この削除は、悪魔が「誠実さ」("sincerity") をもちあわせているかのように図らずも論述を展開してしまっていることに、バニヤンが気づいたためであろうとしている[9]。引用の "play" は、「真実」・「真心」から離れ、戯れに語ること、振る舞うことであり、体験に尾ひれをつける、凝った文体を用いる、文飾を施す――そうしたことが自分にはできたが、この自伝ではそれをしなかった、つまり過去の自分を一切の演技・偽りなしに「飾らず率直に」("plain and simple")、「あるがまま」("the thing as it was") に提示したのだと、バニヤンはここで宣言している。つまり、著者が「誠実」であることは、演技未満の拙劣な台詞回し、無造作な所作が保証してくれているというのである。さらに、『恩寵』の最終節339節で今度は直接「誠実」("sincere") という語を用い、言説に偽りのないことを再確認することで自伝を締め括る。「この述懐が誠実であると思い、今や私の心は安らぎに満ちた」("Now was my heart full of comfort, for I hoped it was sincere;" [101])。衒いはないか、魂を隅々まで精査し尽した後の安堵感に、バニヤンは浸るのである。彼のこうした「演技はない」とする言葉を額面通りに受け取ろうとしたのは、何も当時の読者ばかりではない。現代の『恩寵』研究もまた、長きにわたり、素か演技かという問題をひとつの起点に議論がなされてきたといってよかろう。

　ティンダル（William York Tindall）は *John Bunyan: Mechanick Preacher* (1934) のなかの『恩寵』批評において、同時代にこれに類するような自伝が大量に書かれていることを指摘した上で、「バニヤンの回心の詳細は、勤勉な選集編者であれば、別の説教師たちの自伝から調達できるであろう」と述べるが[10]、彼のこのような言葉から滲み出すシニシズムは、絶望に打ちのめされ、苦悩するバニヤンの自伝が、いわば科学的記録であることを潔癖症的に期待するからこそ、生じるものである。彼が『恩寵』を指して「聖職

者の自伝」("the ministerial autobiography" [23])と呼ぶのは、この自伝を著者が教徒を導く者としての意識を重んじるあまり、「誠実さ」を犠牲にした妥協の産物とみなしているからである。『恩寵』はバニヤンの生前、第六版まで版を重ねたが、改版によって初版にはなかった具体的エピソードが付け加えられたり、あるいは表現が改められたりしている。ティンダルのような批評家にとってこのことは、自伝作家が効果を狙って「なま」の体験を周到に作り変えようとした証であり、書き手の誠実さが疑われてしかるべきなのである。タロン(Henri Talon)は、ティンダルが認めたバニヤンのこの「不実さ」を弁護しようと躍起であり、「真実とは、現実以上に生々しく、より鮮烈で、より包括的な記憶のなかに生まれ変わった詩である」と、まことに古風な文学擁護論を展開する[11]。一方でタロンは、「バニヤンをその誠実さゆえに最初の近代人の一人に数えようというこれまでの研究者の主張は、おそらく行き過ぎであろう」(133)とも述べているが、ロイス(Josiah Royce)やジェイムズ(William James)のような、バニヤンの自伝を無意識の領域に深く踏み入った鬱病日誌、あるいは神経症の詳細な自己カルテのようにみなす心理学的批評もまた、この書が誠実な、つまりあるがままの体験に忠実な記録であるという暗黙の了解があって、初めて成り立つであろう[12]。

　しかしながら、序文におけるバニヤンの「素の自分」宣言には、演じることを欺瞞とみなす考え方が見られるものの、バニヤンはそれを一義的に捉えていたわけではない。非国教徒にとって受難の時代に、如何に迫害に耐えて信仰に生きるかを説いたバニヤンの『受難者への助言』(*Seasonable Counsel, or Advice to Sufferers* [1684])は、信者に観客の前に立つ役者としての意識をもつよう、促している。神が敵に迫害を許すのは、我々の信仰を試しているからである。バニヤンは、ただ受身に苦難を被る「義のための苦難」("suffering for righteousness")と、能動的に苦難と向き合う「義を実現するための苦難」("suffering for righteousness sake")をここで区別し、後者についてこう語る。

その理由は、キリストのために苦難に遭う者は、いわば世界という劇場で神のために一役演じるべく、丘の上に立ち、舞台の上に立つからだ。ご承知のように、人は舞台上で役を演じようという時、できうればより細心の注意を払って演じなければならないと考える。師の名誉を賭け、芝居の名誉を賭け、自身の名誉を賭けて。というのも、皆が視線を注ぎ、固唾を呑んで熱心に見守るなか、そこでヘマをやらかすことは、地獄に落ちるのと同じくらいひどいことであるからだ。そしてむろん、神ご自身もじっと見ておられるのだ。

The reason is, for that a man when he suffereth for Christ, is set upon an *Hill*, upon a *Stage*, as in a *Theatre*, to play a part for God in the World. And you know when men are to play their parts upon a Stage, they count themselves, if possible, more bound to circumspection; and *that* for the credit of their *Master*, the credit of their *Art*, and the credit of *themselves*. For then the eyes of every body are fixed, *they gape and stare upon them* (Ps.22.17.) and a *trip* here, is as bad as a fall in another place. Also now God himself looks on.[13]

　自分は見られる対象であるという意識こそが、受難を義へと昇華する。受難者は、役者のように舞台（すなわち、裁判や処刑台）に登り、彼の一挙手一投足に世間の視線が注がれるなか、神意に叶うよう、「ヘマ」（"a *trip*"）なく立派に役を演じ切らなければならない。つまり、能動的な受難者とは、自分が神のために迫害を受けているということを、その言行によって人々に示す者なのである。バニヤン曰く、「義を実現するために苦しむ者は、善のために苦しむのであり、その行いや振る舞いによって、そのような者として苦しみを受けていると世間を納得させるよう、努めなければならない」("He that suffereth for righteousness sake suffereth *for* his goodness, and he is now to labour by works and ways to convince the world that he sufferth *as* such an one." [62])。受難者に群集を前に演じることが推奨されるのは、聖人伝が事実に反すると非難されない理由と根は同じである。神の真理を万人に知らしめるための演技は推称される。そして、役者である受難者が披露する演技を、最上階から厳しい批評眼でもって見つめる観客こそが、神なのである。

　神が観客である以上、偽装は通用しない。したがって、バニヤンがいう

第3章　獄中の魂の記録 —— ジョン・バニヤン『溢れる恩寵』—— 51

「ヘマ」とは、見せかけと実体、担っている役と本人が、一致しないことであろう。受難者の手本を完璧に演じ切ることで、見せかけは実体になる。バニヤンが目指す役者とは、優美な演技者ではなく、彼が役そのものであると観客に確信させ、自らも演じながら役と一体化する演技者であろう。このような演技者にとって「舞台の上でひと芝居打つ」ことは自己欺瞞ではなく、むしろそこからの脱却である。バニヤンの『恩寵』は、狂気すれすれの著者の過去の心の軌跡をそのまま忠実に再現した著作ではないが、だからといって回心記の鋳型に流し込んで大量生産された血の通わぬ既製品のひとつでもない[14]。自伝『恩寵』は、バニヤンが自らの魂に神のために演じさせた「誠実な芝居」であり、書くプロセスにおいて己を認識し、他者に認識させるこの魂の演技はすなわち、バニヤンが回心者としての自己を形成する営みそのものであった。

受難者の演じる魂

『恩寵』のテーマを、バニヤン自身の言葉を使って端的に述べるならば、「苦難を通じて真理を証する」("confirm the Truth by way of Suffering" [86])ということになろう。"Suffering" とは、直接的には獄中体験のことであるが、回心に伴う「苦悶」こそ、この書の基調をなすものである。くり返し襲われる絶望を通じ著者が真の信仰へと向かう過程が、幼少期の希代の悪童ぶりに始まり、信仰への目覚め、そして獄中での回想に至るまで綴られる。前述したように、内的自伝とはそもそも、書き手の信仰という内面の世界に焦点を合わせたジャンルであるが、バニヤンの『恩寵』は特にその精神性において際立っており、物理的要素を極限まで削ぎ落として構築された自伝である。日時や場所が明示されることはほとんどなく、親交のあった人物の名を含め、外的世界の出来事についての情報が与えられることが極端に少ない[15]。かの有名なベッドフォードの貧しい女たちのエピソード (19) や、妻の陣痛の際のエピソード (75) のように、バニヤンの内的変化を引き起こした具体的出来事も語られるが、絶望に陥るのも、希望を得てそこから立ち直るのも、大抵は聖書の言葉が何の外的誘因もなく、突如としてバニヤンに訪れる

ことによるものである。『恩寵』を紡ぐ主体たるバニヤンは、マンデル（Barrett John Mandel）の言葉を借りるならば、まるで肉を備えない「むき出しの神経」（"an exposed nerve"）であるかのように、読者の前に投げ出されている[16]。あるいはダウデン（Edward Dowden）は、「『恩寵』の主たる特徴は、不可視のものをありありと実体化することにある」と評するが[17]、肉体を剥ぎ取られた魂を、視覚的に——あるいは身体的に——表現してみせたのが、バニヤンの『恩寵』であり、それは絶望という内的迫害者にどう立ち向かうべきか、その精神の振る舞い方を指南した書であるといえよう。

　バニヤンをベッドフォードの獄舎に訪れた者は、そこに「最小限にして最良」（"the least and yet the best"）の蔵書を見たと述べている。彼の獄中の蔵書とは、すなわち聖書とフォックスの『殉教者列伝』であった[18]。ノット（John R. Knott）はバニヤンの愛読書であった『殉教者列伝』の言説が、単なるレファランスのレベルを超えて彼の著作に深く浸透していることを明らかにし、非国教徒に対し苦難の時代に耐えて信仰を貫くよう説くために、彼が著作の多くに殉教のイマジェリーをふんだんに用いていると論じる[19]。このことは、バニヤンの詩『獄中の瞑想』（*Prison Meditations Directed to the Heart of Suffering Saints and Religious Sinners* [1663]）において非常に顕著である。グリーヴス（Richard L. Greaves）が「韻文の内的自伝」[20]と呼ぶこの詩において、バニヤンはまず「友よ」と同胞信徒に呼びかけると、逆説的に獄中における監禁の自由を語り始める。

　　というのも、彼らは私の肉体を捕え
　　錠と鉄格子で監禁したが
　　キリストへの信仰により、私は
　　星々よりも高く天に昇ることができる。

　　彼らの足枷は魂を抑えることも
　　縛って私から神を遠ざけることもできない。
　　私の信仰と希望の自由を奪うことなどできない

第3章　獄中の魂の記録 ── ジョン・バニヤン『溢れる恩寵』── 53

私は彼らの頭上に昇ることになろう。

For though men keep my outward man
Within their Locks and Bars,
Yet by the faith of Christ I can
Mount higher than the Stars.

Their *Fetters* cannot *Spirits* tame,
Nor tye up God from me;
My Faith and Hope they cannot lame,
Above them I shall be.[21]　(ll. 28-35)

　囚人の肉体を拘束する"Locks and Bars"、"Fetters"、さらには"tye up"や"lame"といった表現が、魂の自由を強調するためにくり返し用いられる。彼を投獄した迫害者たちがバニヤンに放つ感情的な罵倒は、『殉教者列伝』にもみられるような、激しい怒りも露わに殉教者をなじる審問官の言葉を思わせるであろう。

　異端者よ、詐欺師よ、さあ、
　牢獄に入るのだ。
　外で説教をし、家に留まらぬとは
　お前は教会の敵である。
　You Heretic, Deceiver, come,
　To Prison you must go;
　You preach abroad, and keep not home,
　You are the Churches foe.　(ll.64-67)

　対照的に、獄中生活とこれから訪れるやもしれぬ絞首刑を心穏やかに受け入れて待つバニヤンは、まさしく処刑を待つ殉教者の佇まいをみせる。

　牢獄は私にとってかくも甘美である

　　　　入獄してからこのかたずっと。
　　　　絞首刑もまた同様に甘美であろう
　　　　　　神がそこにおわすれば。
　　The prison very sweet to me
　　　　Hath been, since I came here,
　　　　And so would also hanging be,
　　　　　　If God will there appear.　(ll.76-79)

　『恩寵』はこの詩と同様に獄中で執筆されたのであり、自らが授かった神の教えを説く才能を存分に用いる覚悟についてバニヤンが語るとき、フォックスの『殉教者列伝』が心の支えになっていることを、270 節の直接的言及が明らかにしている (84)。そもそも回心記は、『恩寵』に限らず殉教者伝と密接な関係にあり、殉教者伝に織り込まれる裁判記録、家族等に宛てた手紙、遺言書、獄中日誌には、回心記と呼んで差し支えのない類の記述がみられるのである[22]。バニヤンはまず、序文冒頭において「子どもたちよ」とベッドフォードの会衆に呼びかけ、囚人として以下のように続ける。

　　子どもたちよ、神の恩寵があなたがたと共にあらんことを、アーメン。あなたがたの前から引き立てられ、牢獄につながれた身であるので、あなたがたに対し、信仰と聖潔を高めるよう励ますという、神から託された務めをこれ以上、果たすことができません……。
　　Children, Grace be with you, Amen. *I being taken from you in presence, and so tied up, that I cannot perform that duty that from God doth lie upon me, to youward, for your further edifying and building up in Faith and Holiness, &c . . . .* (1)

　コミュニティーから引き離され、獄中にあったことは、リンチ (Kathleen Lynch) が論じるように、彼の『恩寵』を外部から完全に自律した「自己発生的な」("self-generated") 内面の記録にすることはなかった。バニヤンの回心記は、故郷に不在の彼が、記憶を呼び覚ますことによって同胞信徒たちと共に出現せしめようとした「ヴァーチャル集会」("a virtual gathering") であった[23]。バニヤンはそこで会衆に自らの回心体験を語る説教師であるが、

第3章　獄中の魂の記録 ── ジョン・バニヤン『溢れる恩寵』──　55

この序文ではあらゆる受難の苦しみを乗り越え、心静かに家族に語りかける処刑前の殉教者の風貌を漂わせている[24]。この「子どもたち」は、父に倣い信仰を貫くことになる信徒たちであるが、殉教の場には欠かせない存在である観衆でもある。バニヤンが見せるこのような殉教者としてのポーズは、序文と共に自伝『恩寵』の外枠を形成している二つの後記「著者の聖職への召命略記」('A brief Account of the Author's Call to the Work of the Ministry')および「著者の入獄略記」('A brief Account of the Author's Imprisonment')においても示される。絞首刑による最期を覚悟したバニヤンは、「わが身は彼らの目の前でいますぐ絞首刑となろうとも、それにより観衆が目覚め、真理を確信してくれるなら、それで本望だ」(*if to be hanged up presently before their eyes, would be a means to awaken them, and confirm them in the truth, I gladly should be contented*" [87])という決然とした態度を示すかと思えば、一転して処刑場という舞台で「ヘマ」を犯し、醜態を晒すのではないかと心を乱しもする。「処刑台のはしごをよじ登ろうと、仮にどうにかそこまでたどり着いても、震えたり、失神しそうな様子を見せたりするようなことになれば、敵が神や神の民を非難する隙を与えるではないか……という考えが心に浮かんだ」("I thought with myself, if I should make a scrabling shift to clamber up the Ladder, yet I should either with quaking or other symptoms of faintings, give occasion to the enemy to reproach the way of God and his People . . . ." [100])。迷いなく焚刑に処されるフォックスの殉教者たちとは異なり、処刑台に足をかける段になってもまだ、神の恩寵を確信することのできない自分を描き出すことで、バニヤンは殉教劇の新しい演出を創り出したのだ、とは、ノットの優れた指摘であるが[25]、このように序文や後記においては、非国教徒として投獄され、迫害を受ける囚人という現実がそのまま、殉教に見立てられているにすぎない。着目したいのはむしろ、『恩寵』の本文、つまり内なる迫害者との戦いを繰り広げる「罪人の親玉」("the Chief of Sinners")の手記にみられる、殉教のイメージである。

　先に引用した序文の"tied up"は、バニヤンがコミュニティーから引き離され、文字通り牢獄に「拘束されている」状況を指しているが、自伝本文のな

かで我々がくり返し出会うことになる「牢獄」およびそこから派生する「拘束」のイメージは、外部からの拘束ではなく、バニヤン自身の心が牢獄と化し、絶望に囚われてそこから抜け出すことのできない苦悩を表現するものへと、転化する。

　牢獄のイメージは、『恩寵』のごく初めのあたりから既に現れる。ほんの子どもの頃から、とバニヤンはいうのだが（第三版では「九つか十くらいの頃」と、具体的年齢が示される）、並ぶ者のないほどの悪童であった彼は、最後の審判の日と「地獄の業火の恐ろしい責苦」("the fearful torments of Hell-fire" [6]) を思っては震え、自分も「ついには悪魔や悪霊とともに、そこで永劫の闇の鎖や枷でつながれることになる」("to be found at last amongst those Devils and Hellish Fiends, who are there bound down with the chains and bonds of eternal darkness" [6]) 運命に常に怯えていた。さらに続けて、この頃の彼は、「だれかがキリスト教徒の信心に関する書物を読むのを目にしただけでも、自分が牢獄につながれる思いであった」("when I have but seen some read in those books that concerned Christian piety, it would be as it were a prison to me" [7]) のだという。ここでバニヤンは、裁かれる罪人として、地獄という牢屋に「鎖と枷」でつながれており、やがて業火に焼かれる定めにある。彼の魂を拘束しているのは、自分は救済されることのない罪人であるとの意識であるが、回心へと向かい始めると、この拘束のイメージはより一層、頻繁に用いられることになる。『獄中の瞑想』では天高く飛翔するバニヤンであったが、それとは対照的に、足に重石をくくりつけられて、彼は地上から飛び立つことなどできない。「私の心は、どんな勤めに向かうのも、どんな勤めにあっても、常に足が鈍るようになり、飛ばないように鷹の足につけるおもりがついているようであった」("it [my heart] would now continually hang back both to, and in every duty, and was a clog on the leg of a bird to hinder her from flying." [26])。この後も、彼は自らの魂の拘束状態について語り続けることになる。「今や私は囚われの身となり、来るべき審判の日まで監禁されたように感じた」("Now was I as one bound, I felt myself shut up unto the Judgement to come." [43])「この言葉は、

私の魂の自由を両足の真鍮の枷のように奪い、数か月の間、私は常にその鎖の音を耳にしながら暮らした」("These words were to my Soul like Fetters of Brass to my Legs, in the continual sound of which I went for several months together." [44])「私のように鉄のくびきをかけられることを恐れて、人々が私と同じ過ちを犯さないようにと、神に祈ったのであった」("I would ... do pray God that my harms may make others fear to offend, lest they also be made to bear the iron yoak as I did." [78])「今やわが心は病んでおり、魂には罪という枷がつけられていた」("for now was I sick in my inward man, my Soul was clog'd with guilt" [80])「私はまるで腰が砕けたようになり、四肢が鎖でつながれたようであった」("I was as if my loyns were broken, or as if my hands and feet had been tied or bound with chains." [81])。

このようにバニヤンの心に足枷をし、鎖でつなぎ、牢獄に幽閉してきたのは、彼を絶望に陥れようとする悪魔であるが、自分に永劫の罰を告げていると感じた聖句こそが、その苦しみを彼に味わわせる。硬直して神の言葉に動くことのない心の状態が、帰属する場所から切り離されて獄につながれ、身動きの取れない囚人のように表現される。「このような思いがひどく私の心を乱し、投獄し、信仰から引き離してつないだ……」("These thoughts would so confound me, and imprison me, and tie me up from Faith ...." [57])。牢獄は絶望を抱える彼自身の頑なな心であり、神が固い扉を粉砕して彼をそこから解き放ってくれることを、バニヤンは聖句を胸に願うのである。「さらにこの頃、私の心が主に対して閉ざされるのを感じた……。主よ、この真鍮の扉を破り、鉄のかんぬきを砕いてください(「詩編」107. 16)」("Further, in these days I should find my heart to shut itself up against the Lord .... *Lord, break these gates of brass, and cut these bars of iron asunder*, Psa.107.16." [26])。自分ではない存在になれるなら、どれほどよいか、とは、自己という頑丈な牢に監禁された彼の叫びである。「ああ、自分以外の者になれたらどれほど嬉しかったろう！人間以外であれば、何でもよい！この状態から脱することさえできれば！」("Oh, how gladly now would I have been anybody but myself! Any thing but a man! And in any condition but mine own!" [45]）彼はまた、牢屋から引っ立てられ、「処刑場へと向かい、ことここに至ってもこそこそと人目を避け、身を隠そうとするが、それもかなわぬ男のように」("like a man that is going to the place of execution, even by that place where he would fain creep in, and hide himself, but may not." [50]）と、慰めの得られない己の罪の深さを表現する。

　バニヤンが描くこのような「キリストを売る者」の獄につながれた魂のありようを、グリーンブラット（Stephen Greenblatt）はジェイムズ・ベイナム（James Bainham）についての論考のなかで、「極度の内的もしくは精神的拘束状態」[26]と呼んでいる。フォックスの『殉教者列伝』にも登場するこの殉教者は、拷問と尋問により、ひとたびプロテスタントの信仰を放棄したが、その後、良心の痛みに耐え切れず棄教を翻し、異端者として処刑されることになった。グリーンブラットは、神を裏切ることで魂に襲いかかったこの時の苦悶を、「ベイナムは内的な葛藤としてではなく、彼の良心にのしかかる外的な圧力として経験したようだ」と論じる。棄教によって、これまで弾圧者によって肉体に加えられていた拷問がそのまま、今度はこの背教者の「良心」に加えられることになるわけである。そしてこの魂への拷問を執り行うのは、他ならぬ神である。すなわち、「かつてのカトリック教会と国家に代わって、神自身と啓示によって示された神の言葉が、ベイナムを拷問で脅すのである」(81)。カトリック教会を国教会に置き換えるならば、続く以下のようなグリーンブラットの指摘は、『恩寵』を考察する際にも有効であろう。すなわち、プロテスタントとカトリックは互いに相手を「真の教会の悪魔的なパロディ」(81) とみなすが、これは危険な反転の可能性を秘めており、しかも、

　　　単なる反転以上の危険がそこにはあった。ベイナムはここで、弾圧者が自分にした仕打ちを自分自身に反復せずにはおれなくなったのであり、そうすることによって、真の意義を回復させるために、その仕打ちを反キリストの領域から戦うキリストの領域に移し替えたのだ。(82)

第3章　獄中の魂の記録——ジョン・バニヤン『溢れる恩寵』——　59

　次のバニヤンの恐ろしいヴィジョンは、「単なる反転以上の危険」がまさに現実となり、彼の魂に降りかかっていることを示す一例となろう。

> 私は神がこうした私の祈りを嘲り、聖なる天使たちが耳を傾けるなか、こう言われたように思った。この哀れで粗野な愚か者は、私を慕い求めているが、わが慈悲が自分のような者にこそ、注がれると考えてのことか、哀れな愚か者だ！思い違いも甚だしい、至高の神がそなたのような者に恩恵を施すものか、と。
> I should think that *God* did mock at these my prayers, saying, and that in the audience of the holy Angels, This poor simple Wretch doth hanker after me, as if I had nothing to do with my mercy, but to bestow it on such as he: alas poor fool! How art thou deceived, it is not for such as thee to have favour with the Highest. (34-35)

　処刑場で炎に包まれながら、恍惚として祈りを唱え、天を仰ぐ殉教者と、それを取り囲み嘲る司祭や刑吏、野次馬たち——上の引用は、そうしたフォックスの描く殉教絵図の裏表を反転させた図像に他ならない。審問官さながらにバニヤンの信仰を嘲るのは神であり、処刑場の見物人たちは、神の言葉を聞いて賛同し、笑いさざめくであろう天使たちに姿を変える。『恩寵』を通じて、バニヤンの魂は常に裁かれている状態にあるが、裁く者は罪の意識に苛まれ続けるバニヤン自身の良心である。「弾圧者が自分にした仕打ちを自分自身に反復」する受難者——これこそ、バニヤンが『恩寵』で演じている役回りなのである。
　『恩寵』で展開される内面劇にあっては、絶望は受難者が弾圧者によって受ける肉体への拷問のごとく経験される。救済の確信を得ることができないために、神の言葉こそが、バニヤンの魂にとっては耐え難い拷問となるのである。罪人の親玉を自認するバニヤンもまた、ベイナム同様、罪の自覚を「内的な葛藤としてではなく、彼の良心にのしかかる外的な圧力」として経験している。以下、顕著な例をいくつか挙げてみたい。「こうした誘惑の示唆が……私の心を鷲掴みにし、あまりに重く心にのしかかった」("These

suggestions ... did make such a seizure upon my spirit, and did so over-weigh my heart" [31-32]）「ときに私がひどい罪悪感に押し潰され、粉々になって地面に崩れ落ちんばかりになると」("as sometimes I should lie under great guilt for sin, even crushed to the ground therewith" [40]）「さよう、他の者は神に救われたのに、自分は罠に落ちたことを知って、碾臼で粉のように磨り潰される心地であった」("yea, it would grind me as it were to powder, to discern the preservation of God toward others, while I fell into the snares" [47]）「ひどいときには、胸の骨がばらばらに砕けるかのように感じた」("I was, especially at some times, as if my breast-bone would have split in sunder" [50]）「私は……罪の重荷に怯え、震え続けさえした……。のしかかる罪の重みで、私は喘ぎ、身悶えし、身を縮めた」("I ... even continued fear and trembling under the heavy load of guilt .... Thus did I wind, and twine, and shrink under the burden that was upon me" [50]）。

　このように、罪の意識の重みにより、バニヤンの魂は粉々に粉砕される。ここで思い起こされるのは、リチャード・ヴァーステガン（Richard Verstegan）の『当世異端者による残虐行為の劇場』(*Theatrum Crudelitatum haereticorum nostri temporis* [1587]）の版画にもみられるような、異端者を仰向けに寝かせた上に重りを載せていく拷問の一つである[27]。もちろん、バニヤンが罪人として語っている以上、こうした拷問のイメージは、表面的には罪人を処す刑罰を、さらには地獄の責苦を表現するために用いられている。悪魔の誘惑に晒されることを、「始終、拷問台の上で拷問を受け」("tortured on a Rack for whole dayes together" [42]）るようなものと表現するバニヤンは、次の244節のように、車輪を始め様々な拷問具を用いて、神の言葉によって責苦を味わう魂のさまを語る。「キリストの情けと憐れみが車裂きの刑のように私を打ち砕いた。というのも、私は自分がキリストを失い、拒絶したとしか思えなかったから。それを想うと、自分の骨が絶えず砕かれるように感じた」("the Bowels and Compassion of Christ did break me as on the Wheel; for I could not consider him but as a lost and rejected Christ, the remembrance of which was as the continual breaking of my bones." [76]）。

そして、神への愛が強まれば強まるほど、反逆した自分自身への「強く熱い復讐心」が激しさを増すことになる。その燃え立つ復讐心は、己に拷問を加えかねない勢いであり、バニヤンは自らの迫害者と化す。

> 私の魂は、キリストを深く愛し、憐れみ、私の心は彼を慕い求めた。というのも、キリストはそれでもわが友であり、悪には善をもって報いるお方だとわかったからだ。さよう、主にして救い主たるイエス・キリストへの愛と思慕がこの時、心の内で燃え、私のこれまでの主への欺きを思って、自分自身に対する強く熱い復讐心が起こり、正直、血管を流れる大量の血を、わが主にして救い主であるお方の御心のままに、溢れ出すまま全て流し尽くしてもよいと思った。
>
> I felt my soul greatly to love and pity him, and my bowels to yearn towards him: for I saw he was still my friend, and did reward me good for evil: yea, the love and affection that then did burn within to my Lord and Saviour Jesus Christ, did work at this time such a strong and hot desire of revengement upon my self for the abuse I had done unto him, that, to speak as then I thought, had I had a thousand gallons of blood within my veins, I could freely then have spilt it all at the command and feet of this my Lord and Saviour. (60-61)

　キリストを仰ぎ見る彼の"bowels"は、244節にもあるように、"compassion"と同義で使われているが、流し尽くされる血のイメージと相まって、臓物を抜く殉教者への拷問への連想が働く。また、引用の"burn within"あるいは"hot"のような炎にまつわる語彙やイメージが、『恩寵』のなかでは頻繁に用いられる。「この時も再び、拷問のような責苦が炎を上げ、私を苦しめた」("Here again, my torment would flame out and afflict me." [47])。さらには、「私はこの魂とそれを舐め尽くす炎の間に立って下さるはずであった主イエスから、このように離れ、怒りを招いたのだ」("I had thus parted with the Lord Jesus, and provoked him to displeasure who should have stood between my Soul and the flame of devouring fire" [55])。その他、70、86、88節などにおいて、バニヤンは幾度となく、地獄の業火を思うことで誘惑を振り払お

うとするのであるが、その一方で彼は火のイメージによって、聖句が彼の心に生んだ信仰の灯火、あるいは信仰の熱を表現する。「この聖句で私の心は萎え、恐れを抱いたが、同時にそれは私の魂に火を灯した」("This Scripture made me faint and fear, yet it kindled fire in my soul." [25])。「この言葉は、こうして私の心で燃え始めた。あなたはわが愛する者、あなたはわが愛する者、と一度に二十回も」("the words began thus to kindle in my spirit, *Thou art my Love, thou art my Love*, twenty times together." [29])。さらには、神の恩寵を思うとき、「点火」("kindle") された信仰心は炎を上げ、内から発する熱によって、バニヤンは殉教者さながらに嬉々として「炎に包まれ」もするのである。「天国と栄光への道を見出そうと私は炎で燃え上がった」("I was in a flame to find the way to Heaven and Glory...." [20]。)「キリストにまみえ、喜び、交わって、私は永遠に燃え上がることだろう」("I might for ever be inflamed with the sight, and joy, and communion of him [Christ]...." [40]) [28]。迫害者に身を焼かれた聖ラウレンティウスの受難は、彼の「キリストにたいする愛は、この猛烈な炎によってもほろびなかった。外部の火は、彼の内部にもえていた火よりもなまくらであった」と語られたが [29]、殉教者の内なる信仰の炎は、その者の肉体を焼く迫害者の拷問の火に対抗し、それを凌駕すべく燃え上がる。

　使われる語彙やイメージにおいて、地獄と殉教は非常に近しいのであって、地獄の業火で焼かれる罪人の叫喚と、処刑台で炎に包まれる殉教者の勝利の叫び「主よ、わが魂をお受け取り下さい」("Lord, Receive my Soul") が互いに共鳴し合うかのように、バニヤンは自身の魂を罪人と殉教者、そのどちらとも判別し難い姿で描き出している。回心とは誘惑から完全に自由になることではなく、神の恩寵は誘惑に苦悩する罪深き者にこそ、もたらされる。したがって、ディヴィス（Michael Davies）の言うように、この内的自伝の書き手は「聖人にして罪人の親玉」であり [30]、両者はポジとネガのような関係にあって、たとえば彼が、「私は……心がひどく沈んで、地獄まで落ちたように感じだ。もし今、火焙りになるとしたら、キリストの私への愛を信じることはできないだろう」("I ... began to entertain such discouragement in my heart, as laid me as low as Hell. If now I should have burned at a stake, I could not believe that Christ had love for me." [26]）と想像するとき、地獄の罪人としてのバニヤンの姿が、「もし」という一語によって瞬時に切り替わり、次の瞬間、信仰の揺らぎに苦悩しつつも処刑場で炎に包まれる殉教者としての彼の姿が、地獄の業火に焼かれる罪人と二重写しになって浮かび上がるのである。フリーマン（Thomas S. Freeman）は、『殉教者列伝』の版画がバニヤンに与えた影響を論じているが[31]、『恩寵』においては、殉教のイメージを用いることで、受難者としてのバニヤンのみならず、彼が魂に受ける苦みが視覚的に鮮やかに表現されている。彼は、ベイナムのように迫害に屈して「キリストを売る」ことはなかったが、投獄の憂き目に遭い、一旦は「国外追放か絞首刑」（125）の宣告を受けながらも、殉教者として最期を迎えることもまた、なかった。バニヤンは『恩寵』において、現実には起こらなかったこの双方を同時に演じているのである。

『恩寵』のなかで何度も神の声に射し貫かれる彼の魂は、兵卒によって大量の矢を射かけられ、ハリネズミのようになったという聖セバスティアヌスの姿を思わせる。「突然、声が天から矢のように飛んできて私の魂を射抜いた」（"a voice did suddenly dart from Heaven into my Soul" [10]）あるいは、「その句『わが恩寵は不足することがない』が、私を射抜いた」（"that piece of a sentence darted in upon me, *My grace is sufficient.*" [64]）にみられるように、聖句の矢は鋭い痛みと同時に、甘美な慰めをもたらすであろう。イエスの視線と言葉は、屋根をも貫いてバニヤンの心臓に突き刺さる。「主イエスが天から屋根を貫いて私をごらんになり、この言葉を私めがけて放たれたかのようであった」（"as though I had seen the Lord Jesus look down from Heaven through the Tiles upon me, and direct these words upon me" [65]）。また、バニヤンの心は時に棍棒やムチで打ち据えられ（「私の良心を打ち据えられて」（"with some dashes on my Conscience"）[72]）、時に槍の矛先で突かれもする。すなわち、「私はさながら槍に向かって突進するかのよう」（"as if I had run upon the pikes" [78]）であり、「長子の権利を売ったエサウについての『ヘブライ人への手紙』十二章にある一節が……私に槍のように突きつけられた」

("the twelfth of the *Hebrews*, about *Esau*'s selling his Birth-right ... stood like a Spear against me" [71])。

　こうしたバニヤンの魂の描写は、さながら多様な殉教がパノラマ風に描かれた『殉教者列伝』の版画のひとつを見るようである。たとえば、1570年版の版画 "The Image of the true Catholicke Church of Christ" には、手前に眼球を抜かれる者、鞭打たれる者、斬首される者、その奥に焚刑に処される者、逆十字にかけられる者、そして野獣に食われる者が示されている[32]。ノットは序文にみられる「荒野の獅子の牙」("the Teeth of the Lions in the Wilderness" [1])のような獅子の比喩を、バニヤンが受ける弾圧とその苦しみを表現するものとして、イメージの源泉を聖書に求める[33]。本文中においては、絶望が「心の内で恐ろしい唸り声をあげ吠え立てる、主(あるじ)なき地獄の猟犬のように」("like masterless hell-hounds, to roar and bellow, and make a hideous noise within me" [53])バニヤンを追い、聖句が「魂を引き裂き」("That Scripture also did tear and rend my soul" [33] ; "rent my Soul asunder" [56])、「ホセア書」の怒りの神としての獅子が「心臓の表面を引き裂く」("rend the caul of my heart" [76])のであるが、たとえば、「罪の誘惑に屈するぐらいなら、ずたずたに引き裂かれたほうがよかった」("I would rather have been torn in pieces, than found a consenter thereto" [45-46])と過去を悔いるバニヤンの言葉からは、殉教者にけしかけられる残忍な爪と牙をもつ野獣の姿が浮かぶのである。ローマの殉教者聖イグナティオスは、大衆の余興に猛獣の前に投げ出され、引き裂かれる最期を知りながら、キリスト教徒に宛てた手紙のなかで自分の苦難を妨害しないようにと懇願した。二頭の獅子を挑発しながら、彼はつめかけた民衆を前に、こう言ったという。「私はキリストの種粒です。純粋なパンになるには、猛獣の歯によってすりつぶされなければならないのです」[34]。『恩寵』と合本で出版されることの多い『ジョン・バニヤン氏の投獄記』(*A Relation of the Imprisonment of Mr. John Bunyan* [1765])において、バニヤンは逮捕状が出ていることを知った上で集会を開き、すすんで逮捕・投獄された経緯を語っているが、こうした囚人の語る「引き裂かれる」苦痛は、聖イグナティオスのような殉教者の受

難を想起させるのである。

　このように、バニヤンの魂は殉教者さながらに、聖句に焼かれ、磨り潰され、貫かれ、打たれ、引き裂かれる。カールトン（Peter J. Carlton）は、聖書の一節がバニヤンの脳裏に閃く際の表現にみられる受動性に着目し、これを「自らの主体性を否定する表現法」（"disclaiming locution"）であるとする。「端的にいえば、バニヤンが『聖句が私を襲った』というとき、彼は自分が何かをしたことを、何かが自分に起こった、という風に語るために、この表現法を用いている」[35]。カールトンがざっと数えただけでも九十箇所に上るというこのような表現法は、バニヤンが主体的に聖書の言葉を思い起こすというのではなく、聖書の言葉が彼を衝撃的に襲うという表現を取るのである。ここで着目したいのは、聖書の言葉に打たれる際のバニヤンの受身の心のありようが、拷問を受け入れる殉教者の姿にみられる完全なる受動性に重なるということである。むろん、このような表現法はバニヤン独自のものではなく、カールトンも指摘しているように、ピューリタンによる内的自伝に顕著な特徴ではあるが、『恩寵』が囚人によって書かれたという事実が、殉教者の姿を読者に容易に連想させることになるであろう。いわば聖書の「暴力」によって魂に受ける苦痛は、拷問が殉教者の信仰を試し、鍛えるように、なされるがままに忍耐強く受け止めることによって、バニヤンの魂を試し、鍛えるかのようである。さらにいえば、批評家たちによって神経症、あるいは狂気とさえ診断されてきた、絶望に身悶えするバニヤンの精神状態は、炎に包まれる殉教者が時にみせるマゾヒスティックな恍惚感と重なる。いずれの場合も、一方的に加えられる「暴力」を耐え忍ぶことが、神の恩寵へと至る術なのである。殉教者は反キリスト者によって、火で焼かれ、拷問で肉体を痛めつけられるが、その苦痛は魂の救済、神の栄光へと向かうエクスタシーと一体である。一方『恩寵』の場合、彼の魂を拷問にかけるのは、罪人である彼に永劫の罰を宣告しているかのような、神の怒りを示す聖句であり、救済は不可能であると絶望へと彼を誘う悪魔であるが、この魂への「拷問」を耐え抜きながら、キリスト教徒は神の恩寵に至るという点において、殉教に似るのである。バニヤンは信仰の敵を「心弛び、盲目、暗闇、過

ち」であるとする。「悪魔は目覚めた心の状態を好まず、心弛び、盲目、暗闇、過ちこそが、悪魔の王国にして住み家である」("He [Satan] loveth not an awakened frame of spirit, security, blindness, darkness, and error is the very kingdom and habitation of the Wicked one." [49])。なかでも筆頭に挙げられている "security" を、彼は特に敵とみなしていたのであろう。『恩寵』は、これとの戦いの記録であるからだ[36]。彼がくり返し絶望に陥るのは、いってみれば "security" を避けようと絶え間無く内省している証であり、とりもなおさず僅かな罪も見逃さない、キリスト教徒としての感度の高さの証である。だからこそ、バニヤンはこれほどまでに執拗に聖句による「迫害」を受けるさまを綴るのである。

　このように、バニヤンは自伝『恩寵』において回心に至るまでの遅疑逡巡の間、神に裁かれる罪人として語るわけであるが、序文および二つの後記に示さているような、執筆当時彼がおかれていた囚人としての現実が、常にそこに重なり合うように、彼の「子どもたち」には意識されたはずである。内面に巣食う誘惑によって地獄の責苦を味わう罪人バニヤンを〈図〉とするならば、国教徒に迫害される獄中のバニヤンは〈地〉であって、前者を語りながら後者を絶えず浮かび上がらせることで、『恩寵』は受難者バニヤンが絶望という内的迫害者の拷問に耐え、試練を通して回心を実現する舞台となったのである。

注

1) John Bunyan, *Grace Abounding to the Chief of Sinners*, ed. Roger Sharrock (Oxford: Clarendon P, 1962). 以下、引用はこの版に拠る。

2) Paul Delany, *British Autobiography in the Seventeenth Century* (New York: Columbia UP, 1969) 4, 88-92.

3) Delany, *British Autobiography*, 19; Dean Ebner, *Autobiography in Seventeenth-Century England: Theology and the Self* (Mouton: The Hague, 1971) 11, 17.

4) 内的自伝についての包括的研究としては、D. Bruce Hindmarsh, *The Evangelical Conversion Narrative: Spiritual Autobiography in Early Modern England* (Oxford:

第3章　獄中の魂の記録 —— ジョン・バニヤン『溢れる恩寵』 —— 67

Oxford UP, 2005); Kathleen Lynch, *Protestant Autobiography in the Seventeenth-Century Anglophone World* (Oxford: Oxford UP, 2012); Owen C. Watkins, *The Puritan Experience* (London: Routledge & Kegan Paul, 1972); Margaret Bottrall, *Every Man a Phoenix: Studies in Seventeenth-Century Autobiography* (London: William Clowes and Sons, 1958); John N. Morris, *Versions of the Self: Studies in English Autobiography from John Bunyan to John Stuart Mill* (London: Basic Books, 1966).

5) Harold Nicolson, *The Development of English Biography* (London: The Hogarth P, 1928) 9-15.

6) Judith H. Anderson, *Biographical Truth: The Representation of Historical Persons in Tudor-Stuart Writing* (New Haven: Yale UP, 1984) 2.

7) Lionel Trilling, *Sincerity and Authenticity* (Cambridge, Mass.: Harvard UP, 1972) 23.

8) Allan Ingram, ed., *Voices of Madness: Four Pamphlets, 1683-1796* (Stroud: Sutton Publishing, 1997) 1-21. 内的自伝に記録された激しい宗教的絶望を狂気という観点から論じた研究としては、Katharine Hodgkin, *Madness in Seventeenth-Century Autobiography* (New York: Palgrave Macmillan, 1988).

9) John Bunyan, *Grace Abounding with Other Spiritual Autobiography*, ed. John Stachniewski (Oxford: Oxford UP, 1998) 230n5.

10) William York Tindall, *John Bunyan: Mechanick Preacher* (New York: Columbia UP, 1934) 33-34.

11) Henri Talon, *John Bunyan: The Man and His Works* (London: Rockliff Publishing, 1951) 134.

12) "a fairly typical case of a now often described mental disorder" (Josiah Royce, "The Case of John Bunyan," *The Psychological Review* 1 [1894]: 240); "He [Bunyan] was a typical case of the psychopathic temperament . . . ." (William James, *The Varieties of Religious Experience* [New York: Longmans, Green, and Co.,1906] 157).

13) John Bunyan, *Seasonable Counsel and A Discourse upon the Pharisee and the Publicane*, ed. Owen C. Watkins (Oxford: Clarendon P, 1988) 62.

14) D. Bruce Hindmarsh は、内的自伝についての批評がこの両極 ("too much trust, or too much suspicion") に陥りがちな危険性を指摘している。*The Evangelical Conversion Narrative: Spiritual Autobiography in Early Modern England* (Oxford: Oxford UP, 2005) 4.

15) バニヤンの時間の扱い方については、Melvin R. Watson, "Drama of Grace Abounding," *English Studies* 46 (1965): 472-476.

16) Barrett John Mandel, "Bunyan and the Autobiographer's Artistic Purpose," *Criticism: A Quarterly for Literature and the Arts*, 10 (1968): 240.

17) Edward Dowden, *Puritan and Anglican: Studies in Literature* (London: Kegan Paul,

1900) 237.
18) John Brown, *John Bunyan: His Life, Times, and Work* (Boston: Houghton Mifflin and Co., 1888) 163.
19) John R. Knott, *Discourses of Martyrdom in English Literature, 1563-1694* (Cambridge: Cambridge UP, 1993) Ch.6.
20) Richard L. Greaves, *Glimpses of Glory: John Bunyan and English Dissent* (Stanford: Stanford UP, 2002) 160.
21) John Bunyan, *The Poems*, ed. Graham Midgley (Oxford: Clarendon P, 1980) 43.
22) Hindmarsh, *Evangelical Conversion Narrative*, 27-30.
23) Lynch, *Protestant Autobiography*, 185, 198.
24) 『恩寵』にバニヤンの殉教者としての意識が見られることは、しばしば指摘されてきた。Mandel, "Bunyan and the Autobiographer's artistic Purpose," 235; Christopher Hill, *A Turbulent, Seditious and Factious People: John Bunyan and his Church, 1628-1688* (Oxford: Clarendon P, 1988) 109.
25) Knott, *Discourses of Martyrdom*, 195.
26) Stephen Greenblatt, *Renaissance Self-Fashioning: From More to Shakespeare* (Chicago: U of Chicago P, 1980) 81.
27) ヴァーステガンの版画については、Christopher Highley and John N. King, ed., *John Foxe and His World* (Aldershot: Ashgate, 2002) の図版 fig.10.3 を参照。
28) 一方、悪魔は、彼の信仰の熱を冷まそうと躍起である。「神の憐みを熱く求めているが、私がお前を冷ましてやろう。このような気持ちは永遠には続くまい。多くの者がおまえと同じくらい心を熱くしてきたが、私がその熱意を冷ましてやったのだ」("You are very hot for mercy, but I will cool you; this frame shall not last alwayes; many have been as hot as you for a spirit, but I have quench'd their Zeal . . . ." [35])。
29) ヤコブス・デ・ウォラギネ『黄金伝説 (3)』前田敬作・西井武訳 (平凡社、2006) 181-182 頁。
30) Michael Davies, *Graceful Reading: Theology and Narrative in the Works of John Bunyan* (Oxford: Oxford UP, 2002) 153.
31) Tomas S. Freeman, "A Library in Three Volumes: Foxe's 'Book of Martyrs' in the Writings of John Bunyan," *Bunyan Studies* 5 (1994) : 47-55.
32) John Foxe, *The Acts and Monuments* (1570) 946. その他、同版の版画 "A Table of the X. first Persecutions of the Primitive Church under the Heathen Tyrannes of Rome" 等の殉教絵図は、ブロードサイド版でも刷られ、出回った（大英博物館蔵。Museum number: 1867,1012.776）。
33) Knott, *Discourses of Martyrdom*, 192-193.

34) ヤコブス・デ・ウォラギネ『黄金伝説 (1)』前田敬作・今村孝訳 (平凡社、2006) 395 頁.
35) Peter J. Carlton, "Bunyan: Language, Convention, Authority," *Journal of English Literary History* 51 (1984): 19.
36)「心弛び」についてのバニヤンの捉え方は、John Bunyan, *The Holy War*, ed. Roger Sharrock and James F. Forrest (Oxford: Clarendon P, 1980) 150-157 の Mr. Carnal Security の描き方にもみられる。

第4章

マーガレット・キャベンディッシュの〈わたし語り〉

I. 前書きの〈わたし語り〉

マーガレットの前書き

　マーガレット・キャベンディッシュ（Margaret Cavendish: 1623-1673）は、エセックス州コルチェスターの富豪であり、王党派であったルーカス家に生まれた。市民革命期には、チャールズ一世の妃ヘンリエッタ・マリアの侍女として王妃とともにパリに亡命し、そこで同様にイングランドから亡命してきたニューカースル侯爵ウィリアム・キャベンディッシュ（William Cavendish）と出会い、妻に先立たれていた彼の二番目の妻となった[1]。

　マーガレットほど、まとまった数の著作を生前に出版した女性は、17世紀においてはまれである。さらにその著作たるや、詩はもちろん、劇、ロマンス、書簡集、演説例文集から科学論文までと、内容のみならず形式においても実に多様である。各々の作品の出来、不出来はともかくとして、我々の関心を引きつけるのは、幅広いテーマとジャンルに挑戦し、それによって世間の評価を得ようという自己顕示欲をむき出しにした彼女の、作家としての燃えるような野心である。この点において、マーガレットはこの時代の女性としては、確かに異彩を放っている。彼女が"First Feminists"のひとりとされる所以である[2]。

　マーガレットの著作を手に取る者は、詩であれ、劇であれ、エッセイであれ、まずその長々しい前書きに出鼻を挫かれ、これから読むことになる書き物の著者は女性であるということを、いやでも意識させられることになる。

書の「前書き」が特に出版文化形成の初期段階において興味深いのは、限られたサークル内での手稿回覧とは異なる、不特定多数の読者への意識が芽生える過程が克明に記録されている点にあるが、女性作家の場合、そこは姿の見えない読者に向かって自己弁護を行うための、あるいはフェミニスト的マニフェストを唱えるための、いわば格好の演壇となった[3]。女性が書を著すことに対する当時の世間の反応については、メアリ・ロウスの『ユーレイニア』(Mary Wroth, *Urania* [1621])をめぐる騒動に関わる文献など、その情報を提供してくれるものはあるにはあるが、書く女性自体が限られていたことから、入手できる資料は十分とはいえない[4]。そのようななかで、マーガレットは女が書くことが17世紀イングランドにおいてどのように捉えてられていたかを、女性自身の言葉で語ってくれる貴重な存在である。1653年に彼女が出版した詩集『詩と空想』(*Poems and Fancies*)は、彼女にとっては記念すべき最初の出版作であったことから、「書く女」としてデビューするに際しての躊躇いと緊張が特によく現れている[5]。ここではこの詩集を中心に、マーガレットの著作に添えられた前書きに焦点を合わせることで、「書く女」を取り巻く当時の環境を探ってみたい。

書く有閑夫人

『詩と空想』のページを最初から繰れば、まず夫ウィリアムが妻を希代の詩人と褒め上げる賛辞の詩に続き、それぞれ異なる相手に向けた六篇の前書き——サー・チャールズ・キャベンディッシュ(Sir Charles Cavendish)に宛てた献呈書簡、婦人方に宛てた前書き、エリザベス・トップ(Elizabeth Topp)宛ての書簡とその返書、自然哲学者に宛てた前書き、一般読者への前書き——があり、さらに韻文で書かれた前書きが三篇、その後に続く。計九篇となるこの「前書き群」には、世間からの攻撃に備えて身構える女流詩人の姿が、そこここに見いだされる。まず、「読者へ」("To the Reader")の冒頭を引用してみたい。のっけから、マーガレットはこの詩集が有閑マダムの暇つぶしであると、開き直って宣言する。

私の書いた本著をお読みになる方があれば、どうか手厳しすぎるご批判はご容赦ください。まず、私には付き添って世話をする子どもがおりません。また、わが主人の所領は召し上げられてしまい、家事や質素倹約に勤しむ必要もなく、手持ち無沙汰なのです。
If any do read this Book of mine, pray be not too severe in your Censures. For first, I have no Children to imploy my Care, and Attendance on; And my Lords Estate being taken away, had nothing for Huswifery, or thrifty Industry to imploy my selfe in; having no Stock to work on.（A7ʳ）

　親子ほど年の離れた夫との間に子宝を授かることはなかったマーガレットは、子育てに時間が割かれることもなく、さらに動乱のさなか、謀反人とされた王党派の夫の領地は共和政権下で差し押さえられたために、女主人として切り盛りする屋敷もなく、倹約に精を出そうにも節約するだけの蓄えがない。そういう自分が手慰みに物した書なのだから、辛らつな批評はご勘弁くださいとのマーガレットの弁は、詩人が使う伝統的トポスの「装われた謙虚」（"affected modesty"）には違いないが、詩人というよりは女性に求められている "modesty" が自分には備わっているというところを示し（これもまた当然、"affected" ではあろうが）、妻という立場にある者が書くことに対して世間から起こるであろう批判を、予めかわそうとしている[6]。この謙虚な女性のポーズは、「自然哲学者への前書き」（"To Naturall Philosophers"）でも示される。対象を自然哲学者に限定して語りかけるのは、詩集に自然哲学をテーマにした詩が含まれていたからであるが、マーガレットは学者連に向かって、自分は英語以外は他のどの言語にも通じておらず、その母国語の英語でさえ、文章を書くことには自信がないと白状したのち、続けてこうも言っている。「私がこれを韻文で書く理由を申しますと、韻文の方が散文よりも誤りを見逃していただけるやも知れぬと考えたからです。詩人が書くのは主として作り話でございまして、作り話は真実を述べるためではなく、娯楽のために書かれるからです」（"And the Reason why I write it in verse, is, because I thought Errours might better passé there, then in Prose; since Poets write most Fiction, and Fiction is not given for Truth, but Pastime." [A6ʲ]）。韻

文は架空の事柄を扱うためのもの、散文は事実を述べるためのもの、という韻文と散文の用途を区別する考え方に依拠しつつ、間違いを咎められないようにとの自己防衛策から、架空・嘘を許容する韻文でもって自然哲学に関する私見を述べることを選んだのだとする、弁解がましく、またいかにも自信のない様子は、先程の「読者への前書き」と同様、「書く女」、そして「学問する女」に向けられるであろう、社会の悪意のこもった視線を多分に意識した結果であろうと思われる。『詩と空想』は義理の弟であるチャールズ・キャベンディッシュに捧げられているが、彼に宛てた「献呈書簡」('The Epistle Dedicatory: To Sir Charles Cavendish, My Noble Brother-in-Law")も、この詩集の前書きの一つとして取り上げるに値するであろう。マーガレットは女性に割り振られた家事の一つである、糸を紡ぎ織物(テクスチャー)を織ることを、巧みに「書くこと」の比喩へとすり替えていく。

> 確かに、私たち女性には、頭脳を回転させて詩を学んだり、書いたりすることよりも、指を使って糸車を回すことの方がふさわしいでしょう。ですが、私には糸を紡ぐ能力がございませんので(仮にあったとしても、寒さ凌ぎの衣を自分のために織るだけの技量を身につけるなど、とても無理な話でございます)、頭のほうを回して楽しんだのです。と申しますのも、どのような頭脳であっても、自ずと、また絶え間なく、どのようにかは働くようにできておりますから、記憶の衣を織り上げて私の名にそれを纏わせ、後世まで育てようと考えたのです。その織物は粗い仕上がりでございまして、丈夫で目が細かく、均一に織られているなどとは、とても申せません。ですが、私の名が寒さで凍え死ぬよりは、たとえみすぼらしい衣であっても、纏わせておいたほうがよいと考えたのです。
>
> True it is, Spinning with the Fingers is more proper to our Sexe, then studying or writing Poetry, which is the Spinning with the braine: but I having no skill in the Art of the first (and if I had, I had no hopes of gaining so much as to make me a Garment to keep me from the cold) made me delight in the latter; since all braines work naturally, and incessantly, in some kinde or other; which made me endeavour to Spin a Garment of Memory, to lapp up my Name, that it might grow to

after Ages: I cannot say the Web is strong, fine or evenly Spun, for it is a Course piece; yet I had rather my Name should go meanly clad, then die with cold . . . . (A2^{r-v})

　指を使う家事は苦手、しかしだからといって、そのかわりに書くことで織り上げた織物の出来映えがいいとは思ってはいない、という謙虚な物言いのなかにも、自分の名声は著作によって後世に残るはずだという作家としてのマーガレットの自尊心を、ここにはっきりと見て取ることができる。すでに触れたように、この書簡は義理の弟、つまりは男性に宛てた書簡であり、そのため、女には指を動かして縫い物や編み物をすることの方がふさわしいのであって、脳を動かして学問を学び、己の思索をまとめ上げるべく執筆活動に従事することは、女ではなく男のすることだ、という当時の一般的な認識を踏まえた上で[7]、女としては特異な（あるいは異質な）自分の存在を語っている。これに対し、同性である「婦人方への前書き」("To all Noble and Worthy Ladies") では、マーガレットはここからさらに一歩進んで、詩を書くことが男性ではなく、本来女性にこそ備わっている能力であると語る。「しかも、詩というものは空想の上に築かれますので、女性は自分たちにこそ、ふさわしい仕事であると主張できるのです。と申しますのも、女の頭脳は平素から、空想的な働きをするように思われるからです」("Besides, Poetry, which is built upon Fancy, Women may claime, as a worke belonging most properly to themselves: for I have observ'd, that their Braines work usually in a Fantasticall motion;" [A3^r])。冒頭の "Poetry" という語はほぼ、"Fiction" と同義で使われているが、"Fancy" という語、さらに女性の脳は "Fantasticall" な動きをするという表現が、ここでどのような意味で使われているかについては、引用の続きを読めばもう少しはっきりするであろう。少し長くなるが、装うことと書くことを女性の領分として同一線上で捉えている点がおもしろいので、引用してみたい。その脳の働きにより、女性は

　　たとえば、思い思いに様々なドレスを身につけ、多様なとりどりの布やリボン

第 4 章　マーガレット・キャベンディッシュの〈わたし語り〉　75

などを選び、巧みに濃淡をつけたり、色を組み合わせたり、また縫い針で刺繍や多種多様な刺し方をしたり、あるいはビーズや貝殻、シルクや藁、その他何でも使って花や箱、バスケットなどの珍しい品々を作り、さらにあらゆる料理法も考え出します。このように、女性の頭は常に空想に掛かり切りなのです。と申しますのも、空想は規則や法則よりも、むしろ好みによって働くのです。仮に私が目新しい色味のシルクを選び、濃淡をうまくつけて色を合わせたならば、刺し方はそれほど正確でなくとも、人の目を楽しませることでしょう。これと同じで、私の著作が、学のある方々は別にしても、読者を楽しませることができたならば、私はそれで満足なのです。

as in their severall, and various dresses, in their many and singular choices of Cloaths, and Ribbons, and the like; in their curious shadowing, and mixing of Colours, in their Wrought workes, and divers sorts of Stitches they imploy their Needle, and many Curious things they make, as Flowers, Boxes, Baskets with Beads, Shells, Silke, Straw, or any thing else; besides all manners of Meats to eate: and thus their Thoughts are imployed perpetually with Fancies. For Fancy goeth not so much by Rule, & Method, as by Choice: and if I have chosen my Silke with fresh colours, and matcht them in good shadows, although the stitches be not very true, yet it will please the Eye; so if my Writing please the Readers, though not the Learned, it will satisfie me; . . . (A3^r)

　ここでマーガレットは、女性が装いや料理に工夫を凝らし、様々な素材を用いて創意に富む品々を作り出すのは、詩作に通じる「空想」("Fancy") のなせる業であるとしている。実際、彼女はその "Fancy" なるものを存分に発揮し、男性と女性の衣装を組み合わせた奇抜なファッションで公の場に姿を現し、周囲を仰天させた。"Fancy" は "Rule" や "Method" ではなく、"Choice" によって働くものだというマーガレットの主張には、"Rule" や "Method" は男が用いるもの、女は "Choice"、あるいはルーセッタの言葉を借りるならば、「女の理屈」("a woman's reason" [*The Two Gentlemen of Verona*, I. ii .23])で動くものだ、という通念を逆手にとって、"Fantastical" な女には作家としての適正があることを、女性の読者に訴えかけている。この最初の出版が実現したのち、マーガレットは次々と書を著していくが、1666 年に上梓した

『実験哲学に関する所見』(Observation upon Experimental Philosophy) の前書きでは、自分は書く病に取り憑かれて書くことが止められない、これは「空想の病」("a fantastical disease")、いや、私としてはむしろ「理知の病」("a disease of wit") と呼んでもらいたいものだ、と胸を張り、自分の著作が"Fancy"だけではなく、"Wit"の働きによって生み出されたものだと主張する[8]。この「書く病」に取り憑かれた女マーガレットは、出版する病に取り憑かれた女でもあった。

出版する女流作家

「ニューカースルの気狂いマッジ」("Mad Madge of Newcastle")とは、マーガレットにつけられたあだ名であるが、マーガレットがただ書くだけの女であったなら、あるいは"Mad"と称されるほどの悪名高い女性にはならなかったかもしれない。17世紀に出版された書物の約1％が女性によって書かれたという見解を示す研究者もいるが、はっきりとした数字は分からない[9]。いずれにせよ、次から次へと書き、さらに、宮廷の手稿文化のなかにあって、書いたものを端から出版していくマーガレットのような女性は、ホイッテイカー (Katie Whitaker) の言葉を借りるならば、階級とジェンダーの「二重のタブー」を犯した、かなり特異な存在であったことは確かである[10]。『詩と空想』の出版に関する情報としては、詩集の表紙下部に、"Printed by T. R. for J.Martin, and J.Allestrye at the Bell in Saint Pauls Church Yard"とある。セント・ポール寺院の周辺地区は当時、ロンドンにおける出版業の中心地で、裕福な書店が軒を連ねており、John MartinとJames Allestryが共同経営するベル社は、主要な出版社の一つであったようだ。1663年からは王立協会の御用達として、科学関係の書籍を数多く出版している[11]。

先に確認したように、この詩集の前書き群には、韻文で書かれたものが三篇含まれるが、そのひとつ「女流詩人の勇み足の決断」("The Poetresses hasty Resolution") と題する詩は、出版に至るまでの詩人の心の葛藤をテーマにしている。出版を望む詩人に向かって、それを思い止まらせようと、詩人の分身たる「理性」が説得を試みる。

第4章 マーガレット・キャベンディッシュの〈わたし語り〉

理性が言った。お前はかように時間を浪費しようというのか
世間からわずかの評価しか、得られる見込みがないもののために。
恥知らずめ、手を引くのです、と理性が言った。出版社を思いやれ
お前のできの悪い詩では、損をさせかねまい。
その上、役立たずの書物が溢れ、世界はすでに
その重みに耐えかねているのだ、荷を積みすぎた船のように。

Will you, said shee [Reason], thus waste your time in vaine,
On that which in the World small praise shall gaine?
For shame leave off, sayd shee, the Printer spare,
Hee'le loose by your ill Poetry, I feare
Besides the World hath already such a weight
Of uselesse Bookes, as it is over fraught. (A8^r)

　このように詩人の出版への意欲に水をさし、さらにこの後続けて、世のため、人のためには、おまえの書いたものなど全て火にくべて燃やしてしまえ、と迫る理性に腹を立て、説得されないうちに大急ぎで出版したのだと著者は述べるのだが、ここに潜む十分な推敲の時間がなかったという弁解は、やはりこの女流詩人の自分の教養に対する自信のなさの現れであろう。しかしながら、へぼ詩集を出しては出版社も損をすると理性に語らせながら、一方でこれまで出版されてきた数多の著作（つまりは、男性たちによって書かれた）を「役立たずの書物」と切って捨てる大胆さも、マーガレットは見せるのである。

　「婦人方への前書き」において、女性が作家向きであることを同性に力説したマーガレットだが、その冒頭はやはり、自己弁護で始まっている。「本書を出版したことで、私を女の面汚しと責めないでください。本書は無害であり、虚栄心がないとは申しませんが、不誠実さとは全く無縁の書なのです」("Condemne me not as a dishonour of your Sex, for setting forth this Work; for it is harmless and free from all dishonesty; I will not say from Vanity." [A3^r])。マーガレットは、書くだけでは飽き足らずにそれを出版しようという野心を抱いた自分に対し、その「虚栄心」に同性からも厳しい視線が

注がれ、妻の分をわきまえぬ高慢な女と揶揄されるのではないかと危惧していた。実際、ドロシー・オズボーン（Dorothy Osborne）は、婚約者ウィリアム・テンプル（William Temple）に宛てた手紙のなかで、マーガレットの『詩と空想』に言及し、出版されたばかりのマーガレットの詩集が手に入れば、それを送ってくれるようにと彼に頼んだあと、その詩集が彼女のドレスより、さらに十倍は奇抜だと世間で笑い物になっていることに触れ、「その哀れな女は、確かに少し頭がおかしいのです。さもなければ、本を書こうなど、ましてや韻文で書こうなどという、ばかげた行いをするはずがございません！」（"Sure the poor woman is a little distracted, she could never be so ridiculous else as to venture at writing books, and in verse too!"）と、「書く（しかも、よりにもよって韻文で）女」に対し、情け容赦のない毒を含んだ言葉を向けるが[12]、おそらくこれが、当時の女性からの一般的な反応であったに違いない。詩集の最後を飾る詩（"A Poet I am neither borne, nor bred"）は、自分の詩の源は夫ウィリアムの「頭脳」（"Braine"）であるとして、夫を盾にして「書く女」への批判をかわそうとする狙いが明白である（Kk4ʳ）。女性の名で書が出版された場合、男性のゴーストライターの存在が疑われることがままあったが、マーガレットのこの結びの詩からは、作家として認知されることを諦めるには野心的すぎる一方で、作家としての知的自立性を主張するには躊躇せざるを得ない、ひとりの「物する女性」の悒怏たる思いが伝わってくる。1655年に出版した『雑録集』（The Worlds Olio）の前書きでは、マーガレットはよりきっぱりとした口調で、女性自身による女性に対する偏見が、女性が書くことを阻んでいると示唆することになる[13]。

　オズボーンの書簡からも、女性たちの間で『詩と空想』が知る人ぞ知る詩集であったことは確かであるが、「婦人方への前書き」が「婦人方へ」とあるからといって、ひとたび出版されることになれば、女性だけがその前書きを目にするということにはならない以上、女性作家と女性読者という女同士のやり取りを、男性読者がいわば「盗み聞き」するように読むであろうことも、計算されていたはずである。次の引用は、そうした男性読者への痛烈な一撃であるといえよう。「殿方たちは、私の著書に侮蔑の微笑を

投げて寄こすでしょう。なぜなら、女が書を著わすなど、彼らの領分をあまりに侵害しすぎていると考えるからです。殿方は、書物は自分たちの王冠、剣は王笏であり、それによって世を統べ、統治していると考えているからです」("Men will cast a smile of scorne upon my Book, because they think thereby, Women incroach too much upon their Prerogatives; for they hold Books as their Crowne, and the Sword as their Scepter, by which they rule, and governe." [A3^{r-v}])。先に引用した前書き「読者へ」で示して見せた、子どものいない主婦の単なる暇つぶしであるというポーズは、女性読者を前にしたときには覆されている。女が本を出版することは、書物を王冠とし、剣を王笏として、知と力で男が君臨する王国を侵略する行為だからこそ、脅威を感じた殿方たちは嘲笑を浮かべてみせ、私たち女性の士気を挫こうとするのですわ、と同性の読者に説いてみせるマーガレットは、男性読者には極めて挑発的に映ったに違いない。その「侮蔑の微笑」を浮かべたひとり、同時代人のサミュエル・ピープス (Samuel Pepys) は、マーガレットが夫の伝記を書いて出版した折、その伝記を「ばかげた歴史」("a ridiculous history") と呼び、その伝記から彼女が「気の狂った、思い上がりの強い、ばかげた女」("a mad, conceited, ridiculous woman") であることが分かり、夫ウィリアムも「その女に自分のために伝記を書かせておくような痴れ者」("an ass to suffer her to write what she writes to him and of him") であると揶揄し[14]、女房に自分の伝記を書かせ、しかもその出版を許すなど、男としての、あるいは夫としての見識が問われるというもので、世間のいい笑い者だとばかりに眉を顰めるのである。出版する女は、同性からも異性からも、気の狂った思い上がり者とのレッテルを貼られることを、覚悟しなければならなかったわけである。

献呈する女学者

　女性が自作を出版する行為が、当時これほど人を不愉快にさせる行為であったとするならば、さらに出版した本を知識人や大学に献呈・寄贈することに熱心であったマーガレットがどのような目で見られたかは、容易に想像

がつく。先に引用したように、『詩と空想』には、特に自然哲学者に宛てた前書きが付されていたが、当時新興の学問として注目されていた自然哲学を論じた著作に関しては、学問の府である大学に評価されたいという野心が、マーガレットの胸に大きく膨らんでいたようである。市民革命期にアントワープに亡命した折には、ライデン大学の学長にそれまでに出版した自著を献呈しており、また亡命先から母国のオックスフォード、ケンブリッジ両大学の図書館司書に、図書館並びに大学関係者に寄贈したいとして、著作を送りつけている。王政復古後、イングランドに帰国したのちには、その寄贈先をさらに増やし、両大学の各カレッジに自著を贈っている[15]。『哲学および自然科学の所見』(The Philosophical and Physical Opinion [London, 1655]) と『実験哲学に関する所見』の二冊の科学書には、他の読者への前書きからは独立した形で大学に宛てた前書きが添えられおり、出版の準備段階からすでに献呈先を決めていたことが分かる。

　当時、大学図書館に自著を所蔵してもらおうというような気を起こした場合、その者がいかに己のおこがましさに恥じ入りながら書を差し出す慣わしであったかを教えてくれる詩としては、エイブラハム・カウリー (Abraham Cowley) の献呈詩「オード ── カウリー氏の書、その身をオックスフォード大学図書館に贈呈す」("Ode: Mr. Cowley's Book presenting it self to the University Library of Oxford") が、その好例であろう[16]。この詩の第一連でカウリーはまず、寄贈先であるオックスフォード大学を「学問の神殿」("Learning's Pantheon")、さらには「全学界が乗船する／聖なる箱舟」("the sacred Ark / Where all the World of Science do's inbarque" [ll.1-2]) と褒め称え、過去の英知の「葉／頁」("leaves" [l.5]) が生い茂る知恵の木であると讃える。続く第二連でBodleyの名が現れ、図書館へとその賞賛の対象が移り、第三連で図書館に所蔵されるという栄誉にすでに浴している著者たちに向かって、カウリーはおどおどとした様子で、私のような者がお仲間に入れていただいてよいのか、と伺いを立てる。

　　御身の神聖な一団に加えてくださるか

英国で最も乏しいこの才智を。
名声の司祭の総顧問である御身は
　　愚痴をこぼし、不平を漏らされるのではないか
　　わたしがあなた方の一員になろうとすることに
　　名声の従者のなかでも最も卑しい助祭である、このわたしが。
御身は名誉ある鎖をわたしが着けることをお許しくださるか
　　かの装飾の鎖のことであります、ここで
　　御身の高貴な囚人たちが誇らしげに着けておられる。
Will you into your Sacred throng admit
　　The meanest British Wit?
You Gen'ral Council of the Priests of Fame,
　　Will you not murmur and disdain,
　　That I place among you claim,
　　The humblest Deacon of her train?
Will you allow me th' honourable chain?
　　The chain of Ornament which here
　　Your noble Prisoners proudly wear; (ll.25-33)

　カウリーが押し頂こうとしている「名誉ある鎖」とは、図書館で貴重な書物を机や本棚などにつなぐ盗難防止用の鎖のことであり、鎖につながれて自由を奪われた囚人に書物をなぞらえているが、鎖は書物にそれだけの価値があることを保証する装身具であるだけに、囚人たちは「誇らしげに」それを身に着けている。この詩のように、寄贈する者は、生きながらにして自ら名乗りを上げて過去の偉大な賢者たちの仲間入りをするにあたっては、分不相応にもその栄誉に浴することに、十分畏れおののく、あるいは少なくとも、十分に畏れおののいているという風を装わねばならなかった。カウリーの場合、幼い頃から神童と謳われ、詩人としての評価も高かったが、世間的に全く認められていない作家が、しかも女だてらに自著を売り込むからには、それなりの覚悟と意気込みがあったに相違あるまい。マーガレットは『哲学および自然科学の所見』の前書き「イングランドの誉れ高き両大学へ」("To the Two Most Famous Universities of England")で、両大学を献呈先として

選んだことについて、二つの高名な大学こそ、自分の書の真価を正当に判断してくれるところだと考えたからであると自信をのぞかせるが、同時に、両大学こそ、他のどこよりも礼儀骨法が存在するところであるからだとして、たとえ評価が低くとも酷評は免れるとの計算から、礼節の重んじられる大学を選んだのだと、自信のない様子を示す。そのあと、マーガレットの弁は以下の引用のように続く。

> ですが、賞賛に値しない私であっても、沈黙のうちに埋葬されるくらいの丁重な扱いは、賢人がお集まりの貴校からは、受けられるはずでございましょう。著名な方のように、記念碑を建てていただくには値しない私ですが、静かな墓があればと思うのです。と申しますのも、大学の塵の下に埋葬されることは、私にとりましては十分、名誉なことで、無学な者たちに神と崇められるより、ずっと望ましいことなのです。ですから、皆様方の学識に照らした結果、私に月桂冠をくださることはできなくとも、慈悲の心で私に喪のイトスギの小枝を撒いていただきたいのです。ですが、この誇らしい埋葬ののち、後の世に私が輝かしい復活を遂げるということが、あるやもしれぬではないですか。時が経てば、見慣れぬ異常なものも、許容されるようになるものです。異常とは、人間にはそう思われるというだけで、自然においてそうだと申しているのではありません。女が書物を大学に献呈することが異常だと致しましても、私のこの行為が自然に悖ってはおりませんようにと、また、虚栄心に満ちているかに見えたとしましても、誠実な行いでございますので、無礼にはなりませんようにと、願っております。

but if I deserve not Praise, I am sure to receive so much Courtship from your Sage Society, as to Bury me in Silence, that thus I may have a Quiet Grave, since not Worthy a Famous Memory, for to Lye Intombed under the Dust of an University will be Honour enough for Me, and more than if I were Worshipped by the Vulgar as a Deity. Wherefore, if your Wisdoms cannot give me the Bays, let your Charity strew me with Cypress; and who knows, but, after my Honourable Burial, I may have a Glorious Resurrection in Following Ages, since Time brings Strange and Unusual things to pass, I mean Unusual to Men, though not in Nature; and I hope this Action of mine is not Unnatural, though Unusual for a Woman to Present a Book to the University, nor Impudent, for it is Honest, although it seem Vain-glorious; . . . [17]

　前半の謙虚な物言いが、半ばあたりからマーガレットの自負によってかき消される。女の私が書いたこの書は、今の世では認められないかもしれない。だが、たとえこの書が大学の才人たちに認められないとしても、大学図書館に保管さえされていれば、そこで埃に埋もれてしまうことがあろうとも、いつの日か、その書は自らの灰から甦る不死鳥のように「輝かしい復活」を遂げてこの世に甦り、真価が理解されて名声を博する日が来るに違いない。マーガレットはこのように語り、時代が彼女に追いついていないことこそが、彼女の不幸であるとする。さらに、女性が大学に自著を寄贈するという行為について、これは"unusual"であっても、決して"unnatural"ではないと弁明しているが、マーガレットの寄贈という行為が世を驚かせる奇行であったばかりではなく、女の本性に悖る行為であるとの批判さえ、受けかねない行いであったことが分かる。マーガレットの著作にみられる幾重にも重ねられた「前書き群」は、世間から受けるであろう、このような批判や嘲笑の波から自著を守る、防波堤のようなものであった。そしてこうした「前書き」は、もしマーガレットが書くことだけで満足するような女性であったなら決して残ることはなかった、17世紀の女性作家についての貴重な資料である。およそ350年前、出版、そして献呈という「男の領分」をあえて侵して世に問うた彼女の作品が、今日改めて次々と出版され、近代初期を代表する作家のひとりとして評価されていることを考えるならば、彼女が予言した「輝かしい復活」も、もはや単なる虚勢と片付けることはできないだろう。

II.『自然の素描』における〈わたし語り〉
―― 自伝とロマンス「許婚」――

伝記とロマンス

　17世紀における伝記とロマンスとの関わり合いを論じようとすれば、二つのジャンルの顕著な相違がまず、問題となろう。すなわち第一に、ロマンスはフィクションであるのに対し、伝記は事実を扱うべきものである。「べき」としたのは、それが一般的前提であって、実際に書き手がそれを忠実に貫こうとしたかどうかは、また別の問題であるからだが、少なくとも、近代の伝記作家たちは、自分たちが語る人生の記録は真実であると、口をそろえて強調してきた。第二に、伝記は道徳的・宗教的教導を目的とし、偉人伝や聖人伝に代表されるように、読者の鑑となるような人物の生き様、そして死に様を示すジャンルである。自伝においても、たとえば内的自伝がそうであるように、読者に手本として自らの生涯を示すという意識がみられるのである。これに対しロマンスは、若い娘の恋愛と結婚を軸に展開する、極めて世俗的かつ娯楽的な読み物であった。つまり、両者は異質であるというよりは、むしろ真っ向から対立するといえよう。しかしながら、この性質を異にする二つのジャンルが、相互に作用し合い、互いの常套やモチーフを取り込み、いかに分かち難く絡み合っていたかを示すテクストが、17世紀には存在する。サルツマン（Paul Salzman）は、ロマンスが当時の様々なジャンルにおける語りのスタイルに影響を与えていたことを看破し、自伝もその一つであるとして、ロマンス風自叙伝を物した例として、サー・ケネルム・ディグビー（Sir Kenelm Digby）やエドワード・ハーバート（Edward Herbert）といった書き手の名を挙げる[18]。

　近年においては、特に女性による自伝が注目され、宗教的色彩の濃いジャンルばかりではなく世俗的なロマンスもまた、彼女たちの〈わたし語り〉に影響を及ぼしたことについては、特筆すべき研究がなされている[19]。出版を念頭に置いていたという点で、17世紀の女性の世俗的自伝としては異彩

を放つマーガレット・キャベンディッシュの「著者の生い立ちと生涯についての真実の話」("A true Relation of my Birth, Breeding and Life" [1656]；以下、「真実の話」と略記する）は、伝記研究において必ずといってよいほど言及されてきた作品である[20]。しかしながら、このように自伝という観点からクローズ・アップされるあまり、大抵は単独で取り上げられ、『自然の素描』(Natures Pictures Drawn by Fancies Pencil to the Life [1656]) という著書のなかの一篇の作品であるという事実が顧みられてこなかったために、この自伝がもつ本来の特質が見過ごされてきたといえる。「真実の話」は、後世の編者が好んでそれを促してきたように、マーガレットによる夫の伝記『ウィリアム・キャベンディッシュ伝』(The Life of the Thrice Noble, High and Puissant Prince William Cavendish [1667]) と対の（あるいはその補遺的な）自伝として読まれるべきではなく、あるいはこれまで研究者たちがそうしてきたように、著書から切り離し、独立した自伝として扱うべきではなく、まずはマーガレットが意図したように、『自然の素描』に収められた作品のひとつとして読まれるべきであるというのが、筆者の立場である[21]。したがって本節では、『自然の素描』の前書きを手掛かりにしつつ、そこに収められたロマンス「許婚」("The Contract") と自伝「真実の話」を取り上げ、ジャンルを異にする二つの作品の相互補完的な関係を明らかにしたい[22]。

ロマンス作家のアンチ・ロマンス宣言

　マーガレット・キャベンディッシュという存在は、これ丸ごとロマンスなり、と辛らつな揶揄を込めて断じたのは、ピープスその人であった。1667年4月11日付の彼の日記に記されたマーガレット評は、同時代人の目にこの自称女流作家がどのように映じていたかを物語って余りある。「この婦人にまつわる話はすべてロマンスであり、婦人のすることなすこと、どれをとってもロマンス風である」("The whole story of this Lady is a romance, and all she doth is romantic.")[23]。当時、ロマンスといえば、不義、駆け落ち、誘拐といったセンセーショナルなモチーフをふんだんに盛り込んだ、年若い娘を堕落させる有害な読み物の代名詞であった。ロマンス作家たちが読者に女

性を想定しているというポーズをとったこともあり、17世紀の諷刺家たちにとってロマンスを好んで読む女は、彼らの毒舌の格好の標的であった。さらにマーガレットがそうであったように、ロマンスとは女によって読まれるだけではなく、女によって書かれる物語であると捉えられることもあったため、この「女々しい」ジャンルは真っ当な文学として評価されなかったのである[24]。マーガレットは、ロマンスを書くことに伴うリスクを十分に理解していた。特に、メアリ・ロウスが『ユーレイニア』の出版によってエドワード・デニー（Edward Denny）から浴びせられた手酷い悪態は、しっかりと彼女の胸に刻まれており、著書『詩と空想』の前書きでデニーを引用しつつ、攻撃の矛先が今度は自分に向けられるのではないかという不安を綴っている。「ロマンスを書いたかのご婦人に対して言ったように、人々はきっと私にこう言うでしょう。／『他になすべきことがあろう、著作から手を引きたまえ／賢明な女が本を書いたためしはないのだから』と」("And very like they will say to me, as to the *Lady* that wrote the *Romancy*, / *Work* Lady, *work*, *let writing* Books *alone*, / *For surely* wiser Women *nere wrote one*.")[25]。『ユーレイニア』の出版によってロウスが引き起こした「書く女」に対する激しい攻撃を前に、物することを躊躇した女性は少なくあるまい。しかしそれでも、マーガレットはロマンスを書いた。そして書いただけではなく、それを出版したのである。マーガレットをロマンスそのものであると評したピープスは、こうした彼女の所業もすべてひっくるめて、そう呼んだのであろう。

『自然の素描』は実に雑多な書き物のアンソロジーである。少し長くなるが、表題をすべて、ここに記してみよう。"Natures Pictures Drawn by Fancies Pencil to the Life. *In this Volume there are several feigned Stories of Natural Descriptions, as Comical, Tragical, and Tragi-Comical, Poetical, Romancical, Philosophical and Historical, both in Prose and Verse, some all Verse, some all Prose , some mixt, partly Prose, and partly Verse. Also, there are some Morals, and some Dialogues; but they are as the Advantage Loaves of Bread to a Bakers dozen; and a true Story at the latter end, wherein there is no Feignings.*" マーガレットには『雑録集』という表題の著書があるように、「ごた混ぜ」は彼女の著作を特徴づけるスタイルであるといえる。『自然の素描』には著者による献辞のあと、例によって前書きが連なり、夫ウィリアムが妻の弁護を展開する前書きが二篇、そしてそれに続く著者マーガレットによる前書き六篇が冒頭に添えられているが、こうした前書きの最も重要な目的のひとつは、どうやら表題で "Romancical" とされているロマンス作品の弁護にあるようだ。ウィリアムは最初の前書き（B1$^{r \cdot v}$: "To the Lady Marchioness of Newcastle, on her Book of Tales"）で、妻の書の宣伝に取りかかるや否や、「求愛したり、されたり」（"to woo / And to be woo'd"）する作法を教えて若い娘を毒する世のロマンスものとは異なり、妻のそれがいかに「無害」（"innocent"）であるかを力説し、ロマンスの卑俗なイメージを打ち消すためにその対極にある宗教界をもちだして、「純潔な修道女もこれを読んでよしと請け合うであろうし／カルトジオ修道会の贖罪司祭も是認するであろう」（"A Vestal Nun may reade this, and avow it, / And a *Carthusian* Confessor allow it." [B1^r]）とする。さらに彼は言葉を続けて、この書に収められたロマンスは、「みだらな色香などではない／貞潔な愛の物語であって、太陽のように光り輝き／雉鳩のように無垢な、悪徳を遠ざける」（"no wanton charm, / But virtuous Love, bright shining as the Sun, / As innocent as Turtles, Vice to shun." [B1^r]）物語であると説く。次の前書きで、夫は女の作品、そして執筆活動そのものに向けられるであろう、男からの批判を見越した弁護を行うことになるが、それよりも前にまず、書にロマンス作品が含まれることに対する弁解の必要性を感じていたようである。

　マーガレット自身、ロマンスものに向けられた当時の厳しい視線を非常に強く意識していた。「私がロマンス風と呼ぶところのこうした物語については」（"As for those Tales I name Romancicall"）で始まる彼女の三番目の前書き（C2^r-C3^r: "To the Reader"）は、ロマンス作家の自己弁護といってよい内容である。ロマンスを書くのは、「読者を楽しませるためでも、めそめそと嘆くばかげた恋人たちを描くため」（"to please, or to make foolish whining Lovers"）でもなく、「美徳と美質の素晴らしさを表現するため」（"to express the sweetness of Vertue, and the Graces"）であると、このロマンス作家は主張する。さらに彼女が、そもそも世にいうロマンスを書こうにも、これまで読んだことがほとんどないので書き方がわからない、とうそぶくとき、マーガレットは自分がロマンスに毒された女ではないことを、併せて読者に印象づけようとするのである。

> ロマンスものの約束事にも手法にも、私は全く通じておりません。これまで一度として、ロマンスを最後まで読んだことなどないからです。私のいうロマンスとは、倣うべきようなことはおおよそ書かれておらず、避けねばならない愚かしい色事や無茶な愚行ばかりで、気高い恋の分別ある徳行や、真の勇敢さとは無縁の書き物のことです。これまでに私が読んだロマンスはせいぜい三冊で、それもごく一部に過ぎず、うち一冊については三部まで、残りの二冊については半分のみで、それ以外は全く読んだことがありません。仮にたまたま内容を知らずに手に取ることがあったとしても、最初の五、六行を読んでそれがロマンスとわかれば、教えるところも、導くところも、愉しませるところもない無益な書として、すぐさまそれを放り出すでしょう。
> Neither do I know the rule or method of Romancy Writing; for I never read a Roamncy Book throughout in all my life, I mean such as I take to be Romances, wherein little is writ which ought to be practised, but rather shunned as foolish Amorosities, and desperate Follies, not noble Loves discreet Vertues, and true Valour. The most I ever read of Romances was but part of three Books, as the three parts of one, and the half of the two others, otherwise I never read any; unless as I might by chance, as when I see a Book, not knowing of what it treats, I may take and read some half a dozen lines, where perceiving it a Romance, straight throw it from me, as an unprofitable study, which neither instructs, directs, nor delights me:（C2$^{r\text{-}v}$）

前書きからすでに、マーガレットの〈わたし語り〉は始まっている。この念の入った弁解において、ロマンスとはすなわち、そこから得る人生の教訓が何もない「愚かしい色事や無茶な愚行」の物語であるという、当時広く流布していたロマンス観をそのまま踏襲し、ロマンスものを「無益な」書と断

第 4 章　マーガレット・キャベンディッシュの〈わたし語り〉　89

じる一方で、マーガレットは自分の作品が有閑婦人の淫らな恋心を掻き立てるようなロマンスとは一線を画した、あるいは真っ向から対立する、アンチ・ロマンスであると主張する。

> ですが、私のロマンスは、恋の情熱を燃え立たせるのではなく、むしろそれを静め、慎み深い考えを生み出し、徳への愛を育み、慈悲深い憐憫の情を起こさせ、温かい思いやりをもたせ、礼節の心を高め、忍耐が失われつつあるときにはそれを鍛え、気高き勤勉さを推奨し、美徳に栄冠を授け、人生を教示するであろうと考えております。
> but I hope this work of mine will rather quench Amorous passions, than inflame them, and beget chast Thoughts, nourish love of Vertue, kindle humane Pitty, warme Charity, increase Civillity, strengthen fainting patience, encourage noble Industry, crown Merit, instruct Life; (C2ᵛ)

　このように、マーガレットはいってみれば当時のロマンス観をちょうど裏返しにすることによって自らの作品を定義し、その道徳性を強調するのである。なるほど、「悪徳を糾弾し、愚行を滅ぼし、過ちを防ぎ、若者に警告し、不運に備えて人生を武装させる」("damn vices, kill follies, prevent Errors, forwarne youth, and arme the life against misfortunes" [C2ᵛ-C3ʳ]) という彼女のロマンスには、ロマンスを読むことを許されない、あるいは読むことを自ら拒むヒロインたちが登場する。ロマンスのなかでロマンス否定を行うという、このような屈折した自己撞着的スタンスは、前書きで展開されるアンチ・ロマンス作家としての自己定義と呼応し合うのである。

創作と自伝
　先に引用した『自然の素描』の表題に話を戻したい。収録された作品は「偽りの話」("feigned Stories")、つまりフィクションとして一括りにされているのに対し、著者は巻末第十一篇の自伝「真実の話」だけは他と明確に区別して、「巻末の、いかなる偽りもない真実の話」("a true Story at the latter end, wherein there is no Feignings") であると断っている。この短い自伝の

なかで、"true" あるいは "truth" といった語を、彼女はくど過ぎるぐらい繰り返し用いており、ことこの自伝に関しては、あくまでいささかの偽りもない真実として読者に示そうというマーガレットの強い意識があるのは、明らかある。シーリグ（Sharon Cadman Seelig）が分析してみせた、自己の「万華鏡のように次々と姿を変える像」（"a kaleidoscopic series of images"）を創出するその独特の文体は、受ける可能性のある、あらゆる批判を予めかわそうとする戦略であると同時に[26]、読者からの「嘘」であるとの非難を避けようとする著者の、過度に用心深い試みから生じているという言い方もできるであろう。

　「真実の話」が嘘のない自伝であるというアピールは、しかしながら一方で『自然の素描』の前書きによって骨抜きにされている。伝記というジャンルに対するマーガレットの姿勢をうかがう上で、マーガレットの四番目の前書き「読者へ」（C3ʳ-C4ʳ: "To The Reader"）は、示唆に富む内容である。なぜなら、そこで明らかになるのは、著者の気質がいかに伝記作家に向かないか、ということであるからだ。「私の天性の才能は、作り話を書くことです」（"my Naturall Genius is to write fancy" [C3ᵛ]）と言い切る彼女は、写実が自然を模倣することであるならば、空想はそれを創造するのであって、両者の違いは「被造物と造物主」（"a Creature and a Creator"）の違いに等しいとする。*Natures Pictures Drawn by Fancies Pencil* というタイトル自体からもうかがえることであるが、マーガレットはこれを努めて「人生の営みや運命の浮き沈みを写実し真似る」（"describe, and imitate the severall Actions of life, and changes of fortune"）書にしようとしたようであるが、自らの「生まれつき空想に心が惹かれる傾向」（"my Naturall Inclinations and affections to fancy"）に抗うのは易しいことではなかったと告白する。マーガレットは彼女の二番目の前書き（C1ʳᵛ: "An Epistle To my Readers"）で、ひとりの王室御用達画家の名を挙げて、自分はヴァン・ダイクのような肖像画家には向いていない、肖像画家というのは実物を写すことで「本物のように描写する」（"lively describe"）ものだが、私が描き出すのは「空想物」（"phancy formes"）だからだ、と語る（C1ʳ）。こうした言葉は、リアリズムよりもロ

マンティシズムに向かう作家としてのマーガレットの自負を示すものだが、真似るより創ることこそ、自らの本領と宣言する芸術家が描く自画像が、どれほど実物に忠実であるかについては、疑いが生じざるを得ない。さらに自伝「真実の話」には、『自然の素描』巻頭の前書きとはまた別に、個別の前書き（Aaa2ʳ-Aaa4ʳ: "An Epistle"）が付されており、ここで展開される記憶と創作の関係についての考察には、「いかなる偽りもない」という表題の文言とは裏腹に、自伝を真実であると言い切ることを避けようとするマーガレットの姿勢がみられる。彼女によれば、記憶とはすなわち、他人の知識の「澱んだため池」（"standing Ponds"）のようなものであって、自分の脳から湧き出た泉ではない。「脳が記憶を保ちつつ、創造することは不可能である」（"it is impossible the Brain should retain and create" [Aaa2ᵛ]）から、忘却によってこそ、創作は可能になるのであり、それはちょうど自然界において、死こそが新たな生命をもたらすようなものである。こうした主張は、著書にみられる広範な知識が他人の借り物ではないと主張するためになされているのだが、この前書きにより、あとに続く「真実の話」を標榜した自伝が、著者の記憶に厳密に基づく記録であるとは考えにくくなり、内乱期を生きる〈わたし〉の波乱に満ちた物語と、『自然の素描』の他の「空想の筆による」作品との境界は、極めてあいまいになるのである[27]。

自伝のヒロインとロマンスの〈わたし〉

ジョーンズ（Emily Griffiths Jones）は、「真実の話」の約十年後に出版されたマーガレットによる夫ウィリアムの伝記を「歴史ロマンス」（"Historical Romance"）と呼び、国王チャールズに対するウィリアムの報われることのない自己犠牲的忠節を 'fin amour' として描きだすことで、著者マーガレットは内乱期から王政復古に至る夫の生涯をひとつのロマンスに仕立てていると指摘する[28]。『ウィリアム・キャベンディッシュ伝』は、これを「ばかげた歴史」と揶揄した同時代人ピープスばかりではなく、のちにホレス・ウォルポール（Horace Walpole）の嘲笑をも、招くことになる。「自分の夫を度々ユリウス・カエサルに譬えたり、アムステルダムにどんな馬車で

乗りつけたかといった逸話を語ってみせたりと、これまた笑止千万」(It is equally amusing to hear her sometimes compare her Lord to Julius Caesar, and oftener to acquaint you with such anecdotes, as in what sort of coach he went to Amsterdam.") の伝記であると語るとき、ウォルポールが抱いた不快感は、伝記で何が語られているかということよりも、どのように語られているかに起因しているように思われる[29]。彼を苛立たせたのは、歴史を語るにはそぐわない、そのいかにも「ロマンス風」のスタイルであったと思われるからだ[30]。マーガレットの自伝「真実の話」は、ウィリアムの伝記とは性質はまた異なるが、それと同様に、ロマンスと歴史／伝記が緊張関係を孕みつつ、融合した作品であるといえる。

　「真実の話」は、マーガレットがアントワープで夫と亡命生活を送っていた折に書かれたため、亡命者としての当時の心境が色濃く反映されている[31]。先に引用したように、マーガレットは前書きで自らのロマンス作品を「不運に備えて人生を武装させる」物語だと定義したが、自伝「真実の話」はまさに、「忍耐という鎧を身に着けて」("Patience hath arm'd us" [Ccc4'])不運に立ち向かったという〈わたし〉の苦難を物語るのである。綿密に組み立てられているとは言い難いこの自伝に、構成というものが認められるとするならば、まず著者の生い立ちについて、次いで彼女の性格・気質についての二部立てと考えることができるだろう。伝記というものはまず、その人物の出自を示すために、簡潔に家系図をたどることから始めるのが常套であるが、マーガレットもまた、冒頭で父親であるトマス・ルーカス (Thomas Lucas) が郷紳であったと述べることから始め、爵位をもたなかったトマスを、金で買える爵位に興味はない高潔な人物であったと語る。平和な時代ゆえに、英雄には活躍しようにもその場がなかったとし、勇者でありながら、彼は「英雄的行為」("Heroick Actions" [Aaa4'])を披露する機会に恵まれなかったわけであるが、戦場での功績の穴埋めをするかのように、ウィリアム・ブルック (William Brooke) との決闘については言葉を費やして語る。ブルックを決闘の場に呼び出すと、父トマスは「名誉をかけて相手に挑み、勇敢に戦い、正義を以て負かした」("by Honour challeng'd him, with Valour

第 4 章　マーガレット・キャベンディッシュの〈わたし語り〉　93

fought him, and in Justice kill'd him," [Aaa4ʳ]）。結果、彼は国外追放の憂き目に遭うのであるが、このエピソードは自身の（あるいは恋人の）名誉を守るために決闘に及ぶ騎士的な役を父に負わせている[32]。マーガレットは父親ばかりではなく、母親に対しても「英雄的」という語を用いる。寡婦となっただけではなく、生き延びてルーカス家が内戦によって没落するのを目の当たりにしなければならなかった母親について、マーガレットはその忍耐強く耐え忍ぶ姿を指して、「英雄的」（"Heroick" [Bbb4ʳ]）であった、というのであるが、これはローズ（Mary Beth Rose）が "the male heroics of action" と対比して、"the heroics of endurance" と呼ぶところのヒロイズムの一例といえよう[33]。母エリザベスの "Heroick Spirit" は、あくまで貞淑な妻が家庭で発揮する類の精神として描かれるからだ。愛する夫を失った悲しみから、「母は屋敷が自分の尼僧院であるかのようにそこに引きこもって生活し、教会へ行く以外は外出することもめったにありませんでした」（"she made her house her Cloyster, inclosing her self, as it were therein, for she seldom went abroad, unless to Church," [Bbb4ʳ]）。

　幼くして保護者である父親を亡くし、尼僧院に引きこもったように外の世界と交わらない母の監督下で暮らしたという幼少期の〈わたし〉の生活は、『自然の素描』第六篇のロマンス「許婚」のヒロインのそれと、多分に重なり合う。ヒロインの父は「高貴な郷紳」（"A Noble Gentleman" [Aa4ʳ]）であり、再婚相手の若い妻が娘を産んで亡くなったのち、後を追うようにしてこの世を去り、後には一歳にもならないヒロインが残されるのである。叔父夫妻に引き取られ、育てられることになるヒロインだが、この叔父は「ひっそりと人と交わらずに生活しており、屋敷には使用人も少なく、ほとんど知り合いもおらず、修道士さながらの隠遁生活を送っていた」（"he lived obscurely and privately, keeping but a little Family, and having little or no Acquaintance, but lived a kinde of a Monastical Life" [Bb1ʳ]）。このように、自伝とロマンスの一節をそれぞれ入れ替えても変わらないほど似通った表現で、世捨て人のような隠遁生活を送る保護者と、ごく限られた内輪の人間のなかで育つ〈わたし〉／ヒロインが描かれる。結果、両者は俗世の穢れに全

く染まらぬ無垢な娘に成長するのである。自伝のなかで、外界のみならず邸内の使用人に悪影響を受けることからさえ、母親によって用心深く守られていたのだと、マーガレットは自身の純粋培養ぶりを語る。「また母は、素行の悪い下男が子守女たちと一緒に子ども部屋にいることも、お許しになりませんでした。淫らな色恋で見苦しい振る舞いをしたり、子どもたちの前で聞くに堪えない言葉を発するようなことがあってはならないからです」("likewise she never sufferd the vulgar Serving-men, to be in the Nursery amongst the Nurss Maids, lest their rude love-making might do unseemly actions, or speak unhandsome words in the presence of her children" [Bbb1ᵛ])。田舎の屋敷で暮らす折も、ロンドンで暮らす折も、姉妹たちは他人を避けるようにぴったりと身を寄せ合い、非社交的な暮らしをしていたことが強調される。

> 私の姉たちは、姉妹だけで行動して他人と交わろうとせず、結婚相手の親戚であっても、他の兄弟姉妹たちにとってはほとんど面識のない人たちでしたので、他人も同然で、親しく会話をしたり、親密な関係になったりということは、ありませんでした。
> my Sisters were so far from mingling themselves with any other Company, that they had no familiar conversation or intimate acquaintance with the Families to which each other were linkt to by Marriage, the Family of the one being as great Strangers to the rest of my Brothers and Sisters, as the Family of the other. (Bbb3ʳ)

一方、ロマンス「許婚」のヒロインは、彼女に田舎暮らしでは得られない教養を身につけさせようと考えた叔父とともに、大都市で暮らすことになるが、叔父は社交界デビューまでは人付き合いを徹底して避けながら、世の中についての知識を姪に得させる心積もりである。「二、三年は人前には出ず、外出時には常にヴェールで顔を覆ってお前だと人に知れないようにするのだよ。知り合いもつくらず、人づき合いもよそう。人にはわしらのことは知られずに、こちらはできるだけ多くのことを観察し、聞き、見ることにしよう」("you shall not appear to the World this two or three years: but go alwayes veiled, for the sight of thy Face will divulge thee; neither will we have acquaintance or commerce with any, but observe, hear, and see so much as we can, not to be known." [Bb1ᵛ]）。

　互いに呼応する自伝の〈わたし〉とロマンスのヒロインであるが、特に二人が当時の女性にしては高い（むしろ高すぎる）教育を受けている点は、注目に値する。許婚の心を姪に惹きつけるためというにしては、叔父がヒロインに施す教育の充実ぶりは、度を越している。叔父は姪の歳にあわせて適した書物を与えるのであるが、「姪を賢明にし、色恋に夢中にならないような書物を選び、ロマンスやその種の軽薄な書物は一切、読ませようとはしなかった」（"he chose her such Books to reade in as might make her wise, not amorous, for he never suffered her to reade in Romancies, not such light Books;" [Bb1ʳ]）。姪が七歳のとき、叔父が最初に手渡したのは道徳哲学に関する書であるが、これは、「道徳的な素地を養い、情熱を抑えることを教え、恋心を御することを学ばせるためであった」（"to lay a Ground and Foundation of Virtue, and to teach her to moderate her Passions, and to rule her Affections." [Bb1ʳ]）。続いて叔父は、歴史書、そして詩集を与え、姪が理解できないところは指導してやる。都会に出てからは、自然科学や物理学、化学や音楽、その他さまざまな学問の講義を聴き、法廷に裁判の傍聴に出かけて司法を学び、住まいに帰れば叔父が家庭教師を務めて学問を教えてやる、といった具合である（Bb2ʳ）。許婚の男の心を虜にしたのはヒロインの美しさであって、彼女の「学」とは無関係である以上、ロマンスにおいてこのようにヒロインが身につけた学問が詳細に語られることに違和感を覚える読者も少なくあるまい。マーガレットが「学のある者」として振る舞い、当時最先端の自然哲学を含む多領域の学問についての所見を出版し、また1667年に自らの希望で王立協会を訪れた最初の女性であることに、今更言及する必要はあるまい。しかしながら自伝のなかでは、彼女の教養や学問への情熱は、非常に抑えられた調子で語られる。例えば、幼少期の家庭教育に関する箇所では、良家の子女が習得すべき通り一遍の作法が並び、加えてそれが実用のためではなく、単なる「たしなみ」であったことが強調される。「家庭教師については、私たちが歌やダンス、楽器に読み書き、裁縫やその他、あ

らゆる教養を身につけられるようにと雇われておりましたが、あまり厳しく叩き込まれたわけではなく、ためになるからというよりは、たしなみとして習いました」("As for tutors, although we had for all sorts of Vertues, as singing, dancing, playing on Musick, reading, writing, working, and the like, yet we were not kept strictly thereto, they were rather for formalitie than benefit," [Bbb1^v-Bbb2^r])。読書について触れた一節でも、学問は彼女にとって暇つぶし以上のものではなく、「無邪気で罪のない」("innocently harmless") 趣味のひとつに過ぎないと語られる。

> 私の学識については、かじった程度にすぎませんが、他の何をするよりも読書をして時を過ごすことを好み、理解できないことが書かれている時には、学のある兄ルーカス卿にその意味を尋ねたりしておりましたが、あまり真剣に学問に身を入れることはありませんでした。
> as for my studie of books it was little, yet I chose rather to read, than to imploy my time in any other work, or practise, and when I read what I understood not, I would ask my brother the Lord *Lucas*, he being learned, the sense or meaning thereof, but my serious study could not be much, . . . (Ddd2^r)

「真実の話」が自著の後記として添えられた自伝であることが、学のある〈わたし〉をこのように中途半端にしか描くことのできない、主たる要因になっていると思われる。彼女の前書きがそうであるように、己の学識不足に対する弁明が、ここにも用心深く織り込まれているからである。自伝では差し控えねばならなかった博学な〈わたし〉の顕示を、マーガレットはロマンスのヒロイン描写では安全に行うことができたのである。

家系、幼少期と続けば、伝記に記される次のステージは、青年期である。箱入り娘として成長した〈わたし〉／ヒロインを特徴づけるのは、引っ込み思案で自信のない内向的な性格である。娘たちがいよいよ、社交界に姿を現し、人目に触れる日が来る。マーガレットの場合、社交界デビューは、王妃ヘンリエッタ・マリアの宮廷に侍女として上がったときであった。マーガレットは自身を世慣れていない、シャイで非社交的な娘として描き出す。

第 4 章　マーガレット・キャベンディッシュの〈わたし語り〉　97

内乱が激しくなるなか、1642 年にコルチェスターからオックスフォードに逃れ、その地で国王チャールズ一世と合流するが、王妃の侍女となることを強く望み、母を説き伏せて宮廷に上がることとなる。初めて家族からひとり離れ、不慣れな宮仕えで宮廷作法の心得もなく、「無知から宮廷の作法に反するのではないかと気後れし、どう振る舞えばよいのか分からなかった」("lest I should wander with Ignorance out of the waies of Honour, so that I knew not how to behave my self" [Bbb3ʳ]) と萎縮する〈わたし〉は、悪意に満ちた宮廷人たちの笑いものになる道化のように描かれる。「さらに、世間というものは、純真無垢な者さえ、中傷の標的にするものだと聞いておりましたので、視線を上げることも、話すこともできず、どう見ても社交的とは言い難い様子をしておりましたので、正真正銘の愚か者だと思われていました」("Besides, I had heard the World was apt to lay aspersions even on the innocent, for which I durst neither look up with my eyes, nor speak, nor be any way sociable, insomuch as I was thought a Natural Fool," [Bbb3ᵛ])。純真無垢で野暮ったい田舎娘の〈わたし〉は、このように洗練された宮廷の悪徳と対比され、ひたすら自分の殻のなかに身を丸めて防御態勢を取る蝸牛のようである。宮仕えによって粋な会話や優美な作法を習得することもできたかもしれないが、「愚鈍で、臆病で、引っ込み思案な」("dull, fearfull, and bashfull")〈わたし〉は、自分の軽率な振る舞いが家族の名誉を傷つけることを恐れ、「不品行だとか身持ちが悪いと思われるくらいなら、愚か者だとみなされるほうがよかった」("I rather chose to be accounted a Fool, than to be thought rude or wanton;" [Bbb3ᵛ]) のだと語る。修道院に譬えられた幼少期の生活と同様に、ここでも人との交わりがないことによって、性的穢れのなさが示唆されている。侍女にとって、宮廷はふさわしい結婚相手を見いだす求愛の場であったが、〈わたし〉は結婚に関心をもてないというよりは「恐れ」を抱き、男を寄せつけずに暮らしていたと綴る。「私は結婚というものに恐れを抱き、殿方との同席をできるかぎり避けてきました」("I did dread Marriage, and shunn'd Mens companies, as much as I could" [Bbb4ʳ])。しかしながら、こうした奥手な娘であったからこそ、夫ウィリアムのお眼鏡に適っ

たというわけである。

　さて、都会で教養を磨いてきた「許婚」のヒロインであるが、いよいよ顔を隠していたヴェールを取って、社交界デビューすることになる。叔父の勧めるままに宮廷仮面劇に行くことに気の進まぬヒロインは、自分は華やかな場にそぐわないと、次のような不安を叔父に向かって吐露する。「私は人の目にどれほど愚鈍に映ることでしょう……取り乱してどう振る舞えばよいかもわからないことでしょう。家庭のなかのみで養育されてきた私は、粗野で、滑稽に見えることでしょう。……無知から間違いをしでかし、きっと愚行で人の注目を集めるだけです」("I shall appear so dull . . . . I shall be so out of Countenance, that I shall not know how to behave my self; for private Breeding looks mean and ridiculous, . . . I may commit Errours through my Ignorance, and so I may be taken notice of onely for my Follyes." [Bb2ᵛ])。箱入り娘の気後れ、引っ込み思案な恥じらいを示すヒロインの言葉は、自伝の〈わたし〉のそれと、単語レベルにおいても響き合う。ヒロインは宮廷を「虚栄の戦」("the Wars of Vanity")（Bb3ᵛ）が絶えぬ戦場と呼び、キューピッドが恋のさや当てを繰り広げる場であるとたじろぎつつも、弾丸が耳元をかすめて怯える若い兵士のように、恥ずかしがって下を向いているべきではないと、勇気を奮い立たせる。さらにヒロインには結婚する意志はなく、それどころか、美しい人妻に心惹かれた許婚の偽誓によって男というものが信じられなくなったと、異性に敵意さえ示す（Bb3ʳ）。人目を（特に男の視線を）避けたいヒロインは、叔父の言葉に耳を貸さず、美しく着飾って人目を引いても、それで自分の学識が深まるわけでも知識が増すわけでもないと、全身黒ずくめの装いで宮廷仮面劇に向かうことを決めるのである。

　マーガレットのファッションへの関心が、度を越したものとして世間の口の端に上っていたことは、彼女の奇抜な出で立ちを見ようと人が群がったというピープスの証言からだけではなく[34]、自伝からも知れる。「私は身を飾ることに何ら喜びを感じませんでしたので、着飾ることも稀でした。……ですが、噂では、私は様々な趣向を凝らした装いをしていたことになっているのです」("nor seldom did I dress my self, as taking no delight to adorn my

第4章　マーガレット・キャベンディッシュの〈わたし語り〉　　99

self, . . . although report did dress me in a hundred severall fashions:" [Ccc3ᵛ]）。一旦はこのように悪意による噂として否定するのであるが、マーガレットはすぐさま翻って、事実であったと自ら認めるのである。

> 私は装うことや、美しい衣装や着こなし、なかでも自分で意匠を凝らしたものに大いに喜びを覚え、他人が考案した着こなしにはそれほどの喜びは感じませんでした。また、人に自分の着こなしを真似されるのも嫌で、それは自分が唯一無二であることに常に喜びを感じたからで、衣服の飾りについてさえも、そうでした。
> I took great delight in attiring, fine dressing and fashions, especially such fashions as I did invent my self, not taking that pleasure in such fashions as was invented by others: also I did dislike any should follow my Fashions, for I always took delight in a singularity, even in acountrements of habits, . . . (Ddd2ʳ)

一貫性のある自己を語りによって構築するのが自伝であるとするならば、マーガレットのそれは、ローズの言葉を借りるならば、「興味深くも最も例証的な失敗作」（"an interesting and most illustrative failure"）であるが[35]、ファッションに関する〈わたし〉の姿勢も、二転三転する。

> 私は、人前に出る時にはできる限り引き立つ装いをしたいと思いますが、生涯、夫以外は誰とも会わずに一人でいることが何よりの望みで、隠者のように粗布のガウンを纏って腰ひもを結び、引きこもって隠遁生活を送りたいのです。
> though I desire to appear at the best advantage, whilest I live in the view of the publick World, yet I could most willingly exclude my self, so as Never to see the face of any creature, but my Lord, as long as I live, inclosing my self like an Anchoret, wearing a Frize-gown, tied with a cord about my waste: (Ddd3ᵛ)

果たして、〈わたし〉は無比の存在として世間の注目を集めたいのか、それとも隠者のように世間から忘れ去られたいのか。この真逆を向く願望のどちらが真実であると、自伝作家は語っているのか。判断を下すことができな

い読者は、宙ぶらりんのまま、取り残されることになるが、ロマンスにその答えがある。つまり、本人は人目を避けたいのだが、彼女の卓越性がそれを許さず、世間（特に夫となる男）が彼女を見逃さない――それがマーガレットの示すシナリオである。「許婚」のヒロインが、人の注目を浴びないようにと自ら選んだ黒いドレスによって、彼女の美しさはかえって「暗雲の切れ間からのぞく太陽」（"the Sun when he breaks through a dark Cloud" [Bb3ʳ]）のように素晴らしく引き立つ。宮廷人たちの目を、そして許婚の男の目をも釘付けにするヒロイン初登場のシーンは、このロマンスで最も熱のこもった劇的な描き方がなされる場面のひとつである。さらに、二度目に総督の舞踏会に姿を現すとき、豪華に着飾らせ、宝石を買ってやろうとする叔父に対し、ヒロインは衣服に金を浪費する必要はないと告げ、今度は銀の刺繍が施された白づくめのドレスを選び、これがまた「星のちりばめられた天」（"a Heaven stuck with Stars" [Cc1ʳ]）のように眩く、男たちの心を虜にし、女たちの嫉妬を招く。それまで一切、劇場や舞踏会に出向くことなく、外出の折には常に用心深く顔を布で覆い、隠してきた（"masqu'd, muffl'd, and scarf'd" [Bb2ʳ]）のは、この瞬間のためであり、人の視線を避けるのは、最大限の効果でそれを浴びるためなのである。

　自伝のなかで「引っ込み思案」（"bashfull"）であると繰り返される〈わたし〉の内向的な性格は、それゆえに夫ウィリアムの目に留まり、彼の心を射止めたのだと語られる。「わが夫ニューカースル侯爵は、多くの者が欠点とみなした私の引っ込み思案な臆病さをよしとされ」（"my Lord the Marquis of *Newcastle* did approve of those bashfull fears which many condemn'd," [Bbb3ᵛ-Bbb4ʳ]）、彼にふさわしい妻として〈わたし〉を選んだ。「許婚」のヒロイン同様、虚飾の宮廷のなかにあって、真実の輝きにより男心をつかむのが、地味で目立たぬ〈わたし〉というわけである。女の一生において、結婚は最大のクライマックスであるが、ウィリアムとの出会いについてはほとんど何も具体的に語られることはない。それどころか、マーガレットは彼との「初恋」を、愛の情熱を一切否定するかのような、冷淡ともいえる調子で物語る。「それは色恋ではなく、私はそのような恋は思ったことがなかった

のです。色恋とは病であるか、情欲であるか、あるいはその両方であり、人の話で聞いたことはありますが、私自身は経験したことがないのです」("for it was not Amorous Love, I never was infected therewith, it is a Disease, or a Passion, or both, I onely know by relation, not by experience;" [Bbb4ʳ])。『自然の素描』の前書きで、自分のロマンス作品は一般に流布した「愚かしい色事や無茶な愚行」についての話とは異なり、「恋の情熱を燃え立たせるのではなく、むしろそれを静める」物語であるとしたマーガレットであるが、自らが主人公となる自伝「真実の話」において、このように前書きをなぞるかのように、アンチ・ロマンス的〈わたし〉の恋愛と結婚を描く。「許婚」のヒロインは、「賢明にさせ、色恋に夢中にならない」ような書物を読ませようという叔父の教育理念から、ロマンスものを与えられることはないが、一方で彼女は若くハンサムな許婚と出会い、彼への情熱から保護者である叔父の段取りした高齢の総督との結婚話を受け入れない。姪に恋の情熱を育ませまいとする叔父の企ては、見事に失敗したともいえる。だが、自伝においては、ロマンス作家である〈わたし〉が実に全く"romancical"ではないことが、夫との情熱を排した恋愛と結婚についての語りによって描き出されるのである。前書きで打ち出されたマーガレットのアンチ・ロマンス的ロマンスの実践は、ロマンス作品そのものより、自伝のなかでより徹底して示されているといってよかろう[36]。

さて、「許婚」のヒロインの恋であるが、法廷の場における彼女の卓越した答弁によって実ることになる。ヒロインの許婚である公爵は、まだ幼かったヒロインとの婚約を反故にして、高官の美しい妻と契りを交わし、高官の死後、彼女を妻としていた。美しく成長したヒロインと出会い、彼女が自分の許婚であると知った公爵は、彼女と結婚するために、妻との結婚が無効であると主張する。公爵と公爵夫人、そしてヒロインが、公聴会の場で証言することとなる。注目したいのは、公爵夫人とヒロインの弁明の応酬である。公爵夫人は、ヒロインの生まれ育ちや若さに侮蔑の言葉を浴びせる。「この狡猾で媚びた裏表のある小娘は……生まれが賤しく、公爵の妻にはあまりに育ちが悪く……自分で判断したり、同意したりするには、幼過ぎま

す」("This crafty, flattering, dissembling Child ... being of a low Birth, and of too mean a Breeding to be his Wife, ... being too young to make a free Choyce, and to give a free consent." [Ee2ʳ])。ヒロインはこれに対し、「相手に無礼を働くことなく」("without the breach of Incivility" [Ee2ʳ]) 弁明したいと裁判官に申し出ると、公爵夫人のいわれのない揶揄一つひとつに対し、裁判官や傍聴人たちが感嘆するような雄弁さと真摯さで以て反論し、堂々と自分の権利（つまり、妻の座）を主張するばかりではなく、いったん奪われていたそれを見事、取り戻す。

　自伝「真実の話」に記された最も具体的なエピソードの一つは、議会によって没収され、売却される夫ウィリアムの所領のうち、法で妻に認められていた割り当て金を請求するために、亡命先からイングランドへ夫の弟チャールズ・キャベンディッシュと共に帰国したエピソードであろう。マーガレットの議会への訴えは功を奏さず、割り当て金の請求が認められなかったことは、当時、困窮を極めていた彼女を落胆させるに十分であったが、加えて彼女の申立人としての奔走ぶりが世間の噂になり、彼女を悩ませたようである。自伝におけるこの出来事についての記述の狙いは、議会の理不尽さを告発すること以上に、こうした噂を根も葉もなきことと打消し、〈わたし〉が世の荒波に対して無力であり、世渡りの「いろは」について全く心得ていない、慎み深い妻であることを主張することにある。マーガレットは、当時確かにいた、「訴状を携えて駆けずり回り、苦情を申し立て、敵の非を鳴らし、有力者の後ろ盾があると吹聴する」("running about with their severall Causes, complaining of their severall grievances, exclaiming against their severall enemies, bragging of their severall favours they receive from the powerfull" [Ccc2ʳ]) 女性の申立人を批判し、自分がそのような女の一人ではないことを強調する。さらに、こうした女たちの弁じ方――「まくし立てて相手の言葉を遮り、阻み、横槍を入れ、野次を飛ばしてこき下ろし、侮蔑の言葉を浴びせて互いに相手を貶め、そうすることで自分が優位に立とうと考える」("words rushing against words, thwarting and crossing each other, and pulling with reproches, striving to throw each other down with disgrace, thinking to advance themselves thereby" [Ccc2ᵛ]）——に対し、苦言を呈する。ここでやり玉に挙げられている婦人たちの品性を欠いた弁じ方は、「許婚」の公爵夫人のそれを思わせる。マーガレットは「許婚」において、仮に自分に公の場で正当な申し立ての機会が与えられていたならばどのようなスピーチを行ったかということを、公爵夫人との対比によってヒロインの姿に重ねて披露し、現実では果たし得なかった自身の権利の奪還を、ロマンスのなかで実現している。自伝ではもっぱら不運を耐え忍ぶ〈わたし〉の"heroics of endurance"が描かれるが、ロマンスではヒロインの"heroics of action"が示されて、大団円となるのである。

　マーガレットが『自然の素描』の前書きで展開した反ロマンス的ロマンス観は、ロマンス作品そのものよりもむしろ、著者紹介として巻末に付された自伝「真実の話」を語る〈わたし〉に、より色濃く反映されていた。幼少期にあっては家族以外の者とは交わらず、宮廷に上がってからは宮廷人たちを臆病に避け、結婚後は恋の情熱を経験せぬまま夫婦になった夫以外の者とは付き合いのない、隠者のような生活を求めていると語る〈わたし〉が主人公の自伝は、「愚かしい色事や無茶な愚行」とは無縁の物語として語られる。一方、ロマンス「許婚」は、マーガレットが自伝で語らなかったこと、語りえなかったことを、ヒロインの描写を通じて明らかにする。当時のあらゆる学問を習得し、天性の美しさで人々の注目を一身に集めるヒロインは、自らの正当な権利を申し述べる機会を与えられるばかりではなく、奪われていた権利をその気高い振る舞いと卓越した弁術によって見事、奪還するのである。マーガレットは、自伝においてアンチ・ロマンティックなヒロインとしての著者像を提示する一方で、ロマンスにおいては、実人生においては叶わなかったヒロイックな〈わたし〉を、主人公の描写を通じて実現しているといえよう。

注
1) Margaret の伝記は、以下を参照。Katie Whitaker, *Mad Madge: Margaret Cavendish, Duchess of Newcastle, Royalist, Writer and Romantic* (London: Vintage, 2004) ; Anna Battigelli, *Margaret Cavendish and the Exiles of the Mind* (Lexington: UP of Kentucky, 1998).
2) Moira Ferguson, ed., *First Feminists: British Women Writers, 1578-1799* (Bloomington: Indiana UP, 1985) 84.
3) Randall Martin, ed., *Women Writers in Renaissance England* (London: Longman, 1997) の Ch.1 は、女性作家による「前書き」の選集である。なかでもフェミニスト的主張の初期の例として、Margaret Tyler が *The Mirrour of Princely Deedes and Knighthood* (1578) の翻訳出版に際して付した前書きは重要である。Tina Krontiris, *Oppositional Voices: Women as Writers and Translators of Literature in the English Renaissance* (London: Routledge, 1992) 44-49 参照。
4) *The Poems of Lady Mary Wroth*, ed. Josephine A. Roberts (Baton Rouge: Louisiana State UP, 1983) 31-36. 16、17 世紀の女性作家たちが、女が書くことをどのように捉えていたかを論じた研究としては、Elaine V. Beilin, *Redeeming Eve: Women Writers of the English Renaissance* (Princeton: Princeton UP, 1987) の特に Ch.4 および 9 参照。
5) この詩集について、読者の読み方を方向づけしようとする「前書き」と本文との関係を論じた研究として、Randall Ingram, "First Words and Second Thoughts: Margaret Cavendish, Humphrey Moseley, and 'the Book'," *Journal of Medieval and Early Modern Studies* 30:1 (Winter 2000) 101-124.
6) "affected modesty" については、Ernst Robert Curtius, *European Literature and the Latin Middle Ages*, trans. Willard R. Trask (1953. Princeton: Princeton UP, 1990) 83-85. 当時、最も重要な美徳のひとつとして女性に求められた "feminine modesty" が、いかに女性が書くこと／出版することをためらう要因になったかについては、Angeline Goreau, *The Whole Duty of a Woman: Female Writers in Seventeenth Century England* (New York: Dial P, 1985) 9-17.
7) 編み針が女の道具であるのに対し、ペンを男の武器と捉える当時の考え方については、Margaret W. Ferguson, "Renaissance concepts of the 'woman writer'," *Women and Literature in Britain, 1500-1700*, ed. Helen Wilcox (Cambridge: Cambridge UP, 1996) 152-154.
8) Margaret Cavendish, *Observations upon Experimental Philosophy*, ed. Eileen O'Neill (Cambridge: Cambridge UP, 2001) 7. マーガレットの "wit"、"reason"、"fancy" の捉え方について論じた研究としては、Sylvia Bowerbank, "The Spider's Delight: Margaret Cavendish and the 'Female' Imagination," *Women in the Renaissance: Selections from English Literary Renaissance*, ed. Kirby Farrell, Elizabeth H. Hageman and Arthur F. Kinney (Amherst: U of

第4章 マーガレット・キャベンディッシュの〈わたし語り〉 105

Massachusetts P, 1971) 188-193.
9) Paul Salzman, ed., *Early Modern Women's Writing: An Anthology, 1560-1700* (Oxford: Oxford UP, 2000) ix.
10) Whitaker, *Mad Madge*, 154. 近代初期における女性を取り巻く出版事情について論じた研究としては、Wendy Wall, *The Imprint of Gender: Authorship and Publication in the English Renaissance* (Ithaca: Cornell UP, 1993) 279-340.
11) Leona Rostenberg, *Literary, Political, Scientific, Religious and Legal Publishing, Printing and Bookselling in England, 1551-1700: Twelve Studies*, 2vols. (New York: Burt Franklin, 1965) 2: 237-273.
12) *Early Modern Women's Writing*, 256-257.
13) *Paper Bodies: A Margaret Cavendish Reader*, ed. Sylvia Bowerbank and Sara Mendelson (Ontario: Broadview P, 2000) 136.
14) Samuel Pepys, *The Diary of Samuel Pepys: A new and complete transcription*, ed. Robert Latham and William Matthews. 11vols. (Berkeley: U of California P, 1974) 9:123-124. 夫の伝記を出版した同時代の女性としては、Theodosia Alleine がいる。Elaine Hobby, *Virtue of Necessity: English Women's Writing, 1649-1688* (London: Virago, 1988) 80-81.
15) Whitaker, *Mad Madge*, 313-314.
16) *The Poems of Abraham Cowley*, ed. A. R. Waller (Cambridge: Cambridge UP, 1950) 409-411.
17) *First Feminists*, 86.
18) Paul Salzman, *English Prose Fiction 1558-1700* (Oxford: Clarendon P, 1985) 289-290. 以下も参照。Margaret Bottrall, *Every Man a Phoenix: Studies in Seventeenth-Century Autobiography* (London: John Murray, 1958) Ch4; Dean Ebner, *Autobiography in Seventeenth-Century England: Theology and the Self* (Paris: Mouton, 1971) Ch2; Paul Delany, *British Autobiography in the 17th Century* (London: Routledge & Kegan Paul, 1969) 123-132.
19) ロマンスというジャンルが当時の伝記に及ぼした影響に関する近年の研究については、Julie A.Eckerle, "Recent Developments in Early Modern English Life Writing and Romance," *Literature Compass* 5/6 (2008) : 1081-1096.
20) Donald A.Stauffer, *English Biography Before 1700* (Cambridge, Mass.: Harvard UP, 1930) 206-209; Delany, *British Autobiography in the 17th Century*, 158-161; Mary G.Mason, "The Other Voice: Autobiographies of Women Writers," *Autobiography: Essays Theoretical and Critical*, ed. James Olney (Princeton: Princeton UP, 1980) 207-235; Sidonie Smith, "The Ragged Rout of Self: Margaret Cavendish's *True Relation* and the Heroics of Self-Disclosure," *A Poetics of Women's Autobiography: Marginality and the Fictions of*

Self-Representation (Bloomington: Indiana UP, 1987) 84-101; Helen Wilcox, "Margaret Cavendish and the Landscapes of a Woman's Life," *Mapping the Self: Space, Identity, Discourse in British Auto/Biography*, ed. Frédéric Regard (Saint-Étienne: Publications de l' Université de Saint-Etienne, 2003) 73-124. 以下、「真実の話」を含む *Natures Pictures* からの引用は、次の版に拠る。Margaret Cavendish, *Natures Pictures Drawn by Fancies Pencil to Life* (London, 1656). English Short Title Catalogue r35074.

21) *Natures Pictures* の第二版 (1671) からは、「真実の話」は除かれている。

22) Elspeth Graham は、マーガレットの "autobiographical impulse" が、フィクションや科学論考などの諸作品をも貫いていると論じるが、本章では、フィクション（ロマンス）のなかに自伝的要素を見いだすだけではなく、両者の双方向的な関係を明らかにしたい。Elspeth Graham, "Intersubjectivity, Intertextuality, and Form in the Self-Writings of Margaret Cavendish," *Gender and Women's Life Writing in Early Modern England*, ed. Michelle M.Dowd and Julie A.Eckerle (Farnham: Ashgate, 2007) 131-150.

23) Pepys, *The Diary of Samuel Pepys*, 8:163.

24) Helen Hackett, *Women and Romance Fiction in the English Renaissance* (Cambridge: Cambridge UP, 2000) Ch1.

25) *Poems, and Fancies* (London, 1653)A3^v. English Short Title Catalogue r20298.

26) Sharon Cadman Seelig, *Autobiography and Gender in Early Modern Literature: Reading Women's Lives, 1600-1680* (Cambridge: Cambridge UP, 2006) 140-141. Sara Mendelson はこれを "a series of parallel selves" と評する。Sara Mendelson, "Playing Games with Gender and Genre: The Dramatic Self-Fashioning of Margaret Cavendish," *Authorial Conquests: Essays on Genre in the Writings of Margaret Cavendish*, ed. Line Cottegnies and Nancy Weitz (Madison: Fairleigh Dickinson UP, 2003) 203.

27)「真実の話」を記憶と創作の観点から論じた論考としては、Line Cottegnies, "The 'Native Tongue' of the 'Authoress': The Mythical Structure of Margaret Cavendish's Autobiographical Narrative," *Authorial Conquests*, 103-119.

28) Emily Griffiths Jones, "Historical Romance and *Fin Amour* in Margaret Cavendish's *Life of William Cavendish*," *English Studies* 92 (2011) : 756-770. その他、ウィリアムの伝記については以下も参照。James Fitzmaurice, "Margaret Cavendish's *Life of William*, Plutarch, and Mixed Genre," *Authorial Conquests*, 80-102.

29) Horace Walpole, *A Catalogue of the Royal and Noble Authors of England, with Lists of Their Works*. 3rd ed. (Dublin: George Faulkner, Hulton Bradley, 1759) 2: 153.

30) 女が歴史を書くにあたっての、マーガレットの自己弁護的スタンスについては、Natalie Zemon Davis, "Gender and Genre: Women as Historical Writers, 1400-1820," *Beyond Their Sex: Learned Women of the European Past*, ed. Patricia H.Labalme (New York: New York

UP, 1984) 163-165.
31）Helen Wilcox, "Selves in Strange Lands: Autobiography and Exile in the Mid-Seventeenth Century," *Early Modern Autobiography: Theories, Genres, Practices* (Ann Arbor: U of Michigan P, 2006) 131-138.
32）二人の諍いは、トマスの恋人で、当時彼の子を身籠っていたエリザベス・レイトンをブルックが侮辱したために起こったともされる。Whitaker, *Mad Madge*, 8.
33）Mary Beth Rose, *Gender and Heroism in Early Modern English Literature* (Chicago: U of Chicago P, 2002) xv.
34）Whitaker, *Mad Madge*, 298-301.
35）Mary Beth Rose, *Women in the Middle Ages and the Renaissance: Literary and Historical Perspectives* (Syracuse: Syracuse UP, 1985) 250.
36）「許婚」のなかで、高齢の総督が、年の離れた男と結婚することの利点について滔々と熱弁をふるうくだり（Dd3^v-Dd4^r）は際立って具体的であり、三十も歳が離れていたウィリアムとマーガレットの夫婦関係を思うとき、興味深い。

第Ⅲ部　伝記の真実 ── 記念と記録 ──

第5章

無名少女の偉人伝
—— ジョン・ダン『周年追悼詩』——

哀悼と伝記

　他のどのような機会よりも、死別は人を伝記へと向かわせる。故人の一生を振り返りつつ、葬儀では遺族による弔辞が述べられ、公の場では追悼演説が打たれ、教会では追悼説教がなされる。スタウファー（Donald A. Stauffer）は *English Biography Before 1700*（1930）のなかで、ルネサンス期イングランドにおける伝記ジャンルの形成について論じ、この時代、個人の一生を綴り、後世に残したいという欲求が新たに高まると、様々な形で伝記的な書き物が残され、17世紀にかけて追悼説教集や葬送詩集などが相次いで出版されるに至ったと指摘する[1]。今日でいうところの伝記が一つの文学ジャンルとして確立していなかった時代、故人の足跡を記録する役割は、主として墓碑銘（epitaph）や葬送詩（funeral elegy）が担っていた。墓碑銘とは最も簡潔な伝記であり、たとえそれが故人の名と生没年のみ刻んだ墓標であったとしても、一個の人間がこの世に生きた証を残すという、伝記の根源的な目的を果たしていることに変わりはない。epitaphのギリシャ語源 'epitaphos'（upon a tomb）が示すように、墓碑銘と墓とは、物理的に互いに切っても切れぬ関係にある。墓石に刻まれた文字は、埃を被り、風雨に晒されながらも、故人の生きた証となって後世に残る。墓は文字を刻む場としては空間的に非常に制約がある。最小限の文字数で最大限に故人の生涯について語ること —— ときにそれが、墓碑銘に取り組む者の究極の課題となる。一方、葬送詩は墓石よりも葬儀との関わりが深く、詩の綴られた紙が棺に留められる古くからの慣習もあった。葬送詩は一般的に三つの要素から構成され

第5章　無名少女の偉人伝 —— ジョン・ダン『周年追悼詩』 ——　*111*

る。すなわち、〈悲嘆〉(lamentation)、〈賛美〉(praise)、〈慰め〉(consolation)である。葬送詩は、愛する者の死に直面した遺族の悲しみを代弁し、故人の生前の功績を称え、死者が今は天で神と共にあることを詠って、悲嘆に暮れる遺族を慰める。この三要素はいずれも伝記的記述を含みうるが、特に〈賛美〉は故人の生前の美徳や功績について語ることになるため、伝記的側面が顕著に現れることになる。ベネット（A. L. Bennett）は、同時代の修辞学教本が葬送詩のスタイルに多大な影響を及ぼしたと論じ、そのことは主に伝記に基づく賛美の様式、元徳の重視、慰めの常套的主題にみられると指摘し、伝記的な賛美の具体例を示すにあたっては、人生を「誕生」「幼少期」「青年期」「壮年期」「老年期」「死」の六段階に分け、誕生から順に記すべきことを述べたトマス・ウィルソン（Thomas Wilson）の『修辞学の技法』（*The Arte of Rhetorique* [1553]）を引用している[2]。人の死をきっかけに生み出されるこうした葬送詩は、故人の出生地や受けた教育、地位や業績、さらには晩年の生活や死に様までを辿ることのできる、まさに包括的な伝記であった。

　しかしながら、本章で扱うジョン・ダン（John Donne: 1572-1631）の『周年追悼詩』（*Anniversaries* [1612]）は、伝記としてみた場合、まったく不完全な書き物である[3]。読者は、弔いの対象たるエリザベス・ドルアリー（Elizabeth Drury）について、未婚の少女であったということを除けば、何ら具体的な情報を与えられることはない。故人への法外で形而上的な称賛を特徴とするこの追悼詩を、「女性のイデア」("the Idea of a Woman")についての詩であるとしたダンの弁明は、あまりにも有名であるが、詩人にはそうならざるを得ない理由があった。ダンが「一度も会ったことがない」[4]という少女は、1610年12月に十五歳足らずの若さでこの世を去り、生前両親に愛しまれたが、とりたてて人々の記憶に残るような行いをしたわけでも、何かに秀でていたというわけでもない。世間にその名をほとんど知られぬまま、サフォーク州ホーステッドの屋敷で暮らし、誕生日を目前にしてこの世を去った。つまり、賛美すべき個別の事項を欠いていたばかりではなく、夭折により、詩人が賛美を展開するための、人生後半のステージが失われてい

た。短命にして無名の少女 —— ダンがドルアリー卿から葬送詩の創作を引き受けたとき、有力なパトロンと目していた卿のために、この平凡な娘の死をいかに非凡に哀悼するかという、至極困難な課題に直面することになったのである。では、ダンはどのようにこの少女の人生を記し、追悼したのであろうか。

破り取られた伝記

　『周年追悼詩』は、「第一周年追悼詩」「葬送詩」「第二周年追悼詩」の三作品から成る。1612年にこれらがまとめて出版される際に、「葬送詩」("A Funerall Elegie") は二つの周年追悼詩の間に置かれたが、創作年は、エリザベスの葬儀にあたりまず「葬送詩」が書かれ、次いでこの詩と共に1611年に「世界の解剖」("An Anatomy of the World") というタイトルで「第一周年追悼詩」が出版され、さらに一年後の1612年に「魂の遍歴」("Of the Progres of the Soule") という副題付きで「第二周年追悼詩」がこの世に出た。したがって、二つの周年追悼詩で展開される主要なテーマは、「葬送詩」にすでにその着想をみることができるのである。

　「葬送詩」の冒頭で詩人が語るのは、エリザベスの桁外れの「偉大さ」である。それを測る尺度として、詩人はまず、墓をもち出す。「このような客人を墓に託そうとしても、無駄な骨折り／大理石の棺に彼女を納めようなど、無理なこと」("'Tis lost, to trust a Tombe with such a ghest, / Or to confine her in a Marble chest." [FE:ll.1-2])。ドルアリー夫妻は、愛娘のためにホーステッド教会に立派な墓を建てており、ダンはこの墓の建立を念頭において、引用の詩行をしたためたのかもしれない[5]。「無駄骨」であるとは、娘の死を悼む両親の想いを逆撫でするようであっても、かけがえの無い子どもを失った二人のやるせない心情を、詩人は代弁しているのである。さらに詩人は、いくら貴重な石を使おうとも、天然の宝石で造られているエリザベスの美しい身体を納めるにふさわしい墓を建立することは不可能であると断じる。「ああ、大理石や黒玉、紫紅斑岩にどれほどの価値があろうか／その両眼の貴橄欖石、彼女を形づくる真珠やルビーに比べれば」("Alas, what's

第5章　無名少女の偉人伝 —— ジョン・ダン『周年追悼詩』 ——　113

Marble, Jeat, or Porphiry, / Priz'd with the Chrysolite of eyther eye, / Or with those Pearles, and Rubies which shee was?" [FE:ll.3-5])。'blazon'の技法を使って女性の顔の造りを宝石になぞらえるのは恋愛詩の常套であるが、エリザベスの緑の瞳を貴橄欖石であるとし、その面を真珠やルビー（赤い唇とそこから覗く白い歯のことであろう）であったと讃えるとき、詩人が読者の記憶にとどめようとしているのは、恋愛詩の場合とは異なり、少女の生前の容姿の美しさであるというよりはむしろ、その類まれなる「高価さ」である。豪華な墓も、東西インドの生む富も、彼女に比べればガラスほどの価値しかない（FE:l.6）。故人の偉大さに見合うだけの墓がないと嘆くことで、生前の地位や偉業、功績を讃えるのはよくあることだが、顔の造りを宝石に譬えることによって大理石の墓と物質的価値を競わせるというのは、哀悼の対象が女性であるからこその意匠であろう。さらに、エリザベスの身体の一インチは、スペインのフェリペ二世が二十年以上もの歳月をかけて完成させた壮麗なエスコリアルの十倍はあるのだ（FE:l.8）とダンがいうとき、墓の物質的価値だけではなく、その規模が問題にされている。ダンは少女の遺骸を法外に引き伸ばし、どのような壮大な墓所にも納まりきらない巨人に仕立て上げている。

　エリザベスの「大きさ／偉大さ」は、墓のみならず世界との照応によって語られる。マクロコズムである世界とミクロコズムである人体を対応させ、「（世界の）腕たる君主、頭脳たる顧問官／舌たる弁護士、心臓、いやそれ以上たる聖職者／胃袋たる金持ち、背中たる貧乏人／手たる役人、足たる商人」("Princes for armes, and Counsailors for braines, / Lawyers for tongues, Divines for hearts, and more, / The Rich for stomachs, and for backs the Pore; / The Officers for hands, Marchants for feet" [FE:ll.22-25]）と、世界を一個の人体として示した後、こうした世界の諸器官を調律していたのはエリザベスであったとし、死が次に標的にしようとする、彼女に比肩する大きな獲物があるとすれば、それは世界そのものをおいて他になかろうと詩人は告げる。「なぜなら、死はさらに勝利に向かって突き進もうとするが／彼女の次に殺めるものが見つからない／彼女に匹敵する大きな標的といえば、世界くらい

のもの」("For since death will proceed to triumph still, / He can finde nothing, after her, to kill, / Except the world it selfe, so great as shee." [FE:ll.31-33])。こうして二つの周年追悼詩で本格的に展開されることになる、世界の死というテーマが導入される。続いて詩人は、その夭折によって世界に致命的な打撃をもたらほどの少女がいかなる人物であったかを、詳らかに語るべきところであるが、彼はエリザベスが「成したこと」ではなく、「成すはずであったこと」に思いを馳せて、この葬送詩を結ぶのである。

> 彼女の悲しい一生を知らずに
> 運命の書を読む者は
> 彼女がこの世でいかに美しく貞節で、謙虚にして気高く
> 十五にもならぬ身空で将来を嘱望され、既に偉業を成したかを知り
> 成したことからこれから成すことを推し量り
> 次を読もうと頁を繰れば、そこにあるはずの続きはなく
> 運命が間違いを犯したのか
> それとも、この書の頁が破り取られたのかと思うであろう。
> He which not knowing her sad History,
> Should come to reade the booke of destiny,
> How faire and chast, humble and high shee'ad beene,
> Much promis'd, much perform'd, at not fifteene,
> And measuring future things by things before,
> Should turne the leafe to reade, and raed no more,
> Would thinke that eyther destiny mistooke,
> Or that some leafes were torne out of the booke. (FE:ll.83-90)

　偉大な少女の一生についての記録("history")を読もうとして「運命の書」を紐解く者は、これからという段に差しかかって記述が突如、途絶えていることに当惑することになる。「運命の書」はいうなれば、人の一生が予め記された神の手になる伝記であり、エリザベスの生涯は、途中からページが「破り取られ」ている。夭折した者を弔う場合、生きていれば実現するはずであったことを数え挙げて死を惜しむのは、葬送詩の常套である。そこに

第5章　無名少女の偉人伝 —— ジョン・ダン『周年追悼詩』 ——　*115*

あるはずであった伝記の続きを、我々は故人の生前の生き様から、心のうちに綴ることになる。エリザベスの伝記の「空白部分」は、これから先、人々によって積まれる善行によって埋められていくのだとして、ダンは未来の人々の功績を彼女に帰することによって、伝記の続きを完成させようとする。「後世の者たちは運命の書を補い／空白部分を埋めたことで、運命と彼女から感謝されるであろう」("They shall make up that booke, and shall have thankes / Of fate and her, for filling up their blanks." [FE:ll.101-102])。後世の善行はエリザベスの「遺産」("Legacies" [FE:l.103])であり、未来の人々が彼女の後に続き、うまく倣うさまこそが、彼女の失われた円熟期の人生を世に知らしめることになる。このように、ダンはエリザベスの後半の人生を補い、未完の伝記を完成させるために、これから綴られることになる未来の偉人伝をすべて、エリザベスの伝記に取り込むのである。つまり、彼女は世界を内包するミクロコズムであったばかりではなく、いまだ書かれていない世界の歴史を内包する存在でもある。エリザベスの一生は、この世界の伝記そのものなのである。

〈処女期〉で終わる完全なる人生 —— 聖女としてのエリザベス ——

　後半が「破り取られた」エリザベスの人生ではあるが、伝記作家にとっては語るべき前半が残されている。先ほど触れたように、ウィルソンなどの修辞家は、葬送詩で綴られる故人の生涯を六段階に分けた。しかし、弔いの対象が女性である場合には、また異なる区分も考えられるであろう。女の一生は、結婚を軸に考えられるのが一般的であったからだ。シャミ（Jeanne Shami）は、女性のためになされた当時の追悼説教を概観し、「女性の生涯は一般的に、処女期（maidenhood）、婚姻期（marriage）、寡婦期（widowhood）の三期に分けられたため、説教師は場合に応じて重点の置き所を按配した」と述べているが、これは葬送詩についてもいえることであろう。この三期のうち、特に結婚前の女性は、〈処女期〉にこの世を去った清らかな娘として、その「敬虔さ」と「純潔」とが強調される。「若い娘への追悼説教は、家事の能力よりも、祈りや瞑想、教会への参列によって培われた敬虔さ

(godliness) や、あるいは純潔を保ったこと (the preservation of chastity) が強調された」[6]。ダンの『周年追悼詩』もまた、エリザベスをこの二つの美徳が表裏一体に分かち難く結びついた存在として讃えている。

「葬送詩」において、エリザベスの「敬虔さ」と「純潔」は彼女の肉体を非物質的に描くことで強調される。"cleare"、"pure"、"thin"（FE:l.59）という語が彼女の肉体を形容するために選ばれ、魂の器でありながら魂以上に質量をもたない様子が示される。「その肉体は彼女の心を包む透明な衣にすぎず／魂から吐き出された呼気にすぎない」("Twas but a through-light scarfe, her minde t'enroule, / Or exhalation breath'd out from her soule." [FE:ll.61-62])。ここでの "enroule" は、第一義的には「包む」の意であり、彼女の肉体はその中身を覆い隠さず、薄く透けた霊妙な繊維のように欺瞞なき心を露わにしていたことを表現するが、同時にこの語には「記載する」「登録する」の意があることから、エリザベスの透明な肉体は、彼女の穢れのない生き様を記す、いわば生前の墓標のようなものであるといえる。先に触れたエリザベスの墓であるが、肩肘をついて横たわるエリザベスの雪花石膏の彫像の上には、ラテン語で刻まれた墓碑銘が掲げられており、これはダンによるものだと考えられている[7]。ダンは、通りすがりの「旅人」に語りかけるという墓碑銘の伝統に則り、「旅人よ、いずこへ向かうか、汝は知るまい」("Quo pergas, viator, non habes.")と碑文を始めると、この墓に眠っているのは「善」("probitas") そのものであると告げる。ここで讃えられる少女の徳は、天使に勝るとも劣らない生前の「美と清純」("pulchritudine, et innocentia") であり、生来「無性」("sine sexu") である天使に対し、自ら女という性を放棄し、純潔の穢れなき肉体のまま、神のもとへ召された彼女は、天使を超えた存在であるとダンの賛美は続く。これは「第二周年追悼詩」の一節「彼女は和平を結んだが／それは美と貞節が互いに口づけを交わす無比の和平であった」("shee made peace, for no peace is like this, / that beauty and chastity together kisse:" [ll.363-364]) と同テーマの変奏であり、「貞節な美人はいない」という、恋愛詩でも繰り返される（いうまでもなく、ダンもお気に入りの）通説を裏切る稀有な女性であるとエリザベスを称える。結婚前に逝った少女の純

第5章　無名少女の偉人伝 —— ジョン・ダン『周年追悼詩』 —— *117*

潔が、この墓碑銘の主たるテーマであることは間違いなく、女になる前に逝ったこと、言い換えるならば、〈婚姻期〉と〈寡婦期〉が「破り取られた」人生であったことこそが、エリザベスを偉大にしているのであり、彼女が「善」そのものであるのも、このためなのである。

　フィリップス（Kim M. Phillips）は、論考"Maidenhood as the Perfect Age of Woman's Life"（1999）のなかで、中世において人生最良のステージは、男性にとっては円熟した〈壮年期〉であるが、女性の場合は〈処女期〉であると考えられていたと結論づける[8]。フィリップスは〈処女期〉を、肉体的には十分成熟していながら、婚姻前の純潔を保たねばならないという、一種緊張状態にある時期と捉えており、少女は穢れなき存在である一方、そうであるがゆえに欲望の対象となる魅力を常に意識させる存在であったと指摘する。エリザベスが結婚の可能性がありながら未婚のままこの世を去ったことは、「葬送詩」の以下の行で仄めかされている。「勇気のない男たちはただ崇め／それだけの価値のある男たちは皆、彼女をわが物にしたいと願った」("One, whom all men who durst no more, admir'd; / And whom, who ere had worth enough, derir'd;" [FE:ll.63-64]）。続いて、「それはちょうど建てられた神殿をみて互いに／祀られるのは自分であると聖人たちが競い合うようであった」("As when a Temple's built, Saints emulate / To which of them, it shall be consecrate." [FE:ll.65-66]）と、求婚者たちを聖人に、エリザベスを神殿に譬えることによって、"desire"という語の性的意味合いを薄め、男たちの欲望を搔き立てる「女」の存在でありながら、肉欲の対象であるという印象を避けようとするが（ホジソン［Elizabeth M. A. Hodgson］は、エリザベスのこのような描かれ方を指して、"the sexing and desexing of Elizabeth Drury"と呼んでいる[9]）、それでも、内に納める器としての"Temple"は、その印象を免れ得ない比喩であろう。少女は天文学者たちを悩ませる新星にもなぞらえられ、新発見された星々が正体を突き止めぬうちに天から姿を消してしまうように、エリザベスは詮索好きの世間を尻目に「誰のものにもならぬ」まま（"she can be no bodies else" [FE:l.72]）、この世から消えてしまった。彼女は実用的な灯りではなく、香油のランプのようなもので、照

らし続けるためではなく、この世につかの間の華を添えるために「望まれた」("desir'd") ので、あっという間に「燃え尽き」("expir'd") てしまった (FE:ll.73-74)。64行目では、"admir'd"という対照的な語と韻を踏むことによってその性的含意を強めていた"desir'd"であるが、ここでは"expir'd"と押韻することで、エリザベスにとって欲望の対象になることは死に直結することが、暗に示されている。結婚を避けることによって、彼女は「処女の白き完全性」("Virgin white integrity" [FE:1.75])を保ち続けた。なぜなら、結婚によって純潔には色が付いてしまうからである。「結婚は、それを汚すことはないが、染めてしまう。/女に付き物の脆さを逃れるため/彼女は女になる前に逝った」("For marriage, though it doe not staine, doth dye. / To scape th'infirmities which waite upone / Woman, shee went away, before sh'was one." [ll.76-78])。ここでいう「女に付き物の脆さ」には、原罪を犯したイヴの娘たちに罰として科された出産の苦しみも含まれるであろう。純潔を失うことは女になることであり、女とは出産の苦難を抱えた脆き存在である。結婚前に逝くことによって、エリザベスは女の宿命を避け、永遠に〈処女期〉にとどまることができたのである。実際、詩人は、エリザベスが自らの意志で乙女のまま逝ったのだと語る。「運命はただ手を引いて/理性の働く年頃まで彼女を導き/あとはその運命を彼女自身に委ねたが、与えられた自由で/彼女がしたことは、ただ、死ぬことであった」("Fate did but usher her / To yeares of Reasons use, and then infer / Her destiny to her selfe; which liberty / She tooke but for thus much, thus much to die." [ll.91-94])。ここで彼女の死は、まるでこの世の喧騒を避けるべく、自ら死を選んだ自殺とも取られかねない表現で語られている。ルワルスキー (Barbara K. Lewalski) はこれを、「成人した女の、そしてこの世の脆さを免れようとした、故意の英雄的選択」("her conscious heroic choice to escape the infirmities of adult womanhood and of the world") と解しており、ダンがエリザベスの死を殉教者のごとき英雄的最期として描いていると捉えている[10]。このように、エリザベスは夭折により、結果として純潔を保ったのでなく、それを保たんがために自ら死期を早めたのだというダンの賛辞によって、聖女としてのイメージを帯び

ることになる。

　『周年追悼詩』には、聖女伝の伝統を取り込んでいると考えてよい要素が多くみられる。そもそも、'Anniversary'は、宗教的文脈においては、聖人や殉教者を讃えて勤めを行う一年の周期を指す語であった[11]。「第一周年追悼詩」の冒頭で、ダンはエリザベスが夭折したのは、彼女が「聖人たちを長く待たせておくのをよしとしなかった」（"loth to make the Saints attend her long" [FA:l.9]）からであるといい、さらに「第二周年追悼詩」で自らの魂に向かい「上へ、上へ」（"Up, up" [SA:l.339]）と呼びかけるとき、詩人はエリザベスの魂がこれから向かう先には、父祖や預言者、使徒たちと共に、殉教者や聖女たちが彼女を仲間入りさせようと、その到着を待ち詫びていることを告げるのである。処女聖人は、「聖霊の神殿を誰かに明け渡すくらいなら／聖霊と共に住まおうと／考えた処女聖人たち」（"those Virgins, who thought that almost / They made joyntenants with the Holy Ghost, / If they to any should his Temple give." [SA:ll.353-355]）と表現されており、ここで"Temple"は、先に引用した「葬送詩」65行目の"Temple"と同様に、清い肉体を表している。聖女ルキアは、彼女を娼婦であるとののしる異教徒たちを前に、「処女を守り、純潔に生きる者は、聖霊の神殿です」と答えたとされる[12]。二つの「周年追悼詩」で讃えられる"She"を聖ルキアであると考えたのは、ヒューズ（Richard E. Hughes）であった。エリザベスが没したのは、この光（lux）の聖女の祝日にあたる12月13日であったとみられ、この偶然がヒューズの主張に説得力をもたせている[13]。彼は「第二周年追悼詩」からの次の詩行を、聖ルキアが自らの肉体を聖霊の神殿に譬えた一節と比較してみせる。エリザベスはどのような誘いを受けようとも（"being solicited to any Act"）それを斥け、「神が固く婚姻を約束する声を常に耳にしたので／信心深くそれを信じ、ここ地上では／神の婚約者であったが、いまや天国で神の花嫁である」（"Still heard God pleading his safe precontract; / Who by a faithfull confidence, was here / Betroth'd to God, and now is married there, [SA:ll.459-462]）。これはルキアに限らずとも、聖女伝に広くみられる共通のモチーフであり、聖女たちは異教徒の権力者によって求愛され、その信仰

を試される。彼女たちにとって、純潔を捨てることはすなわち、信仰を捨てることである。聖女たちは異教徒の妻になることを拒み、キリストの花嫁になる（すなわち、殉教する）ことを選ぶ。"solicit" という語は、エリザベスが誘惑の対象となっていたことを仄めかすが、信仰が盾となり、決して近寄ることのできない聖女さながらに、エリザベスはキリストの婚約者として生きたのだとダンは謳う。このようなカトリック的聖人崇拝を思わせる女性への賛美は、宮廷恋愛詩においても珍しくはなく、ことさらダンの宗派的スタンスを云々する必要はないだろう。しかしながら、フランスで創作された「第二周年追悼詩」の結びで、この国では誤った信仰から聖人たちに祈りを捧げるが、「仮にあなたほどその名を唱えたい聖人がいるならば／私はここフランスで、カトリックに改宗するでしょう」("Could any Saint provoke that appetite, / Thou here shouldst make mee a French convertite." [SA: 517-518]) と詩人が告白していることには、注目すべきである。ここでダンは、聖人崇拝を断じるプロテスタントとしての立場を示しながらも、エリザベスの聖性には抗いきれず、聖人伝を自ら綴ることになったのだと吐露しているに等しいからである。『周年追悼詩』がエリザベスという聖女の一種の聖歌になっているという意識が、詩人には確かにあったということを、ここからうかがうことができるのである。

　聖女として死ぬということは、俗人の伝記なら記されるはずの、母として子を生し、育てるという〈婚姻期〉における女の（唯一にして最大の）業績を上げずに死ぬということでもある。そこで、エリザベスの「偉大さ」を損なわないために詩人がもち出すのは、聖母マリアである。「第二周年追悼詩」において、天へと向かうエリザベスの魂を瞑想することで共に上昇してきたダンの魂は、聖母マリアが天国で受けている祝福から、母たることそのものに価値はないと知る。マリアは "Mother-maid" (l.341)、つまり純潔を保ちつつ母となった存在であるが、「天国ではマリアは母であったがためというよりは／善なる存在であったことで讃えられている」("Where shee'is exalted more for being good, / Then for her interest, of mother-hood." [SA:ll.343-344]) のであるから、母にならなかったことでエリザベスの名誉は損なわれ

第5章　無名少女の偉人伝 ―― ジョン・ダン『周年追悼詩』 ―― 　121

ることはないのである[14]。聖女伝は、純潔を貫く女たちを描くことで、母体としての女の価値を否定しているようであっても、たとえば安産の守護聖人である聖マルガレタなど、聖女たちに母のイメージを付与することがある。次の「一周年追悼詩」からの一節においては、エリザベスの「産み出す」力が語られ、子孫を残すという女の役割を、エリザベスが不足なく果たしているかのように表現されるが、母というよりは、彼女はむしろ創造主のようである。

> 彼女の記憶の薄暮はここにとどまり
> 老いた世界の遺骸から解き放たれて
> 新しい世界を創造し、新たな生き物が
> 生み出される。新世界の原材料は
> 彼女の徳であり、その形相は我々の実践である。
> The twi-light of her memory doth stay;
> Which, from the carcasse of the old world, free,
> Creates a new world; and new creatures be
> Produc'd: The matter and the stuffe of this,
> Her vertue, and the forme our practise is. (FA:ll.74-78)

　終焉を迎えつつあるこの世に、黄昏の淡い光となって人々の記憶に残るエリザベスは、新たな世を創造し、彼女に倣って生きる子孫を生み出す。彼らは遺伝子学上の子孫ではなく、彼女の徳を継ぐ者として、エリザベスの徳を血肉として発生するが、子孫がその徳を自らのものとするには、「実践」が必要である。母親は子に質料を与え、父親は形相を与えるという考え方はアクィナスにみられ、母親に備わっているのは物質的な肉の塊を生み出す受動的な力のみであり、父親の能動的な力こそが、生命の誕生に積極的な作用を及ぼすとされる[15]。ダンが男性的力と女性的力についてこれに沿った捉え方をしていることは、『自殺論』において議論を「母性的作用」("Motherly Office")と呼び、それを通して結論を導き出す理性は「至高の男性的力」("a Soueraigne, and masculine force")を有するとしていることからも、分かる

とおりである[16]。したがって、先の引用では、エリザベスは母体としての二次的な役割を果たすにとどまっていることになる。ところが興味深いことに、「第一周年追悼詩」の37行目では、エリザベスは世界に形相を与える存在であるとみなされているのである。「エリザベスの名こそがおまえを世界たらしめ、形相と枠組みを与えた」("Her name defin'd thee, gave thee forme and frame," [FA:1.37])。ロビンズ（Robin Robins）はこの箇所の注釈で、「ルカによる福音書」一章の洗礼者ヨハネの母エリサベトとエリザベスとを関連づけ、ダンはエリザベスが子を生すことがなかったために、代わりに世界に生命をもたらす役割を与えているのだと解釈している[17]。しかしながら直前で、世界は君主たるエリザベスが住まうことで初めて「宮殿」("Palace" [1.36])となり、その名が与えられると語られていることからも、世界を産む母のイメージよりは、物質としてのみ存在していた世界に形相を与える父的力をもつ者として、エリザベスは語られているように思われる。「第二周年追悼詩」にも、エリザベスを「形相」と表現する詩行はみられる。「エリザベスは、この世界にあったものを何一つ、欠くことはなかった／彼女こそが世界に生命を与える形相であったのだから」("Who [Elizabeth] could not lacke, what ere this world could give, / Because shee was the forme, that made it live;" [SA:ll.71-72])。このように、エリザベスは世界に形相を与え、受胎せしめる男性的な力を発揮した乙女として讃えられている。

さらに「第二周年追悼詩」の冒頭では、ダンは清いまま逝ったエリザベスを「母」の名を拒んだ少女であるとするばかりではなく、「父」とみなし、ダンの詩神に子（すなわち詩）を孕ませよと呼びかけている。

　　永遠の乙女よ、汝は母の名を
　　拒んだが、わが詩神を受胎させ
　　汝は父となれ、詩神の慎み深い野心は
　　この詩のような子を年ごとに生み出すことなのだから。
　　願わくば、こうした讃美歌が未来の才人たちに影響を与え
　　汝への賛美の曾孫が育ちますように。

第5章　無名少女の偉人伝——ジョン・ダン『周年追悼詩』

> Immortal Mayd, who though thou wouldst refuse
> The name of Mother, be unto my Muse
> A Father, since her chast Ambition is,
> Yearely to bring forth such a child as this.
> These Hymnes may worke on future wits, and so
> May great Grand-children of thy praises grow. (SA:ll.33-38)

　年毎にエリザベスに周年追悼詩を捧げたいという詩人は、その願望を「慎み深い（"chast"）野心」とオクシモロンで表現するが、母の名を拒んだ「永遠の乙女」、すなわち「貞潔な」（"chast"）キリストの許婚としてのエリザベスの人生と、多作の比喩としての子孫繁栄とは、これもまた自己撞着である。こうした表現は、ここでエリザベスを女であり、かつ男であると定義することの矛盾と響き合っている。

　だが、エリザベスが男の性をもつ者とされていることは、彼女が未婚の娘であったことと、実は相容れないことではない。教父らは、魂を探求する精神生活を送るために、女性たちに「男になる」ようにと勧めている。ヒエロニムスは、子を産み育てる性であることが、女を男とは「肉体と魂ほど違う」存在にしているとして、女は世俗的な性を捨て、神に仕えることで男のようになれると言っている[18]。そもそも、完璧であるはずのエリザベスが「脆き性」である女として生まれてきたこと自体、大いなる矛盾である。次の一節において、ダンは言葉遊びや錬金術の比喩を用いて少女を中性化し、女でありながら女の卑しい性を超えた、クラーク（Elizabeth A. Clark）がそう呼ぶところの「第三の性」を獲得した存在にしているように思われる[19]。

> 彼女の出現を、古代人は予言していたようだ
> 諸徳を「彼女」と呼んだのだから。
> 徳は彼女の内であまりに精錬されていたので
> 合金にすべく、そのように純粋な精神に
> 脆き性を混合したが、彼女は

イヴの毒素や穢れを
その思考と行いから追い出し、すべてを
真の信仰の錬金術で純化できた。
She, of whom th'Auncients seem'd to prophesie,
When they call'd vertues by the name of shee,
She in whom vertue was so much refin'd
That for Allay unto so pure a minde
Shee tooke the weaker Sex, she that could drive
The poysonous tincture, and the stayne of *Eve*,
Out of her thoughts, and deeds; and purifie
All, by a true religious Alchimy; (FA:ll.175-182)

　ラテン語で諸徳は女性名詞であることから、「彼女」("shee") がエリザベスのことを指し、古代人が彼女の出現を予言していたと詩人は主張しているが、「徳」のラテン語'virtus'の語源'vir'は「男」である。これを単なる言葉遊びとみなすことはできないのであって、"She"で指示されたエリザベスが体現する「徳」の女性性は、"virtue"の根源にある男性性によって中和されている。引用にみられる錬金術の比喩は、エリザベスのもつ一種の自浄能力を示しており、カー（Helen Carr）が指摘するように、少女は「錬金術の火の男性性」によって自らを精錬し、女の穢れを浄化した存在として讃えられる[20]。このように、未婚のまま生を終えたエリザベスは、聖女のように純潔を守ることで男の性を帯び、女でありながら女の脆さを免れて「第三の性」を生きた娘として描かれるのである。

〈婚姻期〉と〈寡婦期〉── 女体としての「世界」──
　『周年追悼詩』は、ひとりの少女の伝記であるばかりではなく、今や臨終の床にある世界の追悼詩でもある。これまでみてきたように、エリザベスは〈処女期〉にとどまり続けた聖女として讃えられた。一方、彼女の一生から「破り取られた」〈婚姻期〉と〈寡婦期〉は、人生における罪深くみじめなステージとして世界に託され、病み衰える世界の伝記、言い換えるならば人類

の歴史が、〈処女期〉に続く二つのステージとして語られることになるのである。

　「葬送詩」の冒頭でダンは、自分のような詩人にはとてもエリザベスは弔いきれないと、詩人としての力量が不足していることを謙虚に嘆き、落胆の色を見せる。ここで自身の詩に対して彼が用いている比喩に着目したい。「ああ、病弱で、短命で、流産された／ただの遺骸であるこの詩の魂は、エリザベスではない」("Sickly, alas, short-liv'd, aborted bee / Those Carkas verses, whose soule is not shee." [FE:ll.13-14])。肉体は墓が、魂は天が、名声は詩が守る。しかし、「葬送詩」では、名声を後世に伝えるはずの詩が、魂の抜け殻たる屍になぞらえられる。詩人はこの詩を自己言及的に「病弱で、短命で、流産された」と語るが、十五歳足らずの若さで逝き、その亡骸が埋葬されようとしているのはエリザベスであり、ここで比喩によって詩と詩の主題である少女が重ね合わされている。「流産」とは、この詩が少女の夭折によって頌詩として十分に成長しないまま、月足らずで産み落とされたことを第一義的には表しているが、この比喩は確かに、母体としての少女の身体への意識から生じているのである。

　自分は葬送詩を未熟なまま流産したのだと語る詩人は、未婚のまま逝った少女を弔う際に、結婚と出産を徹底的に負のイメージで語る。世界最初の結婚であるアダムとイヴの契りは、この世に破滅をもたらした我々人類の葬儀である。

> あの最初の結婚が、我々の葬儀であった。
> ひとりの女はそのとき、ひと打ちで全人類を殺したのだ。
> そして女は今も一人ずつ、我々を一人、また一人と殺している。
> 我々は嬉々としてその身の消耗を
> 受け入れている。そして種を増やすために
> 惜しげもなく、盲目的に自分を殺すのだ。
> For that first mariage was our funerall:
> One woman at one blow, then kill'd us all,

And singly, one by one, they kill us now.
　　　We doe delightfully our selves allow
　　　To that consumption; and profusely blinde,
　　　We kill our selves, to propagate our kinde. (FA:ll.105-110)

　この世の歴史を女の一生に見立てるならば、その〈婚姻期〉はアダムとイヴの結婚によって始まったといえ、結果的にそれによって世界は原罪を背負うことになる。イヴが禁断の果実を口にした瞬間、世界はいわばその穢れなき処女性を喪失したのである。人類の堕罪を引き起こしたアダムの妻、イヴ。そしてイヴ以降、結婚によって日々、男を「殺す」妻たち。性交は死と表現され、子孫を残すための生殖行為は、消耗と破滅をもたらすだけの自滅的な営みであると逆説的に語られる。詩人が展開するこのようなミソジニーは、女そのものへの嫌悪というよりは、純潔を捨てた女たちに対する嫌悪として、清き少女エリザベスへの称賛と対比されている。先に触れたダンによるエリザベスへのラテン語の「墓碑銘」でも、純潔の喪失は堕罪と結びつけられている。彼女の肉体は、蛇の侵入を許さないエデンの園である。「彼女は穢れなき肉体を造られたときのまま損なわないで／（それは蛇のいない楽園である）／神に返したいと願った」("ideoque corpus intactum, qua factum est integritate, / (Paradisum sine serpente,) / Deo reddere voluit,")。

　原罪を背負った人類にとって、母となることもまた、凶事以外の何ものでもない。赤ん坊が頭から墜落するようにこの世に産まれ落ちることは、これからその子がこの世で苦しみと災いのなかに投げ込まれる定めにあることを、予兆的に示しているからである。

　　　我々は真っ逆さまに生まれる。哀れな母親が
　　　わが子が正常で健全に産まれてこないと叫ぶのは
　　　頭から先に生まれるという、不吉な落下によって
　　　子が産まれないときなのだ。
　　　We are borne ruinous: poore mothers crie,

That children come not right, nor orderly,
Except they headlong come, and fall upon
An ominous precipitation. (FA:ll.95-98)

逆子にではなく、正常な出産に呪われた存在としての人類のありようをみる、このような救いのない絶望的な調子は、堕罪以前の世界創造の一幕が「自然は第一週目が最も忙しく／生まれたばかりの大地をおくるみで包んでいたとき」("When nature was most busie, the first weeke, / Swadling the new-borne earth,"［FA:ll.347-348］) と、「母なる自然」(Mother Nature) が愛しいわが子を胸に抱くイメージで語られる際には、聞かれることはないのである。堕罪後の世界では、自然という母体の生殖機能はすっかり衰えている。「今や我々が目にする春と夏は／まるで五十過ぎの女が産んだ子のようである」("And now the Springs and Sommers which we see, / Like sonnes of women after fifty bee."［FA:ll.203-204］)。父たる天が影響力を失ったのか、母たるこの世界が不毛の大地となったのか、自然は宿し、育む力を失ってしまった。

　　雲は雨を宿すことも、芳しいにわか雨を
　　降らせることもない、今まさに誕生の季節というのに。
　　大気は母鳥のように大地を抱いて温め
　　四季を孵化させ、あらゆる生き物を誕生させることもない。
　　春季はかつて万物の揺りかごであったが、今や墓である。
　　そして死産の胎児が、大地の子宮を満たす。
　　The clouds conceive not raine, or doe not powre
　　In the due birth-time, downe the balmy showre.
　　Th'Ayre doth not motherly sit on the earth,
　　To hatch her seasons, and give all things birth.
　　Spring-times were common cradles, but are toombes;
　　And false-conceptions fill the generall wombs. (FA:ll.381-386)

懐妊（"conceive"）、受精（"powre", "balmy showre"）、繁殖（"birth-time"）、孵化（"sit", "hatch"）、養育（"cradle"）といった生殖の比喩を次々と繰り出しながら、結局、詩人はそれらすべてを「子宮」（"wombs"）と押韻する「墓」（"toombes"）に収斂させるのである。このように、『周年追悼詩』にあっては、母は生命を産み育む存在であるというよりは、死をもたらすのであって、この世に生きる我々の一生は、母によって肉体という監獄に産み落とされることで始まり、さらには人生の最期には、病を生む老いという「母」によって苦しみを与えられる。

> 汝が生後、いかに哀れな牢獄で
> 乳を吸い、泣くことしかできずにいたかを想え。
> そして肉体が成長しきったとき、それは哀れな仮の宿、
> 二ヤードの皮膚に包まれた領土になり、
> 猛り狂う数々の病か、その病の実母である老いによって
> 侵略されたり、脅かされたりしたことを想え。
> Thinke in how poore a prison thou didst lie
> After, enabled but to sucke, and crie.
> Thinke, when 'twas growne to most, 'twas a poore Inne,
> A Province Packe'd up in two yards of skinne,
> And that usurped, or threatned with the rage
> Of sicknesses, or their true mother, Age. (SA:ll.173-178)

生ではなく死を育むものとしての「母」像は、いうまでもなくキリスト教的現世蔑視に基づいており、苦しみに満ちたこの世に死すべき存在として人間を産み落とす母は、衰退と死の象徴である。したがって、エリザベスの臨終の場面に至ったときには、ダンは死を母体としての世界との決別であり、そこからの解放であるとする。「我々の肉体は子宮のようなものであり／死はちょうど産婆のように魂を故郷へ導く」（"Our body's as the wombe, / And as a mid-wife death directs it [the soul] home."［FA:ll.453-454］）。これこそが「第二の誕生」（"second birth"［SA:l.450］）であり、世界のミクロコズム

である彼女の肉体から産婆である死の手で取り上げられ、へその緒を絶つと、エリザベスの魂は永遠の生を生きるべく、まっすぐにこの世界から天界へと旅立つのである。

　ここで確認しておかなければならないのは、エリザベスという魂を失った世界は、単に病み衰えているだけではなく、「老衰している」("decrepit" [FE: l.30]) ということである。世界は、過去の思い出に浸ることしか楽しみのない、「感覚の利かなくなった」("Being tastlesse growne") 老人に譬えられる (FE: ll.51-52)。世界の最も繊細な部分は、「この体力を奪う傷と老いの矢を感じている」("Feele this consuming wound, and ages darts." [FA:1.248])。このように、エリザベスが永遠の乙女である一方で、世界は機能を失った子宮を抱え、老いを生きている。女の伝記において、子宮と墓の間には〈寡婦期〉がある。エリザベスを失った世界は、「この未亡人となった地球」("this widowed earth" [FA :1.449]) と呼ばれ、夫に先立たれた寡婦とみなされる。夭折したエリザベスにはない、寡婦としてのライフ・ステージは、代わりに世界をエリザベスという主人を失った拠り所のない未亡人に見立てることで、穴埋めされているのである。

　『周年追悼詩』はエリザベスの死を弔う葬送詩であると同時に、死につつある世界への葬送の歌でもあり、そこには伝記的素材を欠いたエリザベスの人生を補うように、天地創造から楽園喪失、そして終末へと至る世界の伝記が織り込まれている。結婚前に夭折したエリザベスが直接、母のイメージで語られることはないが、詩には母体の比喩が散見される。本来、女性の伝記にあるはずの〈婚姻期〉や〈寡婦期〉は「世界」に割り振られ、「世界」を女一般に見立て、罪にまみれて子を孕み、老いて夫を失い、滅していく女の二つのライフ・ステージが惨めに描かれる。後半が「破り取られた」からこそ、免れることのできたイヴの娘としての人生を、エリザベスの穢れなき人生と対比的に繋ぎ合わせることで、ダンは不完全であったがゆえに完全たり得た少女の一生を、ひとつの聖女伝として完結させたのである。

注

1) Donald A.Stauffer, *English Biography Before 1700* (Cambridge, Mass.: Harvard UP, 1930) 61-62.
2) A.L.Bennett, "The Principal Rhetorical Conventions in the Renaissance Personal Elegy," *Studies in Philology* 51 (1954) :109-114.
3) 以下、『周年追悼詩』からの引用は次の版に拠る。John Donne, *The Epithalamions, Anniversaries and Epicedes*, ed. William Milgate (Oxford: Clarendon P, 1978). また、「葬送詩」からの引用はFE、「第一周年追悼詩」および「第二周年追悼詩」からの引用は各々、FA、SAと略記する。
4) John Donne, *Letters to Severall Persons of Honour* (1651). A Facsimile Reproduction (Delmar, N.Y.: Scholars' Facsimiles & Reprints, 1977) 238-239.
5) ホーステッド教会のエリザベスの記念碑については、R.C.Bald, *Donne and the Drurys* (Cambridge: Cambridge UP, 1959) 68 and Plate Ⅲ. *An Anatomy of the World*の初版が1611年に出版されたとき、その表紙の装丁はタイトルの両端に円柱が据えられ、二本の円柱を渡すように頂をアーチ型の天蓋が覆うデザインであった。エレジーの表紙のデザインと記念碑や墓のデザインは当時、互いに影響を及ぼしあっていたと考えられている (Scott L.Newstok, *Quoting Death in Early Modern England* [Basingstoke: Palgrave Macmillan,2009] 83)、*Anatomy*の表紙の装丁もエリザベスの墓のデザインを意識したものであるかもしれない。
6) Jeanne Shami, "Women and Sermons," *The Oxford Handbook of the Early Modern Sermon*, ed. Peter McCullough, Hugh Adlington, and Emma Rhatigan (Oxford: Oxford UP, 2011) 158.
7) 墓碑銘からの引用は、*Epithalamions, Anniversaries and Epicedes*, 76.
8) Kim M. Phillips, "Maidenhood as the perfect Age of Women's Life," *Young Medieval Women*, ed. Katherine J. Lewis, Noel James Menuge and Kim M. Phillips (Stroud: Sutton Publishing, 1999) 3-24.
9) Elizabeth M. A. Hodgson, *Gender and the Sacred Self in John Donne* (Newark: U of Delaware P, 1999) 174.
10) Barbara Kiefer Lewalski, *Donne's Anniversaries and the Poetry of Praise: The Creation of a Symbolic Mode* (Princeton: Princeton UP, 1973) 224.
11) "In ecclesiastical use, the word 'anniversary' was used for the days of annual commemoration of saints or martyrs, and other 'Holy dayes … Anniversaries' (*Sermons*, iv. 368)." (Milgate, *Epithalamions and Anniversaries*, 127). また、*OED*: " (Roman Catholic Church) Sometimes used for the *annale* or commemorative service performed daily for a year after the death of a person."

12) ヤコブス・デ・ウォラギネ『黄金伝説』前田敬作、今村孝訳全4巻（平凡社、2006年）第1巻、85頁。「葬送詩」1.16では、彼女の肉体を指して "Tabernacle" といっており、意図するところは同じであるが、天国と対比されて、彼女の魂の一時的住まいであることが強調される。
13) Richard E. Hughes, "The Woman in Donne's *Anniversaries*," *English Literary History* 34 (1967) : 307-326.
14) ハンティンドン伯爵夫人への書簡詩（"Man to God's image"）には、以下のような詩行がある。「あなたは妻や母と呼ばれるが／すべての女がそうなるわけではないので、これらは女一般の徳ではない」("Though you a wife's and mother's name retain, / 'Tis not as woman, for all are not so," [*Complete Poems*, 700, ll.29-30])。
15) Thomas Aquinas, *The Summa Theologiae of St. Thomas*, 2.26.10. [The order of Charity: Should he love his mother more than his father?] www.newadvent.org/summa/3026.htm#article10
16) John Donne, *Biathanatos*, ed. Ernest W. Sullivan II (London: U of Delaware P, 1984) 64.
17) "E [lizabeth] D [rury] has conspicuously not fulfilled womanhood by bearing children, so D [onne] imagines this alternative world-mission." (*The Complete Poems of John Donne* [London: Longman, 2010] 818.)
18) Vern L. Bullough, "Transvestites in the Middle Ages," *American Journal of Sociology* 79.6 (1974) : 1383. 聖女伝には、男装をして修道士として暮らす娘たちが描かれる。彼女たちは髪を切り、男の衣装を身に着けることで女の性を捨て去り、「男」として宗教生活を送る。聖女伝のジェンダーに関する研究については、Jocelyn Wogan-Browne, "The Virgin's Tale" in *Feminist Readings in Middle English Literature: The Wife of Bath and all her sect*, ed. Ruth Evans and Lesley Johnson (London: Routledge, 1994) 165-194; Gillian Cloke, *This Female Man of God: Women and Spiritual Power in the Patristic Age, 350-450 AD* (London: Routledge, 1995) なども参照。
19) Elizabeth A. Clark, *Women in the Early Church* (Collegeville, Minn.: Liturgical P, 1983) 17.
20) Helen Carr, "Donne's Masculine Persuasive Force," *Jacobean Poetry and Prose: Rhetoric, Representation and the Popular Imagination*, ed. Clive Bloom (New York: St. Martin's P, 1988) 111.

第6章

王立協会と近代初期イングランドにおける伝記観

科学の誕生

　1660年、国王チャールズ二世の後ろ盾を得て、イングランド初の公的学術団体であるロンドン王立協会（The Royal Society of London）が設立されると、自然科学分野の研究が本格的に始動した。その理念や意義、方法論が検討されるなかで、新学問の登場は旧来の学問である文学の捉え方そのものにも、少なからぬ影響をもたらしたと思われる[1]。王立協会初期における推進者たちの文学に対する姿勢は実に多様であり、必ずしも全体で統一した見解を示していたわけではない。しかしながら、協会の設立が言語や文学の本質を改めて問い直すきっかけになったことは確かである[2]。注目すべきは、新学問が必ずしも文学と対立したわけではなく、その発達が文学に新たな方向性を与えることになった点である。本章では伝記を取り上げ、協会の理念上の支柱であったフランシス・ベーコン（Francis Bacon: 1651-1626）の伝記観と、協会の創設会員のひとりであったジョン・オーブリー（John Aubrey: 1626-1697）の「トマス・ホッブズ伝」執筆の過程を辿ることで、既に確立した文学ジャンルであった頌詩の伝統と、その時まさに生成過程にあった科学的方法論とのせめぎ合いにより、伝記の捉え方にいかなる変化が生じたかを概観したい[3]。

王立協会設立と新学問の定義 —— 科学的言説VS文学的言説 ——

　科学史において、16、17世紀は「科学革命」の時代と呼ばれることがあるが、大陸に始まったこの近代的科学観への転換が、イングランドにおいて

第 6 章　王立協会と近代初期イングランドにおける伝記観　133

は 17 世紀の中葉、市民革命期のころ本格化したといえる理由のひとつに、ロンドン王立協会の創設がある。これは、自然哲学（Natural Philosophy）に関心をもつ人たちが、1645 年ごろからロンドンはグレシャム・カレッジ近くの下宿などで会合をもったことに端を発するといわれ、王政復古の年に学術団体として組織され、1662 年には正式にチャールズ二世の勅許が与えられている。創設時における協会は、現代の我々が科学研究機関と聞いて思い浮かべる組織とはかなりかけ離れた存在であり、当初、会員に選出された者のなかには、医師、数学者、天文学者らに加えて、牧師、政治家、古事物愛好家、文士などが含まれ、こうした多様な顔ぶれはそのまま、この組織の関心の多様さ、言い方を変えるならば、当時の学問の未分化なありようを、映し出しているということができる[4]。トマス・スプラット（Thomas Sprat: 1635-1713）の『王立協会史』（*The History of the Royal Society of London* [1667]；以下、引用では *HRS* と略記）は、協会からの要請に応じる形で執筆・出版された、いわば協会による公式刊行物であった。ジョン・イーヴリン（John Evelyn）が図案を手がけた扉絵には、協会のパトロンであるチャールズ二世の胸像が中央に据えられ、向かって左側には初代会長ウィリアム・ブランカ子爵（William Brouncker）、右側には『ニュー・アトランティス』（*New Atlantis* [1627]）で「ソロモンの館」を構想し、後世に協会のモデルを提供したベーコンの姿が描かれている。人物たちの周りには、当時最先端の実験器具や会員の著作が配され、上部の紋章には、協会のモットー "Nullius in Verba"（on the words of no one）が刻まれている。著者スプラット自身がこの書を「弁護」（"apology"）であるとしていることから分かるように、『王立協会史』は新興の学問に対して懐疑的であった世間に向けて、協会の存在やその活動を弁護し、協会創設の意義を訴えるために出版されたのであり、初期段階における科学の役割についての議論を集約した著作の一つとして、極めて重要である。協会の目的と方法論を確認するために、構想の全体像についてまとめられた箇所から、引用してみたい。

　端的に言えば、協会の目的は、入手できるあらゆる自然物や人工物に関する信

頼できる記録を作成することであり、そうすることで、長きにわたる因襲的慣行によって強固になった誤りに、現在および後の世の人々が気づくことができるようにすることである。さらに、これまで顧みてこられなかった真理を復活させること、すでに明らかとなっている真理については、さらに幅広く活用できるよう推し進めること、そしていまだ明らかになっていない真理については、それに到達するためのより容易な道を切り拓くことである。協会の構想に含まれるのは、こうしたことである。

Their purpose is, in short, to make faithful *Records*, of all the Works of *Nature*, or *Art*, which can come within their reach: that so the present Age, and posterity, may be able to put a mark on the Errors, which have been strengthned by long prescription: to restore the Truths, that have lain neglected: to push on those, which are already known, to more various uses: and to make the way more passable, to what remains unreveal'd. This is the compass of their Design. (*HRS* 61-62)

　協会の目的としては、何をおいてもまず、「あらゆる自然物や人工物に関する信頼できる記録を作成する」ことにあるというのだが、'science' という言葉が現代の意味で用いられるようになる以前、この新学問の呼称であった 'natural philosophy' とは、神の領域を扱う神学に対し、'nature'、すなわちこの世の事象を研究する学問であり、よってその対象はいわゆる自然物に限定されず、人間によって変化・変形させられた自然であるところの 'art' = 人工物・技術にまで及んでいた。協会はここで、観察と実験により自然全体を精査し直し、その真の本質や新たな用法を確認することによって得たデータを正確に記録して蓄積することこそが、新学問の礎であるとの認識を示している。さらに、この目的を果たすための方法論であるが、スプラットの弁は以下のように続く。

　そして、この目的を果たすために、協会は自然に関する知識を、修辞法の綾や想像力の趣向、作り話の愉快な欺きから引き離すべく、努めてきた。……協会は、自然の知識を学閥の思惑や気まぐれ、熱狂から解き放ち、手段として利用

第6章　王立協会と近代初期イングランドにおける伝記観　135

することで、互いの判断に対してのみならず、事物に対する人類の支配権を獲得しようとしてきたのである。
And to accomplish this, they have indeavor'd, to separate the knowledge of *Nature*, from the colours of *Rhetorick*, the devices of *Fancy*, or the delightful deceit of *Fables* . . . . They have attempted, to free it from the Artifice, and Humors, and Passions of Sects; to render it an Instrument, whereby Mankind may obtain a Dominion over *Things*, and not only over one anothers *Judgements*. (62)

　ここでスプラットが強調しているのは、まずは自然哲学を「修辞法」や「想像力」、「作り話」から引き離すことの必要性である。学問的論述と関わりの深かった'logic'に対し、その最終目的が説得にある"rhetoric"は、弁論家とともに詩人と関連づけられてきた[5]。また、"fancy"はこの時代にあっては'imagination'と同義にも使われ、論述ではなく創作に携わる機能とされた。"fables"とは、その"fancy"の所産であり、'tales'、'fictions'、'lies'などと相互に言い換えられる[6]。つまりは、"rhetoric"、"fancy"、"fables"は、いずれも文学と関連づけられる特質をもつのである。だが、協会が新学問の妨げになると考えているのは、文学的言語のみならず、言葉そのものである。

さて最後に、協会は哲学のこうした改革の確立に乗り出したわけであるが、それは法の厳粛さや儀式の誇示によってではなく、手堅い実践と実例によって始められた。言葉の仰々しい虚飾によってではなく、実際の成果の、寡黙で効力のある、反論の余地のない立証によって始められたのである。
And lastly, they have begun to establish these Reformations in Philosophy, not so much, by any solemnity of Laws, or ostentation of Ceremonies; as by solid Practice, and examples: not, by a glorious pomp of Words; but by the silent, effectual, and unanswerable Arguments of real Productions. (62)

　協会のスポークスマンであるスプラットは、修辞に彩られた「言葉」ではなく、「実際の成果」に基づくことで、協会が学問の改革に着手したことをここで高らかに宣言するが、『王立協会史』のなかで繰り返され、その扉絵にもあったモットー「言葉ではなくモノ」に基づく学問を目指す、すなわち、

過去の書物や思弁からではなく、会員が直接モノに触れ、見ることによって確認するという手順に徹することは、協会の共通理念であった。だが、そのように経験から得られた事実を記録するに際し、結局は「言葉」を介さねばならず、この「言葉」の扱いがいかに困難な問題を孕んでいるかに会員たちはすぐに気づくことになるのだが[7]、まずあってはならない要素として新学問の領域外に弾き出されたのが、さきの"rhetoric"、"fancy"、"fables"であるわけで、つまりここで自然哲学は、文学との間の境界線を明確化することによって、定義づけられようとしているということができる。こうした流れのなかで、文学と自然哲学の狭間で立ち往生する格好になったのが、伝記であった。ベーコンの伝記観から、次にそのあたりを探ってみる。

伝記の伝統とベーコンの伝記観

　ベーコンは『学問の進歩』(The Advancement of Learning [1605])のなかで、閉塞状態にある旧学問体系を打ち壊し、これまでなおざりにされてきた学問分野を今後奨励し、促進を図るために、人間の三つの知力「記憶」(memory) ―「想像力」(imagination) ―「理性」(reason) に対応させ、学問を三分野「歴史」(history) ―「詩」(poetry) ―「哲学」(philosophy) に分類して、論を展開する[8]。まず、'memory'に関わる学問としての'history'であるが、'history'とはここでは、この世の事象に関する事実に基づく記述の意で、ベーコンはそれをあらゆる学問が拠って立つ基礎であるとしている。'history'はさらに、'natural history'と'civil history'('ecclesiastical history'および'literary history'を含む)に大別されるが、前者は自然の事象の記録としての自然誌であり、伝記は後者の'civil history'の範疇に、人物の歴史として分類される (AL 66)。こうした'history'という範疇のもとでは、扱う対象においても方法においても、自然科学と歴史は重なり合うところが多分にあった。

　伝記を歴史と捉えるベーコンの考え方は、『学問の進歩』の伝記を扱った箇所よりもむしろ、自然魔術に関する一節によく現れている。ベーコンは、自然魔術の科学を装った非科学的要素を指摘するにあたり、人類が目指

第 6 章　王立協会と近代初期イングランドにおける伝記観　137

すべき自然哲学と旧来の自然魔術との決定的な相違を明らかにするために、'history' と 'poesie' の違いをそれに対応させることで、説明を試みている。

> 自然魔術は、我々が求めるような知識とは、自然の真理という点おいて大いに異なっており、ブリタニアのアーサー王やボルドーのユーゴーの物語が、カエサルの『ガリア戦記』とは話の真実という点において開きがあるのと同様、著しく異なっている。というのも、こうした架空の英雄たちが作り話で為したこと以上に偉大なことを、カエサルが「実際に」為したのは明らかであるからだ。カエサルは、こうした架空の人物たちのように、非現実的なやり方で為しはしなかった。この種の学問は、イクシオンの寓話に譬えることができるだろう。イクシオンは、権力の女神であるユノと交わろうと目論んだが、彼女ではなく雲と交わることになり、そうしてケンタウロスとキマイラが生まれた。このように、真実をこつこつと地道に探求するかわりに、高邁で空虚な想像を抱く者は誰しも、奇怪でありえない姿形のものの存在に、希望を抱いたり、信じたりするであろう。
>
> It [Natural Magic] is as far differing in truth of Nature, from such a knowledge as we require, as the storie of King *Arthur* of Brittaine, or *Hughe* of *Burdeaux*, differs from *Caesars* commentaries in truth of storie. For it is manifest that *Caesar* did greater things *de vero*, then those *Imaginarie Heroes* were fained to doe. But hee did them not in that fabulous manner. Of this kinde of learning the fable of Ixion was a figure: who designed to enjoy *Iuno* the Goddesse of power: and in stead of her, had copulation with a Cloud: of which mixture were begotten Centaures, and Chymeraes. So whosoever shall entertaine high and vapourous imaginations, in steede of a laborious and sober enquirie of truth: shall beget hopes and Beliefes of strange and impossible shapes.（AL 89）

ここで歴史家は、「高邁で空虚な想像を抱く」詩人であることを止め、「真実をこつこつと地道に探求する」科学者であることが求められている。つまり、ベーコンの考えでは、アーサー王伝説の類は想像力に関わる 'poesie' に分類されてしかるべきものであるが、厄介なのは、自然魔術がそうであるように、それが真実らしく偽装し、史実を想像力で歪めたフィクションが混在

するケンタウロス的ハイブリッドとして産み落とされるからである。

　ベーコンが想像力に関わる学問分野とする'poesie'だが、これが狭義の詩のみを指しているのではなく、この範疇に劇もまた含まれ、さらに'poesie'を定義して、「散文や韻文で書かれる作られた歴史」（"FAINED HISTORY, which may be stiled as well in Prose as in Verse"）（*AL* 73）と述べていることから、ベーコンがフィリップ・シドニー（Philip Sidney）などの同時代人に見られるように、散文と韻文の区別なく'poesie'としていること[9]、さらにはそれを「作られた」（"feigned"）と形容することで、純然たる'history'が在るとの前提に立ち、それと区別することによって'poesie'を定義しようとしていることが分かる。'history'と'poesie'の区別立てはもちろん、ベーコン以前からなされていたことではあるが、'history'の目的が他にあった時代には、厳密な区別の必要性がそれほど強く意識されることはなかった。このことは、歴史のなかでも個人の一生を辿る歴史、つまり伝記を考えてみれば分かりやすい。伝統的な伝記の言説において人は「個」として扱われず、何らかの美徳や大義を体現するモデルとして扱われてきた。たとえば、ジョン・ダンには、前章で取り上げた『周年追悼詩』という、パトロンの娘エリザベス・ドルアリーの死を悼んだ追悼詩があった。この詩は、あらゆる美徳の権化であったエリザベスを喪失したことよって全世界が病み衰えると謳う、壮大なスケールの哀悼なのだが、聖母マリアにならともかく、弱冠十五歳の少女にこれはいくらなんでもやりすぎで、冒涜の域に達しているとのベン・ジョンソン（Ben Jonson）の批判に対し、「あるがままの彼女ではなく、女性のイデア」を謳ったのだと応じたダンの言葉は、まさにこの伝統的な伝記に対する考えを示しているといえる[10]。文学は作り物に過ぎないという批判は、現代に至るまで連綿と繰り返されてきた文学批判の一つであるが、これに対する応酬、すなわち「歴史は個別を扱うが、文学は普遍を扱う」というアリストテレス的弁明もまた、時代に応じて姿形を変えながら、繰り返しなされてきた文学弁護の常套である。17世紀にあっても、実在の人物についての伝記的言説は、「歴史」であるだけではなく、頌詩あるいは聖人伝の伝統と密接な関係にあり、イデア――すなわち事実（fact）を越えた真実

(truth)——を扱う「文学」として位置づけられ、道徳的教導という大義の前に、歴史と文学の境界線を明確にしなければならないという考え方は、顕著ではなかった[11]。ダンを揶揄したジョンソンも、誇張の度合いを問題にしているのであって、'panegyric' と 'biography' を厳密に区別すべきだとまでは考えていなかったはずである。想像力による「作られた歴史」を退けたベーコンではあるが、彼もまた、両者の間の線引きにそれほど慎重ではなく、'panegyric' としての伝記もそれはそれとして意味があると考えていたようだ。ベーコンが伝記は廃れたと嘆くとき、「伝記に関しては、昨今、当世の有徳の人物を尊ぶことがなくなり、伝記がもはやあまり書かれなくなったのは、おかしなことだ」("For LIVES, I doe finde strange that these times haue so litle esteemed the vertues of the times, as that the Writings of liues should be no more frequent") として、伝記とは手本とすべき人物の一生を扱うものであるという伝統的考え方を示しており（AL 68）、'rhetoric' が「立派なものを飾る」("adoring that which is good") ために用いられることについては、異論がないようである（AL 128）。『ヘンリ十七世治世史』（The Historie of the Raigne of King Henry the Seventh [1622]）は、そういう彼の伝記観が多かれ少なかれ、反映された著作であると考えてよい。オーブリーと並ぶ17世紀の伝記作家といえばアイザック・ウォルトン（Izaak Walton）だが、歴史としての伝記への意識が確かに芽生えてはいるものの、聖職者を対象とし、そもそも説教集の序文として書かれた彼の伝記は、事実より真実に重きを置き、対象となる人物を倣うべき鑑として扱う伝統的な伝記の特徴が色濃く現れている[12]。

しかしながら、経験哲学の名の下に、王立協会が 'history' と 'poesie' の区別を徹底しようとしたとき、歴史上実在する人物についてでありながら、その記述に 'rhetoric'、'fancy'、'fable' が認められる不純な伝記は、半身半馬のケンタウロスとして斥けられることになった。それまで非常に薄かったこの 'fact' と 'fiction' の区別意識、二つが混在していることに居心地の悪さを感じ、引き離さずにはおられない科学的な意識が、歴史の「純化」を求め、「作りもの」としての文学的真実を、まるでワインを漉した後に残った「おり」

のように、不純物とばかりに捨て去ろうとしたのである。科学の揺籃期における伝記的言説に対するこのような認識の変容を、我々はオーブリーの伝記観とその実践につぶさに見ることができる。

オーブリーの「ホッブズ伝」── 経験哲学流伝記事始め ──

オーブリーは、革命期および共和制時代から、王立協会の前身ともいわれるオックスフォード・グループの面々と親交があり、1662年には王立協会の創設会員のひとりに選出されたが、そのことを大変誇りに思っていた。成果はともかく、彼は自分でも化学実験の真似事のようなこともしていたようだ[13]。もちろん、協会の会員であるからといって、王立協会の理念に影響を受けているはずであるという前提に飛びつくのは危険である。同じ会員であっても、協会への関与の程度から関心のありよう、理論の実践方法、対象まで、実に多様であった。オーブリーの場合、協会の理念に則って仕事をしたというよりは、むしろ彼の本来的な気質が協会の手法となじみやすいものであったという方が、的を射ているかもしれない。しかしながら、伝記執筆の過程において、オーブリーが旧来の伝記に対して用いる異議申し立ての論理は、まさに協会が「文学的」なるものに対して用いるそれである。彼の著作『名士小伝』(*Brief Lives* [1813]) から、「トマス・ホッブズ伝」を例に取り、近代の科学的思考が、それまで伝統的に伝記に付されてきた役割や伝記そのもののスタイルにどのような変化をもたらしたかを検討し、ノーマン (Edgerton Herbert Norman) をして「伝記文学という文芸様式に一新紀元を画」[14]したと言わしめたオーブリーの伝記が生まれるに至った背景を探ってみたい。

彼の『名士小伝』には、協会の会員やその周辺の人々の伝記が含まれており、ホッブズもそのひとりである。会員にこそ選出されなかったが、オーブリーによるとホッブズは協会に高い敬意を払っていて、自然哲学は両大学 (Oxbridge) からグレシャムに移った、と語っていたという (*BL* 452)。オーブリーの「ホッブズ伝」は、出版することを始めから念頭においていたという点で、『名士小伝』の他の伝記とは異なっている[15]。ホッブズとは同郷の

友であったオーブリーは、彼に自伝を書くように勧め、それに応じる形でホッブズはラテン語で散文自伝を書いた。さらに、三人称で書かれたこの伝記を、自伝としてではなくオーブリーの筆になるものとして、彼の死後、出版してくれるようにと本人に依頼している。自伝には1651年までの半生が綴られており、1679年、友人の死に際し、オーブリーは故人の遺志を汲んでこれを出版しようと考えたのだが、それにはまず1651年から死去までのブランクを補う必要があるという結論に達した。こうしてオーブリーは、ホッブズに関する伝記の覚書を作成し始めるわけであるが、この「ホッブズ伝」に取り組む過程において、伝記というものに対するオーブリーの考え方が形成されていくことになる。

オーブリーの伝記観は、ある人物との軋轢によって露わになった。先に述べたように、ホッブズの自伝はラテン語で書かれていたために、オーブリーはこれに合わせて自身の覚書をラテン語に訳す必要が生じ、当時その学識が広く知られていたリチャード・ブラックバーン（Richard Blackbourne）という医師に、最終的にその仕事を託すことにした。しかしながら、翻訳作業が進むにつれ、オーブリーは次第にこの翻訳者の仕事に不満を抱くようになる。以下、1680年3月27日付の友人アンソニー・ウッド（Anthony Wood）に宛てた書簡から引用する。

> ブラックバーン博士は、翻訳を半分以上、終えましたが……博士の文体については、（桂冠詩人の）ドライデン氏とジョン・ヴォーン氏は大いによしとしておられますが、編纂にあたっては、お二人は一致して些事は全て省いたほうがよいというご意見です。些事には真実はあるが、全体から見てどうかというのです。彼らなら、ホッブズ氏が近習をしていたことには触れないだろうというのです。サー・ウィリアム・ペティは、私の原稿を通読し……すべてそのままにしようとしました。とまれ、私はこの偉大な才人たちには従わねばなりますまい。また、私には引き合わない話ですが、ブラックバーン氏が栄誉をすべて独り占めすることになるでしょう。それは高尚な文体で訳されております。頌詩を書く者と歴史を書く者の役割は、大いに異なるのです。伝記は短い歴史であり、歴史においては著名な人物に関する細かな情報は貴重です。（その者が

古事物愛好家の端くれでないかぎり）まともな碑文を書く才人に、私はいまだお目にかかったことがありません。才人のそれは、読む者に郷人については何も教えてくれず、ただ讃辞で心地よく耳をくすぐるくらいのことです。

Dr Blackbourne haz more then half donne ... and for his style, Mr Dryden (the poet laureate) and my Lord Jo Vaughan much approve of it; but for the compiling, they two agree to leave out all minute things; there will be the trueth, but not the whole. They will not mention his being a Page. Sir W. Petty perused my Copie all over and would have ... all stand. But I must submit to these great Wits; but in the meantime I suffer the grasse to be cutt under my feet; for Dr Blackbourne will have all the Glory. 'Tis writt in a high style. Now I say the Offices of a Panegyrist and Historian are much different. A Life is a short History and there the Minuteness of a famous person is gratefull. I never yet knew a Witt (unless he were a piece of an Antiquary) write a proper Epitaph, but leave the reader ignorant, what countryman etc: and only tickles his eares with Elegies [=eulogies] ....[16]

　この手紙から読み解くことができるのは、伝記をあくまで事実にもとづいた「歴史」として残すことを使命と心得、不純物を蒸留除去しようとするかのようにレトリックによる色づけを取り除こうとするオーブリーと、歴史のいわば「不完全さ」が気にかかって仕方なく、それを自らの「文学的」力量によって完全なものに作り変えずにはおられない、旧来の学者タイプのブラックバーンとの間の確執である。引用の"Antiquary"という語に注目していただきたい。オーブリーは、『名士小伝』のために伝記作家として知られているが、そもそも彼は文士というより、彼自身が"antiquary"として位置づけられるべき人物であり、ウィルトシャーやサリーなどの遺跡、歴史、地形や生息する動植物を調べ上げ、またフォークロアの収集などにも精力を傾けた考古学、あるいは民俗学の草分けともいえる存在であった。王立協会がその活動の錦の御旗とし、17世紀の科学にとって重要な方法論となった、ベーコンの「自然誌」の考え、つまり、仮説は事実の集積から帰納によって導くことのできるものであるがゆえに、自然現象についての膨大な素材の収集、つまり「自然誌」の編纂が必要であるという考えに強く影響を受け、雑

多な事物について自然誌をまとめようとしたひとりであったといえる。彼は今でいうフィールド・ワーカーであり、実際に現場を駆けずり回って細かなデータを拾い集めるという研究手法に徹しており、それは自然誌研究のみならず、伝記においても一貫していた。もっともオーブリーには、自然誌と伝記で別個の仕事をしているという意識はなかったものと思われる。当時の自然誌にはその地方に生息する動植物などと並んで、地元の名士についての記録、つまり伝記が盛り込まれる一方、これとは逆に、オーブリーの「ホッブズ伝」に彼の生地であるマームズベリーに関する自然誌的記述が見られるように、伝記に自然誌が盛り込まれるということもあったからである[17]。

　オーブリーの書簡に戻る。ここで、"antiquary"がその執筆の任に相応しいとされた歴史としての伝記と対比されるのは、"panegyric"、あるいは最終行で"Elegies (elogies)"とも呼ばれているが、いわゆる「頌詩」である。「頌詩を書く者と歴史を書く者の役割は、大きく異なる」とか、その後の「まともな碑文を書く才人には、いまだお目にかかったことはない」「才人の書く碑文は、読者に郷人については何も教えてくれず、ただ讃辞で心地よく耳をくすぐるぐらいのことだ」といったオーブリーの不満から、頌詩の伝統にしっかりと根を下ろしていた当時の伝記のあり方をうかがうことができる。オーブリーがベーコン同様、'panegyric'自体を無用のものとして否定していたわけではないことは、ホッブズ伝のなかで、彼がエドモンド・ウォラー (Edmund Waller) にホッブズを讃える詩を書いてくれるように頼んだことが記されていることからも知れようが (*BL* 449)、歴史として伝記を捉える立場からは、そこに'poesie'の要素が入り込むことには敏感であったようだ。引用した書簡には、ホッブズがある貴族の近習をしていたことに言及するか否かについて、「才人」たちとの間に意見の対立があったことが記されているが、個々の細かな事実の集積から一個の人物像に至ることにこだわるオーブリーと、描き出される「べき」人物像のほうに合わせて事実を取捨・選択し、「全体」としての出来栄えを考えるジョン・ドライデン (John Dryden) やジョン・ヴォーン (John Vaughn: 王立協会会長 [1686-89]) との、帰納VS演繹の手法の違いがはっきりと示され、桂冠詩人ドライデンがよしとし

たブラックバーンの文体を、オーブリーは"high style"と呼び、'hyperbole'などによって頌徳表をいわば粉飾するような文体は、伝記には不適切だとするのである。

　事実よりも説得力や雄弁さ、つまりレトリックに価値を置く旧来の伝記に苛立ちが募るオーブリーは、ウッドに宛てた別の書簡のなかでも、「雄弁家や詩人は疫病にでも取り憑かれろ。奴らは伝記や歴史をだめにする」("Pox take your Orators and Poets; They spoile Lives and histories") と毒づいている[18]。また、自らの伝記を「むき出しの純粋な真実」("the naked and plaine trueth" (*BL* 3) であると表現するが、"naked"あるいは"plain"という語は、スプラットが『王立協会史』のなかで、真実を覆い隠す装飾あるいは衣としての「言葉」を剥いだ「モノそのもの」こそが、自然哲学の対象であることを述べる際に、繰り返し用いる形容詞である。しかしながら、王立協会の広告塔スプラットであっても、歴史と頌詩（あるいは'poesie'）を切り離すことは、なかなか容易なことではなかったようである。『王立協会史』という'history'を書きながら、スプラットは、「時に知らず知らずのうちに讃辞に陥らぬように、純粋な歴史を書くのは難しい」("it is hard to Write a plain *History*, without falling sometimes unawares into its *Praise*" [*HRS* 322]) と認めざるを得ない。

　そもそも、ウッドの『オックスフォード人士録』(*Athenae Oxonienses* [1691-1692]) を手伝うために、素材提供目的で書き始められたオーブリーの『名士小伝』は、主題と文体との照応ということに関してはそれを初めから重視しない備忘録のようなものであり、入手した情報を人物の名の箇所にその都度、走り書きするという具合であった。出版を念頭においていた「ホッブズ伝」にもその特徴は見られ、オーブリーは引用した書簡のなかで、ドライデンとヴォーンは「些事は全て省いたほうがよいというご意見である」と納得のいかない様子で語っているが、些細な事項であっても知りえた情報は何でも放り込むタイプのオーブリーの伝記は、文学作品としてはなっていない、ということになる。おそらく、こういう反応が当時かなりあったのであろう。オーブリーはウッドへの書簡のなかで「今から百年後、そ

うした些事が貴重になろう」("a hundred yeare hence that minuteness will be gratefull")と自負を語り[19]、「ホッブズ伝」の序文('Lectori')のなかでも、自分があまりにも伝記作家として細かすぎることを弁解して、「人によっては、今はあまりに些細なことに思われるかもしれないが、将来は軽んじられることなく、古事として認められることになるだろう」("though to some at present it might appeare too triviall, yet hereafter 'twould not be scorned, but passe for Antiquity" [BL 418])と繰り返す。彼はコーヒーハウスの常連であり、書簡や伝記には、コーヒーハウスについての言及が散見される。以前は自分たちとは関わりのない社会の人間と知り合う術がなかったが、今日、都会にコーヒーハウスがあることは、伝記の仕事には好都合だと語るオーブリーの書簡の一節はよく引用されるが[20]、コーヒーハウスは階層を超えたゴシップの話題などに事欠かず、オーブリーが伝記のための情報収集の場として重宝していたことがうかがえる。オーブリーの伝記には、これはだれそれに聞いた話だが、とか、本人から聞いた話だが、というフレーズが多用されているのがひとつの特徴であるが、オーブリーが言うところの'truth'とは、スプラットが繰り返す「直接観察することによって確かめる」、つまり「直接自分の耳で聞き、目で見る」ということを意味している。とはいえ、オーブリーの伝記には日付の誤りなど、基本的な事実関係に好い加減な点が多く、ゴシップの類については、真相はさておき、ともかく聞いたままを書き留めるなど、現代人の感覚からすると科学的に正確を期したとはとてもいいがたく、このあたりが王立協会のより「進歩的」な会員からの批判の的にもなるのだが[21]、ベーコンによって提唱された経験と帰納、そしてそれを引き継いだ王立協会が目的とした、後世を見据えた直接的データの保存・蓄積という考えは、確かに伝記作家としてのオーブリーにも見られ、僧院の遺跡を実地踏査する姿勢でもって故人の足跡を調べるフィールド・ワーカーとしての手法が、彼独自の伝記スタイルを生み出したということができるだろう。

　こうして記録としての伝記を意識して生まれたオーブリーの伝記だが、これが無味乾燥なレファランスに仕上がったかといえばそれとは程遠く、人物

描写や会話を織り込んだエピソードなどにおいて、むしろ新たな文学ジャンルとしてのちに登場する小説と通じるようなところがあるのは、示唆的である。彼の伝記の特徴のひとつは、精緻な容姿の描写である。画家としての才能もあったオーブリーだが、彼の筆によって描きだされる肖像は、イデアとしての人物の伝記にはない、生き生きとした輝きを放っている。オーブリーは、ホッブズの頭の形から皮膚の肌理、口ひげの跳ね上がり具合から視力に至るまで、細かな特徴も見逃さず、すべて記録の対象とする。以下、伝記作家としての彼特有の筆致を実際にみることにする。まずは、ホッブズの「頭部」についての観察である。

> 頭部：老年になると、彼の頭は禿げてしまったが、それが人々の敬意を呼び覚ました。屋内で研究するときは、それでも何も被らなかったが、彼が言うところによれば、禿げ頭をむき出しにしていたことで風邪を引いたことはないものの、そこに集るハエを追い払うのには難渋した。彼の頭周りは＊インチで、自然哲学者がよしとした才槌頭、顔はさほど大きくなく、広い額をし、赤みがかった口髭は自然に上向きに跳ね上がっていたが、これは才気溢れていることのしるし――その例としては、ジェイムズ・ハウエルやマートンカレッジのヘンリー・ジェイコブ。
>
> *Head*: In his old age he was recalvus, which claymed a veneration. Yet within dore, he used to study, and sitt bare-headed: and sayd he never tooke cold in his head but that the greatest trouble was to keepe-off the Flies from pitching on his baldnes. His Head was ... inches in compass and of a mallet-forme approved by the Physiologers. Face not very great, ample forehead, whiskers redish which naturally turned-up which is a sign of a Brisque witt. e.g. James Howell, Henry Jacob of Merton College. (*BL* 442)

2004年に*Dictionary of National Biography*が一世紀以上の時を経て改訂された折、この新版の売りのひとつは、人物の肖像画や写真といったヴィジュアルなデータを加えたことであったが、オーブリーの人物描写が与える情報は、こうした視覚的媒体では決してカバーすることはできない。「禿げ頭をむき出しにしていたことで風邪を引いたことはないものの、そこに集る

ハエを追い払うのには難渋した」といった微笑を誘うような「本人が語った直接的情報」や、頭のサイズが何インチであるといった(あとから書き込むために、数字の部分を空所にしておいたようである)、いわば科学的データが織り込まれ、たとえ作品としての構成には構わない記録の断片であるような場合にも、書き手の人間に対する関心のありようを読者に伝える作風と呼びうるものが、確かにそこにはある。「過去に関する事実は、芸術に拠らずにただ集めただけでは、単なる事実の寄せ集めである。それは確かに有益かもしれないが、バターに卵、塩、ハーブが集められただけではオムレツにならないように、歴史とはいえないのである」("Facts relating to the past, when they are collected without art, are compilations; and compilations, no doubt, may be useful; but they are no more History than butter, eggs, salt and herbs are an omelette.") と語る20世紀の伝記作家リットン・ストレイチー (Lytton Strachey) が、オーブリーのことを「その類稀な錬金術で、いくばくかの残り滓や遺物を黄金の伝記に変えた」("with his odd old alchemy, has transmuted a few handfuls of orts and relics into golden life ") 人物であるとして、とりわけ高く評価する所以である[22]。続いて、今度はホッブズの「眼」をオーブリーが描写している一節を引いておきたい。

眼：彼は視力がよく、ハシバミ色の、死ぬ間際までずっと気力に満ちた眼をしていた。議論に夢中になっているときには、その眼のなかで (あたかも) 石炭が明々と燃えているように輝いた。彼には、二つの表情があった。笑って冗談を飛ばし、陽気なときには、その眼はほとんどなくなってしまう。その一方、真剣でまじめなときには、その眼 (すわなち、その目蓋) を丸く見開いた。彼は中くらいの大きさの眼をしており、それほど大きくも小さくもなかった。
Eie: He had a good Eie, and that of a hazell colour, which was full of life and spirit, even to his last: when he was earnest in discourse, there shone (as it were) a bright live-coale within it. He had two kind of Lookes: when he laugh't, was witty, and in a merry humour, one could scarce see his Eies: by and by, when he was serious and earnest, he open'd his eies round, i.e. his Eielids. He had midling eies, not very big, nor very little. (*BL* 443)

前の一節を、例えばウォルトンの伝記にみられる対象の外見描写と比較してみれば、その質の違いに気づくはずである。ウォルトンはジョン・ダン伝の結びに容姿についての短い記述を添えているが、以下はダンの眼についての一節である。「彼の柔和な瞳は、彼が気高い同情心に満ち溢れた優しい心をもち、立派な魂が宿るがゆえに、他人を傷つけることなどできず、他人に傷つけられたときにはそれを許さずにはおれない、まことのキリスト教徒であることを表していた」("His melting eye, shewed that he had a soft heart, full of noble compassion; of too brave a soul to offer injuries, and too much a Christian not to pardon them in others.") [23]。オーブリーとは異なり、ウォルトンにとってダンの瞳の色や形、大きさ自体は問題にはならない。眼の特徴を表現する "melting" という修飾語は、"heart" を修飾する際に用いられる "soft" と響き合い、眼そのものを形容しているというよりは、ダンの聖職者としての精神を映し出す鏡として、その慈悲深い「心」や「魂」を浮き彫りにするために選ばれている。ウォルトンのダンは、静止した肖像画のような眼をしている。対するオーブリーが観察するホッブズの眼は、輝きを放ったり、細くなったり、大きく見開かれたりと、その時々で豊かに表情を変える。オーブリーは観相術という、現代からすればおおよそ非科学的なことに生涯変わることなく関心を抱いていたが、人相も、人間の本質についての何らかの一般定理を最終的に引き出すことのできる、データの集合体だと考えていたのではないかと思われる [24]。ホッブズとその友人ガリレオ・ガリレイの風貌が似通っていたことを指摘するとき、オーブリーはあたかもそのことが二人を似た性格と運命に導いたかのような、あるいは少なくともそこに何らかの因果関係があると言いたげな、様子である（*BL* 447）。オーブリーはまた、占星術への関心を伝記に盛り込んでいることでも知られるが、容姿の細かな特徴も、占星術に関わるデータも、彼にとっては、生没年や出生地、家系図と同様、蓄積すべきデータの一部であることに変わりはなかったのであろう [25]。オーブリーの覚書をもとにしたブラックバーンの「ホッブズ伝補遺」（'Vitae Hobbianae auctarium'）は、ホッブズの自伝と併せて1681年に出版されたが（*Thomae Hobbes Angli Malmesburiensis philosophi vita*）、

オーブリー自身のホッブズ伝は追加される細かな情報で際限なく膨らみ続け、結局未完成のまま残されることになる。

　無神論者の烙印を押され、学界に敵も多かった友人を弁護し、その生涯に敬意を表したいというオーブリーの思いを感じ取ることなく「ホッブズ伝」を読むことは、確かに困難である。しかし、彼が伝記に対して示した姿勢――伝統的文学である頌詩とはきっぱりと袂を分かつことを宣言し、修辞学上の技巧を凝らして対象となる人物の性格や行動を見栄えよく整えるためではなく、言葉と事物の照応性を守ることを意識しつつ、五感を通して感知しえた対象についての事実の収集に、もてる精力をつぎ込む――こうした姿勢は、伝記のまったく新しいスタイルを開拓したといえ、自然哲学の方法論に基づき、いわば「文学的要素」を排した純粋な歴史を目指したことで逆説的に拓かれた、あらたな伝記文学誕生への道であったといえよう。

注
1) 当時「文学」は、現代のような独立したひとつの学問であったわけではなく、その呼称（poesy; belles letters; literature など）と概念は双方が絡み合って時代とともに複雑な変化を見せるが（Richard Terry, *Poetry and the Making of the English Literary Past, 1660-1781* [Oxford: Oxford UP, 2001] Ch.1 参照)、本章では「文学」という言葉を近代初期において広く使われていた 'poetry/poesy' ('making' や 'fabrication' を表す 'poesis' を語源とする）を念頭に用いる。
2) 自然科学の勃興と文学／言語への影響を論じたものとしては、Richard Foster Jones, *The Seventeenth Century: Studies in the History of English Thought and Literature from Bacon to Pope* (Stanford: Stanford UP, 1951) ; *Ancients and Moderns: A Study of the Rise of the Scientific Movement in Seventeenth Century England* (St. Louis: Washington UP, 1961) などがある。Jones への反論として、Brian Vickers, "The Royal Society and English Prose Style: A Reassessment," *Rhetoric and the Pursuit of Truth: Language Change in the Seventeenth and Eighteenth Centuries* (Los Angeles: U of California, 1985) 1-76.
3) 近年、文学批評において、'life-writing' という語が広義に用いられているが、'biography' という語が定着する以前は（*OED* は Fuller (1662) の 'biographist' や Dryden (1683) の 'biography' を初出として挙げる）、'life' が伝記を表す一般的な語であった。
4) ロンドン王立協会については、Michael Hunter, *Science and Society in Restoration*

England (Cambridge: Cambridge UP, 1981) ; William T. Lynch, *Solomon's Child: Method in the Early Royal Society of London* (Stanford: Stanford UP, 2001) ; Henry Lyons, *The Royal Society, 1660-1940: A History of its Administration under its Charters* (New York: Greenwood P, 1968).

5) Barbara J. Shapiro, *Probability and Certainty in Seventeenth-Century England: A Study of the Relationships between Natural Science, Religion, History, Law, and Literature* (Princeton: Princeton UP, 1983) 227-232.

6) William Rossky, "Imagination in the English Renaissance: Psychology and Poetic," *Studies in the Renaissance* 5 (1958) : 50, 60.

7) ジョン・ウィルキンズ（John Wilkins）らによる科学言語開発の取り組みについては、Lynch, *Solomon's Child,* 116-156.

8) *The Advancement of Learning*, ed. Michael Kiernan (Oxford: Clarendon P, 2000) 62. 以下、引用では *AL* と略記する。

9) シドニーは、韻律は「装飾」に過ぎず、'poetry' の本質とは関わりないという考えを示す。Sir Philip Sidney, *An Apology for Poetry or The Defence of Poesy*, ed. Geoffrey Shepherd (1965. Manchester: Manchester UP, 1973) 103.

10) *Ben Jonson*, ed. C. H. Herford and Percy and Evelyn Simpson, 11vols. (Oxford: Clarendon P, 1925-1952) 1:133; John Donne, *Letters to Severall Persons of Honour* (1651) 238-239.

11) O.B.Hardison, *The Enduring Monument: A Study of the Idea of Praise in Renaissance Literary Theory and Practice* (Chapel Hill: U of North Carolina P, 1962) 24-42.

12) Donald A. Stauffer, *English Biography Before 1700* (Cambridge, Mass.: Harvard UP, 1930) 91-120. fact/truth との関係から、ウォルトンの伝記の近代性を論じた研究としては、Vivian De Sola Pinto, ed., *English Biography in the Seventeenth Cen*tury (New York: Books for Libraries P, 1969) 33-39; Judith H. Anderson, *Biographical Truth: The Representation of Historical Persons in Tudor-Stuart Writing* (New Haven: Yale UP, 1984) 52-71.

13) Michael Hunter, *John Aubrey and the Realm of Learning* (London: Gerald Duckworth, 1975) 42-44.

14) E. H. ノーマン「ジョン・オーブリ ── 近代伝記文学の先駆者」『クリオの顔 ── 歴史随想集 ──』大窪愿二訳編（岩波書店、昭和 31 年）160 頁。以下、*Brief Lives* の引用には次の版を用いる。John Aubrey, *Brief Lives* (London: Penguin Books, 2000). 引用では *BL* と略記する。

15) Jon Bruce Kite, *A Study of the Works and Reputation of John Aubrey (1626-1697) with Emphasis on His Brief Lives* (New York: The Edwin Mellen P, 1993) 100-101.

16) Maurice Balme, *Two Antiquaries: A Selection from the Correspondence of John Aubrey*

and Anthony Wood (Edinburgh: Durham Academic P, 2001) 89.

17) 例えば、Thomas Fuller, *The History of the Worthies of England* (1662) には、地方ごとに地元の名産物、産業、建築物、地名に由来する慣用表現などと併せて、その土地が輩出した政治家や殉教者、軍人、作家などの伝記的記述が見られる。

18) *Two Antiquaries*, 91.

19) *Two Antiquaries*, 91.

20) *Two Antiquaries*, 92.

21) Hunter, *John Aubrey*, 133-135.

22) Lytton Strachey, *Portraits in Miniature and Other Essays* (New York: W.W.Norton & Company, 1962) 158; 29

23) Izaak Walton, *The Lives of John Donne, Sir Henry Wotton, Richard Hooker, George Herbert and Robert Sanderson* (London: Oxford UP, 1927) 83.

24) ベーコンも観相術に学問としての価値を見いだしており、顔のつくりだけではなく、その表情の観察もまた、有益だと考えていた。"For the Lyneaments of the bodie doe disclose the disposition and inclination of the minde in generall; but the Motions of the countenance and parts, doe not onely so, but do further disclose the present humour and state of the mind & will" (*AL* 94).

25) 容姿、性格、運命の相関関係に対するオーブリーの考え方については、Hunter, *John Aubrey*, 127.

参照文献一覧

第一次文献

Aubrey, John. *Brief Lives*(1813). London: Penguin Books, 2000.
Bacon, Francis. *The Advancement of Learning*(1605). Ed. Michael Kiernan. Oxford: Clarendon P, 2000.
---. *The History of the Reign of King Henry* Ⅶ (1622). Ed. Brian Vickers. Cambridge: Cambridge UP, 1998.
---. *The Major Works including* New Atrantis *and the* Essays. 1996. Ed. Brian Vickers. Oxford: Oxford UP, 2008.
Bacon, Nathaniel. *A Relation of the Fearefull Estate of Francis Spira*. London, 1637/8.
Baxter, Richard. 'To the Reader' in Samuel Clarke, *The Lives of Sundry Eminent Persons in this Later Age*. London, 1683.
---. *Compassionate cousel to all young-men*. London, 1681.
---. *The Catechizing of Families*. London, 1683.
---. *The Poor Man's Family Book*. London, 1674.
---. *The Practical Works of Richard Baxter*. 4vols. London, 1838.
Besant, Annie. *An Autobiography* (1893). Gloucester: Dodo P, 2007.
Bolton, Robert. *Instructions for a Right Comforting [of] Afflicted Consciences*. London, 1631.
Bunyan, John. *Seasonable Counsel and A Discourse upon the Pharisee and the Publicane*(1684). Ed. Owen C. Watkins. Oxford: Clarendon P, 1988.
---. *Grace Abounding to the Chief of Sinners*(1666). Ed. Roger Sharrock. Oxford: Clarendon P, 1962.
---. *Grace Abounding with Other Spiritual Autobiography*. Ed. John Stachniewski. Oxford: Oxford UP, 1998.
---. *The Holy War*(1682). Ed. Roger Sharrock and James F. Forrest. Oxford: Clarendon P, 1980.
---. *The Poems*. Ed. Graham Midgley. Oxford: Clarendon P, 1980.
Camm, Thomas. *The Admirable and Glorious Appearance of the Eternal God*. London, 1684.
Cavendish, Margaret. "A true Relation of my Birth, Breeding, and Life" in *Natures Pictures drawn by fancies pencil to life*. Aaa4v-Ddd4r.
---. *Natures Pictures Drawn by Fancies Pencil to Life*. London, 1656.

---. *Observations upon Experimental Philosophy* (1666). Ed. Eileen O'Neill. Cambridge: Cambridge UP, 2001.

---. *Paper Bodies: A Margaret Cavendish Reader.* Ed. Sylvia Bowerbank and Sara Mendelson. Ontario: Broadview P, 2000.

---. *Poems and Fancies.* London, 1653.

---. *The Blazing World and Other Writings.* Ed. Kate Lilley. London: Penguin Books, 2004.

---. *The Life of the Thrice Noble, High and Puissant Prince William Cavendishe, Duke, Marquess, and Earl of Newcastle.* London, 1667.

---. *The Philosophical and Physical Opinion.* London, 1655.

---. *Worlds Olio.* London, 1655.

Clarke, Samuel. *A Mirrour or Looking-Glasse both for saints and sinners.* London, 1646.

---. *General Martyrologie.* London, 1651.

Cole, E. *The Young Schollar's Best Companion.* London, 1690.

The Complaynt of Veritie made by John Bradford. An Exhortacion of Mathewe Rogers. [London,] 1559.

Crossman, Samuel. *The Young Man's Calling.* London, 1678.

Defoe, Daniel. *The Life, Adventures, and Piracies, of the Famous Captain Singleton* (1720). London: Oxford UP, 1969.

Donne, John. *Biathanatos* (1647). Ed. Ernest W. Sullivan II. London: U of Delaware P, 1984.

---. *Letters to Severall Persons of Honour* (1651). A Facsimile Reproduction. Delmar, N.Y.: Scholars' Facsimiles & Reprints, 1977.

---. *Sermons of John Donne.* Ed. G.B.Potter and E.M.Simpson. 10vols. Berkeley: U of California P, 1953-1962.

---. *The Complete Poems of John Donne.* Ed. Robin Robins. London: Longman, 2010.

---. *The Epithalamions, Anniversaries and Epicedes.* Ed. William Milgate. Oxford: Clarendon P, 1978.

Elizabeth, Charlotte. *Personal Recollections* (1841). Charleston: Biblio Bazaar, 2008.

The English Spira. London, 1693.

The Exhortation of Mr. Rogers to His Children. 1559.

Foxe, John. *John Foxe's The Acts and Monuments Online.* Ed. Mark Greengrass and David Loades. U of Sheffiield. HRI Online Publications, Sheffield 2011. www.johnfoxe.org/

Fuller, Thomas. *Good Thoughts in Bad Times.* Boston, 1863.

---. *The History of the Worthies of England.* London,1662.

Gribaldi, Matteo. *A Notable and Marveilous Epistle.* [Worcester], 1550.

Ingram, Allan, ed. *Voices of Madness: Four Pamphlets, 1983-1796.* Stroud: Sutton Publishing,

1997.

Janeway, James. *A Token for Children*(1671). Boston, 1771.

Jonson, Ben. *Ben Johnson*. Ed. C. H. Herford and Percy and Evelyn Simpson, 11vols. Oxford: Clarendon P, 1925-1952.

Keach, Benjamin (?). *The Protestant Tutor. Instructing Children to Spel and Read English*. London, 1679.

Looking-Glass For Children. London, 1673

Martin, Randall, ed. *Women Writers in Renaissance England*. London: Longman, 1997.

[N., F.] *The Second Spira*. London, 1693.

New England Primer. Boston?, ca.1700.

Pepys, Samuel. *The Diary of Samuel Pepys: A new and complete transcription*. Ed. Robert Latham and William Matthews. 11vols. Berkeley: U of California P, 1970-1983.

Plant, Thomas, and Benjamin Dennis. *The Mischief of Persecution Exemplified; By a True Narrative of the Life and Deplorable End of Mr. John Child*. London, 1688.

Powell, Vavasor. *Life and Death of Mr. Vavasor Powell*. London, 1671.

The Protestant Tutor for Children. Boston, 1685.

Sidney, Philip. *An Apology for Poetry or The Defence of Poesy* (1595) . Ed. Geoffrey Shepherd. 1965. Manchester: Manchester UP, 1973.

Sprat, Thomas. *The History of the Royal Society of London*. London, 1667.

Strachey, Lytton. *Portraits in Miniature and Other Essays*. New York: W.W.Norton & Company, 1962.

Sym, John. *Lifes Preservative against Self-Killing*. London, 1637.

Taylor, Isaac. *A Book of Martyrs for the Young*. 1826.

---. *Bunyan Explained to a Child*. London, 1824.

Taylor, John. *The Booke of Martyrs*. London, 1616.

---. *Verbum Sempiternum*. London, 1614.

The Third Spira. London, [1724].

Thomas Aquinas. *The Summa Theologiae of St. Thomas*. Trans. Fathers of the English Dominican Province, 1920. www.newadvent.org/summa/

A Token for the Youth. London, [1709?].

A True Second Spira. London, [1697].

Tyler, Margaret. *The Mirrour of Princely Deedes and Knighthood*. London, 1578.

Walpole, Horace. *A Catalogue of the Royal and Noble Authors of England, with Lists of Their Works*. 3rd ed. Dublin: George Faulkner, Hulton Bradley, 1759.

Walton, Izaak. *The Lives of John Donne, Sir Henry Wotton, Richard Hooker, George Herbert and Robert Sanderson*. London: Oxford UP, 1927.

A Warning from God to all Apostates…Wherein the Fearful States of Francis Spira and John Child are Compared. London, [1684].

White, Thomas. *A Little Book for Little Children*. London, 1702.

Wilson, Thomas. *Arte of Rhetorique*(1560). Ed. G.H.Mair. Oxford: Clarendon P., 1909.

Wolff, Jetta S. *Stories from the Lives of Saints and Martyrs of the Church Told in Simple Language*. London, 1890.

Wood, Anthony. *Athenae Oxonienses*. London, 1691-1692.

Woodes, Nathaniel. *The Conflict of Conscience*(1581). Ed. F.P.Wilson and Herbert Davis. Oxford: Oxford UP, 1952.

Wroth, Mary. *The Poems of Lady Mary Wroth*. Ed. Josephine A. Roberts. Baton Rouge: Louisiana State UP, 1983.

オリゲネス『祈りについて・殉教の勧め』小高毅訳　創文社、1985 年
トマス・ア・ケンピス『キリストにならいて』池谷敏雄訳　新教出版社、1984 年
『聖書―マカバイ記―（上・下）』フランシスコ会聖書研究所訳　中央出版社、昭和 38 年
アウグスティヌス『アウグスティヌス著作集』全 30 巻、清水正照他訳　教文館、1979 年-2009 年
ヤコブス・デ・ウォラギネ『黄金伝説』全 4 巻、前田敬作他訳　平凡社、2006 年

第二次文献

Anderson, Judith H. *Biographical Truth: The Representation of Historical Persons in Tudor-Stuart Writing*. New Haven: Yale UP, 1984.

Aston, Margaret, and Elizabeth Ingram. "The Iconography of the *Acts and Monuments*" in *John Foxe and the English Reformation*. Ed. David Loades. 66-142.

Bald, R.C. *Donne and the Drurys*. Cambridge: Cambridge UP, 1959.

Balme, Maurice. *Two Antiquaries: A Selection from the Correspondence of John Aubrey and Anthony Wood*. Edinburgh: Durham Academic P, 2001.

Battigelli, Anna. *Margaret Cavendish and the Exiles of the Mind*. Lexington: UP of Kentucky, 1998.

Bedford, Ronald, Lloyd Davis and Philippa Kelly, eds. *Early Modern Autobiography: Theories, Genres, Practices*. Ann Arbor: U of Michigan P, 2006.

Beilin, Elaine V. *Redeeming Eve: Women Writers of the English Renaissance*. Princeton: Princeton UP, 1987.

Bennett, A.L. "The Principal Rhetorical Conventions in the Renaissance Personal Elegy." *Studies in Philology* 51(1954): 107-126.

Bingham, Jane, and Grayce Scholt. *Fifteen Centuries of Children's Literature*. London: Greenwood P, 1980.

Bloom, Clive, ed. *Jacobean Poetry and Prose: Rhetoric, Representation and the Popular Imagination*. New York: St. Martin's P, 1988.

Bottrall, Margaret. *Every Man a Phoenix: Studies in Seventeenth-Century Autobiography*. London: William Clowes and Sons, 1958.

Bowerbank, Sylvia. "The Spider's Delight: Margaret Cavendish and the 'Female' Imagination" in *Women in the Renaissance: Selections from English Literary Renaissance*. Ed. Kirby Farrell, Elizabeth H. Hageman and Arthur F. Kinney. 188-193.

Brady, Andrea. *English Funerary Elegy in the Seventeenth Century: Laws in Mourning*. Basingstoke: Palgrave Macmillan, 2006.

Brown, John. *John Bunyan: His Life, Times, and Work*. Boston: Houghton Mifflin and Co., 1888.

Bullough, Vern L. "Transvestites in the Middle Ages." *American Journal of Sociology* 79.6 (1974): 1381-1394.

Burstein, Miriam Elizabeth. "Reinventing the Marian Persecutions in Victorian England." *Partial Answers* 8(2010): 341-364.

---. "Reviving the reformation: victorian women writers and the protestant historical novel." *Women's Writing* 12(2005): 73-84.

Cambers, Andrew. *Godly Reading: Print, Manuscript and Puritanism in England, 1580-1720*. Cambridge: Cambridge UP, 2011.

Carlton, Peter J. "Bunyan: Language, Convention, Authority." *Journal of English Literary History* 51(1984): 17-32.

Carpenter, Humphrey and Mari Prichard. *Oxford Companion to Children's Literature*. Oxford: Oxford UP, 1984.

Carr, Helen. "Donne's Masculine Persuasive Force" in *Jacobean Poetry and Prose: Rhetoric, Representation and the Popular Imagination*. Ed. Clive Bloom. 96-118.

Clark, Elizabeth A. *Women in the Early Church*. Collegeville, Minn.: Liturgical P, 1983.

Cloke, Gillian. *This Female Man of God: Women and Spiritual Power in the Patristic Age, 350-450 AD*. London: Routledge, 1995.

Collinson, Patrick. "John Foxe and National Consciousness" in *John Foxe and his World*. Ed. Christopher Highley and John N.King. 10-36.

Cottegnies, Line, and Nancy Weitz, eds. *Authorial Conquests: Essays on Genre in the Writings*

of *Margaret Cavendish*. Madison: Fairleigh Dickinson UP, 2003.
Cottegnies, Line. "The 'Native Tongue' of the 'Authoress': The Mythical Structure of Margaret Cavendish's Autobiographical Narrative" in *Authorial Conquests*. Ed. Line Cottegnies and Nancy Weitz. 103-119.
Curtius, Ernst Robert. *European Literature and the Latin Middle Ages*. 1948. Trans. Willard R. Trask. Princeton: Princeton UP, 1990.
Darton, F. J. Harvey. *Children's Books in England: five centuries of social life*. Cambridge: Cambridge UP, 1982.
Davies, Michael. *Graceful Reading: Theology and Narrative in the Works of John Bunyan*. Oxford: Oxford UP, 2002.
Davis, Natalie Zemon."Gender and Genre: Women as Historical Writers, 1400-1820" in *Beyond Their Sex: Learned Women of the European Past*. Ed. Patricia H.Labalme. 153-182.
Delany, Paul. *British Autobiography in the Seventeenth Century*. New York: Columbia UP, 1969.
Dowd, Michelle M., and Julie A.Eckerle, eds. *Gender and Women's Life Writing in Early Modern England*. Farnham: Ashgate, 2007.
Dowden, Edward. *Puritan and Anglican: Studies in Literature*. London: Kegan Paul, 1900.
Dragstra, Henk, Sheila Ottway and Helen Wilcox, eds. *Betraying Our Selves: Forms of Self-Presentation in Early Modern English Texts*. Basingstoke: Macmillan, 2000.
Ebner, Dean. *Autobiography in Seventeenth-Century England: Theology and the Self*. The Hague: Mouton, 1971.
Eckerle, Julie A. "Recent Developments in Early Modern English Life Writing and Romance." *Literature Compass* 5/6(2008): 1081-1096.
Evans, Ruth, and Lesley Johnson, eds. *Feminist Readings in Middle English Literature: The Wife of Bath and all her sect*. London: Routledge, 1994.
Ezell, Margaret J. M. *Social Authorship and the Advent of Print*. Baltimore: John Hopkins UP, 1999.
Farrell, Kirby, Elizabeth H. Hageman and Arthur F. Kinney, ed. *Women in the Renaissance: Selections from English Literary Renaissance*. Amherst: U of Massachusetts P, 1971.
Ferguson, Margaret W. "Renaissance concepts of the 'woman writer'" in *Women and Literature in Britain, 1500-1700*. Ed. Helen Wilcox. 143-168.
Fitzmaurice, James. "Margaret Cavendish's *Life of William*, Plutarch, and Mixed Genre" in *Authorial Conquests*. Ed. Line Cottegnies and Nancy Weitz. 80-102.
Freeman, Tomas S. "A Library in Three Volumes: Foxe's 'Book of Martyrs' in the Writings of John Bunyan." *Bunyan Studies* 5(1994): 47-57.

Goldstein, Jeffrey H., ed. *Why We Watch: The Attractions of Violent Entertainment*. Oxford: Oxford UP, 1998.

Goreau, Angeline. *The Whole Duty of a Woman: Female Writers in Seventeenth Century England*. New York: Dial P, 1985.

Graham, Elspeth. "Intersubjectivity, Intertextuality, and Form in the Self-Writings of Margaret Cavendish" in *Gender and Women's Life Writing in Early Modern England*. Ed. Michelle M.Dowd and Julie A.Eckerle. 131-150.

Greaves, Richard L. *Glimpses of Glory: John Bunyan and English Dissent*. Stanford: Stanford UP, 2002.

Greenblatt, Stephen. *Renaissance Self-Fashioning: From More to Shakespeare*. Chicago: U of Chicago P, 1980.

Gregory, Brad S. *Salvation at Stake: Christian Martyrdom in Early Modern Europe*. Cambridge, Mass.: Harvard UP, 1999.

Hackett, Helen. *Women and Romance Fiction in the English Renaissance*. Cambridge: Cambridge UP, 2000.

Hall, David D. *Worlds of Wonder, Days of Judgment: Popular Religious Belief in Early New England Wonder*. Cambridge, Mass.: Harvard UP, 1989.

Haller, William. *Foxe's Book of Martyrs and the Elect Nation*. London: Ebenezer Baylis and Son, 1967.

Hardison, O.B. *The Enduring Monument: A Study of the Idea of Praise in Renaissance Literary Theory and Practice*. Chapel Hill: U of North Carolina P, 1962.

Haydon, Colin. *Anti-Catholicism in Eighteenth-Century England, c.1714-80: A Political and Social Study*. Manchester: Manchester UP, 1993.

Highley, Christopher, and John N. King, eds. *John Foxe and His World*. Aldershot: Ashgate, 2002.

Hill, Christopher. *A Turbulent, Seditious and Factious People: John Bunyan and his Church, 1628-1688*. Oxford: Clarendon P, 1988.

Hindmarsh, D. Bruce. *The Evangelical Conversion Narrative: Spiritual Autobiography in Early Modern England*. Oxford: Oxford UP, 2005.

Hobby, Elaine. *Virtue of Necessity: English Women's Writing, 1649-1688*. London: Virago, 1988.

Hodgkin, Katharine. *Madness in Seventeenth-Century Autobiography*. New York: Palgrave Macmillan, 1988.

Hodgson, Elizabeth M. A. *Gender and the Sacred Self in John Donne*. Newark: U of Delaware P, 1999.

Hughes, Richard E. "The Woman in Donne's *Anniversaries*." *English Literary History* 34(1967): 307-326.

Hunt, Peter. *Children's Literature: An Illustrated History*. Oxford:Oxford UP, 1995.

---, ed. *International Companion: Encyclopedia of Children's Literature*. London: Routledge, 1996.

Hunter, J. Paul. "Protesting fiction, constructing history" in *The Historical Imagination in Early Modern Britain: History, Rhetoric, and Fiction, 1500-1800*. Ed. Donald R. Kelley and David Harris Sacks. 298-317.

Hunter, Michael. *John Aubrey and the Realm of Learning*. London: Gerald Duckworth, 1975.

---. *Science and Society in Restoration England*. Cambridge: Cambridge UP, 1981.

Ingram, Allan. "Slightly Different Meanings: Insanity, Language and the Self in Early Modern Autobiographical Pamphlets" in *Betraying Our Selves: Forms of Self-Presentation in Early Modern English Texts*. Ed. Henk Dragstra, Sheila Ottway and Helen Wilcox. 183-196.

Ingram, Randall. "First Words and Second Thoughts: Margaret Cavendish, Humphrey Moseley, and 'the Book'." *Journal of Medieval and Early Modern Studies* 30:1(Winter 2000): 101-124.

James, William. *The Varieties of Religious Experience*. New York: Longmans, Green, and Co.,1906.

John, Judith Gero. "I Have Been Dying to Tell You: Early Advice Books for Children." *The Lion and the Unicorn* 29(2005): 52-64.

Jones, Emily Griffiths. "Historical Romance and *Fin Amour* in Margaret Cavendish's *Life of William Cavendish*." *English Studies* 92(2011): 756-770.

Jones, Richard Foster. *Ancients and Moderns: A Study of the Rise of the Scientific Movement in Seventeenth Century England*. St. Louis: Washington UP, 1961.

---. *The Seventeenth Century: Studies in the History of English Thought and Literature from Bacon to Pope*. Stanford: Stanford UP, 1951.

Kastan, David Scott. "Little Foxes" in *John Foxe and his World*. Ed. Christopher Highley and John N. King. 117-129.

Kelley, Donald R., and David Harris Sacks, eds. *The Historical Imagination in Early Modern Britain: History, Rhetoric, and Fiction, 1500-1800*. Cambridge: Cambridge UP, 1997.

King, John N. *Foxe's Book of Martyrs and Early Modern Print Culture*. Cambridge: Cambridge UP, 2006.

Kite, Jon Bruce. *A Study of the Works and Reputation of John Aubrey(1626-1697) with Emphasis on His Brief Lives*. New York: The Edwin Mellen P, 1993.

Knott, John R. *Discourses of Martyrdom in English Literature, 1563-1694.* Cambridge: Cambridge UP, 1993.

Krontiris, Tina. *Oppositional Voices: Women as Writers and Translators of Literature in the English Renaissance.* London: Routledge, 1992.

Labalme, Patricia H., ed. *Beyond Their Sex: Learned Women of the European Past.* New York: New York UP, 1984.

Lewalski, Barbara Kiefer. *Donne's Anniversaries and the Poetry of Praise: The Creation of a Symbolic Mode.* Princeton: Princeton UP, 1973.

Lewis, Katherine, J. Noel James Menuge and Kim M. Phillips, eds. *Young Medieval Women.* Stroud: Sutton Publishing, 1999.

Loades, David. *John Foxe and the English Reformation.* Aldershot: Ashgate Publishing, 1997.

Lynch, Kathleen. *Protestant Autobiography in the Seventeenth-Century Anglophone World.* Oxford: Oxford UP, 2012.

Lynch, William T. *Solomon's Child: Method in the Early Royal Society of London.* Stanford: Stanford UP, 2001.

Lyons, Henry. *The Royal Society, 1660-1940: A History of its Administration under its Charters.* New York: Greenwood P, 1968.

MacDonald, Michael and Terence R. Murphy. *Sleepless Souls: Suicide in Early Modern England.* Oxford: Clarendon P, 2002.

MacDonald, Michael. "The Fearefull Estate of Francis Spira: Narrative, Identity, and Emotion in Early Modern England." *Journal of British Studies* 31(1992): 32-61.

Mandel, Barrett John. "Bunyan and the Autobiographer's Artistic Purpose." *Criticism: A Quarterly for Literature and the Arts* 10(1968): 225-243.

Mason, Mary G. "The Other Voice: Autobiographies of Women Writers" in *Autobiography: Essays Theoretical and Critical.* Ed. James Olney. 207-235.

McCullough, Peter, Hugh Adlington, and Emma Rhatigan, ed. *The Oxford Handbook of the Early Modern Sermon.* Oxford: Oxford UP, 2011.

Meigs, Cornelia, Anne Thaxter Eaton, Elizabeth Nesbitt and Ruth Hill Viguers. *A Critical History of Children's Literature.* New York: Macmillan Publishing, 1969.

Mendelson, Sara. "Playing Games with Gender and Genre: The Dramatic Self-Fashioning of Margaret Cavendish" in *Authorial Conquests: Essays on Genre in the Writings of Margaret Cavendish.* Ed. Line Cottegnies and Nancy Weitz. 195-212.

Morris, John N. *Versions of the Self: Studies in English Autobiography from John Bunyan to John Stuart Mill.* London: Basic Books, 1966.

Murray, Alexander. *Suicide in the Middle Ages.* 2vols. Oxford: Oxford UP, 1998, 2000.

Newstok, Scott L. *Quoting Death in Early Modern England*. Basingstoke: Palgrave Macmillan,2009.

Nicholson, Eirwen. "Eighteenth-Century Foxe: Evidence for the Impact of the *Acts and Monuments* in the 'Long' Eighteenth Century" in *John Foxe and the English Reformation*. Ed. David Loades. Aldershot: Ashgate Publishing, 1997. 143-177.

Nicolson, Harold. *The Development of English Biography*. London: The Hogarth P, 1928.

Olney, James, ed. *Autobiography: Essays Theoretical and Critical*. Princeton: Princeton UP, 1980.

Opie, Brian. "Nathaniel Bacon and Francis Spira: the presbyterian and the apostate." *Turnbull Library Record* 18(1985): 33-50.

Phillips, Kim M. "Maidenhood as the perfect Age of Women's Life" in *Young Medieval Women*. Ed. Katherine J. Lewis, Noel James Menuge and Kim M. Phillips. 3-24.

Pinto, Vivian De Sola, ed. *English Biography in the Seventeenth Century*. New York: Books for Libraries P, 1969.

Regard, Frédéric, ed. *Mapping the Self: Space, Identity, Discourse in British Auto/Biography*. Saint-Étienne: Publications de l'Université de Saint-Etienne, 2003.

Rose, Mary Beth. *Gender and Heroism in Early Modern English Literature*. Chicago: U of Chicago P, 2002.

---. *Women in the Middle Ages and the Renaissance: Literary and Historical Perspectives*. Syracuse: Syracuse UP, 1985.

Rossky, William. "Imagination in the English Renaissance: Psychology and Poetic." *Studies in the Renaissance* 5(1958): 49-73.

Rostenberg, Leona. *Literary, Political, Scientific, Religious and Legal Publishing, Printing and Bookselling in England, 1551-1700: Twelve Studies*. 2vols. New York: Burt Franklin, 1965.

Royce, Josiah. "The Case of John Bunyan. (III)" *The Psychological Review* 1.3(1894): 230-240.

Salzman, Paul. *English Prose Fiction 1558-1700*. Oxford: Clarendon P, 1985.

Seelig, Sharon Cadman. *Autobiography and Gender in Early Modern Literature: Reading Women's Lives, 1600-1680*. Cambridge: Cambridge UP, 2006.

Shami, Jeanne. "Women and Sermons" in *The Oxford Handbook of the Early Modern Sermon*. Ed. Peter McCullough, Hugh Adlington, and Emma Rhatigan. 155-177.

Shapiro, Barbara J. *Probability and Certainty in Seventeenth-Century England: A Study of the Relationships between Natural Science, Religion, History, Law, and Literature*. Princeton: Princeton UP, 1983.

Sloane, William. *Children's Books in England and America in the Seventeenth Century.* New York: King's Crown P, 1955.

Smith, Sidonie. *A Poetics of Women's Autobiography: Marginality and the Fictions of Self-Representation.* Bloomington: Indiana UP, 1987.

Snyder, Susan. "The Left Hand of God: Despair in Medieval and Renaissance Tradition." *Studies in the Renaissance* 12(1965): 18-59.

Sommerville, C. John. *The Discovery of Childhood in Puritan England.* Athens: U of Georgia P, 1992.

Spufford, Margaret. *Small Books and Pleasant Histories: Popular Fiction and Its Readership in Seventeenth-Century England.* London: Methuen & Co., 1981.

Stachniewski, John. *The Persecutory Imagination: English Puritanism and the Literature of Religious Despair.* Oxford: Clarendon P, 1991.

Starr, G.A. *Defoe and Spiritual Autobiography.* Princeton: Princeton UP, 1965.

Stauffer, Donald A. *English Biography before 1700.* Cambridge, Mass.: Harvard UP, 1930.

Talon, Henri. *John Bunyan: The Man and His Works.* London: Rockliff Publishing, 1951.

Tatar, Maria. "'Violent Delights' in Children's Literature" in *Why We Watch: The Attractions of Violent Entertainment.* Ed. Jeffrey H. Goldstein. Oxford: Oxford UP, 1998.

Terry, Richard. *Poetry and the Making of the English Literary Past,1660-1781.* Oxford: Oxford UP, 2001.

Tindall, William York. *John Bunyan: Mechanick Preacher.* New York: Columbia UP, 1934.

Trilling, Lionel. *Sincerity and Authenticity.* Cambridge, Mass.: Harvard UP, 1972.

Vickers, Brian. "The Royal Society and English Prose Style: A Reassessment" in *Rhetoric and the Pursuit of Truth: Language Change in the Seventeenth and Eighteenth Centuries.* Ed. Brian Vickers and Nancy S. Struever. 1-76.

Vickers, Brian, and Nancy S. Struever, eds. *Rhetoric and the Pursuit of Truth: Language Change in the Seventeenth and Eighteenth Centuries.* Los Angeles: U of California, 1985.

Wall, Wendy. *The Imprint of Gender: Authorship and Publication in the English Renaissance.* Ithaca: Cornell UP, 1993.

Watkins, Owen C. *The Puritan Experience.* London: Routledge & Kegan Paul, 1972.

Watson, Melvin R. "Drama of Grace Abounding." *English Studies* 46(1965): 471-482.

Watt, Tessa. *Cheap Print and Popular Piety, 1550-1640.* Cambridge: Cambridge UP, 1991.

Whitaker, Katie. *Mad Madge: Margaret Cavendish, Duchess of Newcastle, Royalist, Writer and Romantic.* London: Vintage, 2004.

White, Helen C. *Tudor Books of Saints and Martyrs.* Madison: U of Wisconsin P, 1963.

Wilcox, Helen. "Margaret Cavendish and the Landscapes of a Woman's Life" in *Mapping the*

Self: Space, Identity, Discourse in British Auto/Biography. Ed. Frédéric Regard. 73-124.

---. "Selves in Strange Lands: Autobiography and Exile in the Mid-Seventeenth Century" in *Early Modern Autobiography: Theories, Genres, Practices*. Ed. Ronald Bedford, Lloyd Davis and Philippa Kelly. 131-159.

---, ed. *Women and Literature in Britain, 1500-1700*. Cambridge: Cambridge UP, 1996.

Wine, Celesta. "Nathaniel Wood's Conflict of Conscience." *Publications of the Modern Language Association of America* 50(1935): 661-678.

Wogan-Browne, Jocelyn. "The Virgin's Tale" in *Feminist Readings in Middle English Literature: The Wife of Bath and all her sect*. Ed. Ruth Evans and Lesley Johnson. 165-194.

Wooden, Warren W. *Children's Literature of the English Renaissance*. Lexington: UP of Kentucky, 1986.

佐藤吉昭『キリスト教における殉教研究』創文社、2004年

ノーマン, E. H.『クリオの顔 ― 歴史随想集 ― 』大窪愿二訳編　岩波書店、昭和31年

附　録

マーガレット・キャベンディッシュ
「著者の生い立ちと生涯についての真実の話」（1656 年）

翻訳にあたり、底本は以下を用いた。Margaret Cavendish, "A true Relation of my Birth, Breeding, and Life," *Natures Pictures drawn by fancies pencil to life* (London, 1656) Aaa4v-Ddd4r. English Short Title Catalogue: r35074.

　私の父は郷紳でした。郷紳とは、君主から授かるのではなく、人物の真価によってもたらされる位です。人を郷紳にするのは寵愛ではなく、時のなせる業なのです。わが父は世襲貴族ではありませんでしたが、貴族であっても父をはるかにしのぐ領地を所有するような者は少なく、さらに父以上に高貴な人生を送った貴族はまれでした。当時、爵位は売買され、しかもそう高くない値で取引されましたので、父の資産をもってすればそれを買うことはわけのないことだったでしょうし、実際そうするようにと強く勧める者もいたのでした。しかしながらわが父は、英雄的行為によって授かるならいざ知らず、爵位などというものには頓着しなかったのです。そして、イングランド王国は他国と事を構えることのない幸福で平和な時代、すなわち、英明なる国王ジェイムズ一世の御世でしたから、英雄たちに活躍の場はなかったのです。エリザベス一世の御世も終わりの頃、成人して間もない折に、父は一対一の決闘でブルック殿というお方を、不運にもと申すべきか、幸運にもと申すべきか、殺害致しました。父は決闘の作法に則り、ブルック殿を決闘の場に呼び出すと、自分の名誉を傷つけた一件について問い正したまでのことで、結果、剣を交えることとなり、どちらかが、あるいは二人が共に命を落とすことで諍いに決着をつけるしかなく、父が相手に勝ったのです。わが父は名誉をかけて相手に挑み、勇敢に戦い、正義を以て負かしたのですが、身

附録　マーガレット・キャベンディッシュ「著者の生い立ちと生涯についての真実の話」(1656 年)

分のある者が決闘に及んだ場合に通常受ける以上のお咎めを、受けることになったのです。と申しますのも、法では厳しい処分が科せられることになってはおりますが、昨今の君主は総じて一般にこうした禍に対しては、特に名誉を傷つけられた側に対しては、寛大なのですが、わが父にはそうならず、結局この不幸な出来事からエリザベス女王のご崩御までの年月を、父は亡命者として過ごすことになったのです。当時、女王陛下の側近にコバム卿という方がおられ、このブルックなるお方は、いってみればエリザベス女王の寵臣であった上に、思いますにコバム卿のご親戚でしたから、女王陛下としても厳しい裁きを下され、父をお許しにはならなかったのでしょう。しかしながら、今は亡きジェイムズ国王は寛大にも父を赦免し、故国に戻ることをお許しになりましたので、ここイングランドで父は幸福な余生を送り、安らかに亡くなったのです。あとには妻と八人の子どもたちが残されましたが、うち三人は息子、五人は娘で、私は末子でしたので、父が亡くなった時には、まだ幼い子どもでした。

　私が受けた養育は、家柄と性別に相応しいもので、生まれの良さが養育によって損なわれることはなく、姉たちがそうであったように、十分に、いえむしろ十二分に、ゆとりをもって育てられました。私たち姉妹は皆、徳と慎み、礼節と名誉を重んじ、誠実な言動を心がけるよう育てられました。ゆとりをもってと申しましたのは、私たちは単に必要性や利便性を満たし、品位を保つことのみに配慮して養育されたわけではなく、楽しみや娯楽にも心を配った余裕のある養育を受けたということです。ですが、私たちの暮らしぶりは誓って乱れてはおらず、規律正しいものでした。といいますのも、放蕩は国王の宮廷や諸侯の宮殿にあっても破滅をもたらすだけで、心を満たすことも楽しませることもないからです。一方、規律をもって生活すれば、いってみれば乱痴気騒ぎをして暮らす諸侯よりも、財産は少なくとも豊かに心楽しく暮らせましょう。放蕩三昧の主人には、家臣も立派に仕えません。無秩序がそれを妨げるからです。しかも、そのような生活では人生に嫌気がさし、意欲も失せ、知覚の感知するところを真に味わうこともなくなります。悦楽、喜び、平安、幸福といったものは、規律と節度にこそ、宿るからで

す。

　衣服はといいますと、わが母は子どもたちが小ぎれいで清潔に、そして上品で華やかに装っているだけでは満足せず、豪華に着飾らせることに喜びを感じておりました。財力を超えてということはありませんでしたが、それが許す限りの贅沢をさせたのです。内乱以前は、一家が負債を抱えるようなことは一切ありませんでした。それどころか、手元に十分な蓄えがあったのです。必要なものはすべて手元の金で買い、借金は致しませんでした。父の死後、財産は母と息子たちの間で分配され、娘たちにはそれ相当の額が結婚の折、あるいは成人した際に分け与えられることになりましたが、母と子どもたちは折り合いがよく、家内のことは万事うまく取り計らわれましたので、母は父が存命の時とそう変わらない暮らしができたのでした。実際、母は倹約に勤しんで娘たちの財産分与を増やすこともできたのですが、そのくらいならむしろ、私たちの養育費や無邪気な楽しみ、害のない娯楽に充てることにしたのです。これは、私たちに切り詰めた不自由な暮らしをさせては、他人にたかって暮らしを立てる癖が身についたり、卑しい考えや見下げ果てた行いの芽を育てることがあるかもしれないと考えたからで、このようなことは母自身だけではなく父もまた、忌み嫌うことを、母は知っていたからです。さらに、子どもたちは皆、愛情をもって育てられました。母はその気質から努めて子どもたちを喜ばせたり楽しませたりしようとし、決して脅して怯えさせたり、鞭打つことで無理やり言うことを聞かせようとはせず、子どもたちに辛い思いをさせることも、苦痛を与えることもありませんでした。脅す代わりに道理を説いて子どもたちに理解させ、鞭を用いることなく悪徳がいかに歪んでいるかを悟らせ、美質や美徳を子どもたちにお示しになったのです。さらに、私たちにはそれぞれ召使いがつけられ、恭しくかしずかれておりましたが、召使いたちは皆、総じて母と同等の敬意を子どもたちに対しても（まだ年端もいかぬ子らにも）払っておりました。質の悪い召使いなら、子どもたちの前で無礼な振る舞いをしたり、偉そうな様子をみせたりすることはままあるもので、またそれを咎めぬ主人も珍しくありませんが、わが母はお許しにならなかったのです。また母は、素行の悪い下男が子守女た

ちと一緒に子ども部屋にいることも、お許しになりませんでした。淫らな色恋で見苦しい振る舞いをしたり、子どもたちの前で聞くに堪えない言葉を発するようなことがあってはならないからです。子どもというものは、良いことと悪いことを区別する分別をもたないので、朱に交われば赤くなるということを、母は承知していたのでした。子どもたちは、素行の悪い使用人と親しくすることも、会話をすることも、許されませんでしたが、一方で、使用人たちが私たちに忠実に恭順の意を表して仕えている限り、私たちも彼らに対しおごらず礼儀正しく振る舞うようにと教育されました。私たちがよそよそしくしたのは、なにも彼らが使用人であるからではありません。身分ある者も、必要に迫られて人に仕えることがあるのですから。生まれ育ちの賤しい素行の悪い使用人は、子どもたちの悪しき手本となり、彼らに倣ってますます邪な知恵を巡らすようになるからです。

　家庭教師については、私たちが歌やダンス、楽器に読み書き、裁縫やその他、あらゆる教養を身に着けられるようにと雇われておりましたが、あまり厳しく叩き込まれたわけではなく、ためになるからというよりは、たしなみとして習いました。といいますのも、母は私たちにダンスや楽器、歌や諸外国語を習わせることにさほど熱心ではなく、むしろ私たちが徳と慎み、礼節と名誉を重んじ、誠実な言動を心がけるように育てたいと考えておりました。

　三人いた兄たちについては、どのように養育されたのか、私は存じません。何せ私が物心のつく前のことであったか、あるいはまだ生まれてもいなかったからです。また、男の養育には女のそれとは違ったなされ方があるものです。私のいえることは、兄たちは徳を愛し、功績を追求し、正義を行い、真実を語ったということです。そして変わらず忠節を尽くし、真に勇敢でした。三人のうち二人の兄は優れた軍人で、軍紀に厳しく、軍術に長けておりました。といいますのも、二人は故郷で何不自由なく暮らすこともできたのですが、オランダ側について戦地で戦うことを選び、故国で安穏と悠々自適の生活を送ることはしなかったのです。兄サー・トマス・ルーカスは戦地で騎馬隊を率い、年少の兄サー・チャールズ・ルーカスはその隊で戦いま

したが、オランダに長く留まることはなく、いくつかの街を包囲して陥落させたのち、帰国したのです。兄チャールズには軍隊経験がそれほどありませんでしたが、より優れた軍人になったであろう素質がありました。もちろん、当時以上に優れるなどということがあり得ればの話ですが。といいますのも、兄は生まれつき戦術にかけては実践を積んだような非凡な才があり、それはちょうど生まれついての詩人がいるのと同じです。しかしながら、その才能が完全に開花する前に、兄の命は絶たれてしまったのです。それでも兄は戦術についての論考を書き残しましたが、暗号で書かれていてその鍵が失われてしまいましたので、何が書かれているのか、今のところ全く分かりませんし、少なくとも解読には至っていません。もう一人の兄ジョンは、ルーカス卿となってわが父の所領を継ぎ、父親のように私たち皆の面倒を見てくださいました。他の兄弟たちに負けず劣らず勇敢でしたが、軍人として育てられず、兵法にはさほど明るくありませんでした。それでも、剣の腕前は他の兄たち以上で、軍術以外の学芸においては二人より秀でており、学問的な思索に耽る性質でしたので、優れた学者でした。

　兄たちは、一緒の時にはフェンシングやレスリング、射的などの稽古をするのが習慣でしたが、鷹狩や狩猟をしている姿はあまり見かけませんでしたし、ダンスや楽器の演奏となると、これはもう滅多に、あるいは全くみかけず、男には女々しすぎると申しておりました。トランプやサイコロ遊びといった遊戯に親しんではおりませんでしたし、そのような遊戯をしていたと耳にしたことも一切ございません。そして私の知る限り、不品行な色事にうつつを抜かしたこともございませんでした。女性を愛するということが罪というなら話は別ですが。とはいっても、私が兄たちに恋人がいたと知っていたということではなく、そういう噂もあったのですが、噂というものは大抵でたらめであるか、少なくとも尾ひれがつくものでございます。

　私の姉たちの田舎での気晴らしは、読書をしたり、針仕事をしたり、散歩や会話を楽しむことでした。三人の兄のうち二人は結婚しており、兄ルーカス卿はアバーガヴェニー卿のご子息サー・クリストファー・ネヴィルのご息女である貞淑で美しい令嬢を、そして兄トマスは由緒あるお家柄のサー・

ジョン・バイロンのご息女である貞淑な令嬢を、妻にしておりました。また、私の四人の姉のうち三人は結婚しており、一人はサー・ピーター・キリグルーと、一人はサー・ウィリアム・ウォルターと、そして三番目の姉はサー・エドマンド・パイと結婚し、四番目の姉は未婚でした。特に田舎の邸宅に母がおられた時は、姉妹たちのほとんどが母と一緒に暮らしておりましたが、イングランドの首都ロンドンの屋敷で暮らすことが多く、一年の半分はそうでした。ロンドンでは姉妹たちはそれぞれの屋敷で別れて暮らしておりましたが、大抵は毎日のように顔を合わせ、ヨブの子どもたちのように互いをもてなしました。しかし、この尋常ならざる戦争が嵐のように訪れて家屋敷を打ち壊し、最年少の兄チャールズ・ルーカスと兄トマス・ルーカスのように、この戦に散った者もいたのです。兄トマスは戦傷で即死したわけではありませんが、アイルランドで受けた頭の怪我がもとで命を縮めたのです。

　では、余暇についてお話しいたしましょう。兄弟姉妹たちは、冬は時折芝居に出かけたり、馬車に乗って街に出かけ、人々でごった返す広場や通りを眺めたりするのが慣わしでした。春になると、噴水庭園やハイド・パークといった所に出かけ、時折音楽を聴いたり、小舟に乗って食事をしたりと、たわいのない気晴らしをして、時間を過ごしたものでした。私の知る限り、めったに人を訪れず、よく知らない人と連れ立って外出することなど皆無で、自分たちだけで肩を寄せ合って共に過ごし、折り合いも大変よかったので、家族の心は一つであるかのようでした。それは、血のつながった兄弟姉妹たちの間だけではなく、義理の兄弟姉妹たち、そして幼いながらもその子どもたちについてもいえることで、同じように気持ちのよい、人から愛される性格でしたので、私の記憶の糸をいくら手繰り寄せても、仲違いをしたり、腹を立てて罵り合いの口論になったりしたことは、一度もございません。また、私の姉たちは、姉妹だけで行動して他人と交わろうとせず、結婚相手の親戚であっても、他の兄弟姉妹たちにとってはほとんど面識のない人たちでしたので、他人も同然で、親しく会話をしたり、親密な関係になったりということは、ありませんでした。

ですが、この戦争が始まってからしばらくは、兄や姉たちがどのように暮らしているのか分かりませんでした。家族のほとんどは国王のおられたオックスフォードにおりましたが、王妃がオックスフォードから、そしてイングランドから発たれたのちは、私は家族と別れ別れになったからです。といいますのも、王妃がオックスフォードにおられた時、私は侍女になりたいと強く希望しておりました。王妃にかしずく侍女がかつてほどいないと耳にしたからです。私は母にせがみ、説き伏せて、王妃に仕える許しを得ました。母は子どもたちのことを皆、愛しておりましたので、喜ばせてやりたいと望み、私の希望にも同意したのです。しかし、兄や姉たちは浮かぬ様子で、それは私がそれまで家を離れたことが一度もなく、目の届かないところへ行くことなど、めったになかったからです。彼らには、私が家族や私自身の不名誉になるような行いをすることはないと分かってはいたのですが、それでも私が世間知らずゆえに自身の損になるような振る舞いをするかもしれないと案じたのです。そして実際、その通りになったのです。母と兄や姉たちがいないところでは、私は非常に引っ込み思案でした。家族の存在こそが私の自信の源で、家族が一人でもそばにいれば、仮に間違ったことをしてもそっと正してくれることが分かっていましたから、しくじることはないと考えていたのです。しかも、私は野心家で、自分の行いや振る舞いを人から認めてもらいたいと思っておりましたので、家族のいないところでは、私は拠って立つ礎も、導いてくれる道標もない者のように、無知から宮廷の作法に反するのではないかと気後れし、どう振る舞えばよいのか分からなかったのです。さらに、世間というものは純真無垢な者さえ、中傷の標的にするものだと聞いておりましたので、視線を上げることも、話すこともできず、どう見ても社交的とは言い難い様子をしておりましたので、正真正銘の愚か者だと思われていました。事実、私には大した才知はありませんでしたが、鈍才ではなく、年相応の才知は備わっていたのです。宮仕えを通じて、もしかしたらさらに才知に磨きをかけ、知力を向上させることもできたのかもしれませんが、私は愚鈍で、臆病で、引っ込み思案でしたので、宮廷での話題や慣わしは気に留めず、ひたすら王家への務めを果たし、恥ずかしくない評判が得

られるようにと心を砕いておりました。事実、私は自分の軽率な行いによって友人や家族の名誉を傷つけることを恐れるあまり、不品行だとか身持ちが悪いと思われるくらいなら、愚か者だとみなされるほうがよかったのです。実際、引っ込み思案で臆病な私は、世の中を知るために家を離れたことを後悔し、再び母のもとへ、あるいは私の姉であるキャサリン・パイのもとへ戻りたくてならなかったのです。この姉とはロンドンにいる時によく共に過ごし、並々ならぬ愛情を抱いていたからです。しかし、私を手元においておけば、その分負担が減るにもかかわらず、母は私に宮廷にとどまるようにと諭したのでした。そればかりか、母や兄たちは所領を没収され、金品を略奪されたにもかかわらず、宮廷で私が金を貸すことはあっても、借りることはないようにしてくださったのです。私のような者はまれで、宮廷人は概して宮廷暮らしで嵩む多大な出費のために、常に困窮していました。母は、宮廷に上がって間もないのに早々に暇乞いをするのは、私の不名誉になるであろうと申しましたので、私はそれからおよそ二年間、結婚して退くまで、そこでお仕えしました。わが夫ニューカースル侯爵は、多くの者が欠点とみなした私の引っ込み思案な臆病さをよしとされ、自分の気質に合う妻を娶ろうと、自惚れの強い女や、異なる気性の女を妻として選ぼうとはなさらず、この私に求婚なさいました。私は結婚というものに恐れを抱き、殿方との同席をできるかぎり避けてきましたが、彼の求婚を拒むことはできませんでしたし、そのような力もございませんでした。私の愛情は夫に注がれており、彼こそが私が恋をした唯一のお方だったからです。このことを打ち明けることを私は恥ずかしいと思わず、むしろ誇りに感じておりました。それは色恋ではなく、私はそのような恋は患ったことがなかったからです。色恋とは病であるか、情欲であるか、あるいはその両方であり、人の話で聞いたことはありますが、私自身は経験したことがないのです。爵位や富、権力や容姿で、私は人に惹かれることはありません。私の愛は、その人の真価に対して注がれる、偽りのない高潔な愛ですので、夫が立派な人物であるとの評判に私の愛情は悦に入り、彼の才知を嬉々として享受し、私に払って下さる敬意を誇りに思い、彼が私に打ち明けた愛情に得意な気持ちになったのでした。彼は

私への愛情を時の証文で確約し、それを貞節の印章で保証し、約束という不変の勅令によって私に与えましたので、運命の女神に渋面を向けられても、私は幸せでした。といいますのも、さもしく、でたらめで、浮気っぽく、土台のしっかりしない愛情は、不運によって消失しかねず、実際、得てして消失するのですが、しかし不運には、徳や正義、恩義や道義、忠節といったものによって結びついている者同士を引き離す力はないのです。ですから、わが夫は領地を失い、国王と祖国への忠義から国を追われることになりましたが、屈辱的な貧困を味わい、辛酸を嘗める困窮生活のなかにあっても、友情の絆を断ち切ることはなく、国王や祖国への忠義心をいささかも失うことはありませんでした。

　しかし、嫁ぎ先の一家が没落しただけではなく、私の実家もまた、この不幸な戦の犠牲となり、その衰微を母は生き延びて目にすることになり、長きにわたる寡婦生活ののちに亡くなったのです。母は、父のことを決して忘れず、再婚しませんでした。事実、父は母の記憶のなかにとても鮮やかに生き続け、悲しみは癒えることがありませんでしたので、父の名前を口にすることはありませんでした。母が父の話をすることはよくありましたが、寄せる愛情と悲嘆から涙が溢れ、そっとため息を漏らし、悲しげに嘆いては死を悼むのでした。母は、屋敷が自分の尼僧院であるかのようにそこに引きこもって生活し、教会へ行く以外は外出することもめったにありませんでした。しかし、この不幸な戦争によって、母や子どもらが国王に忠誠を誓ったという理由で屋敷を追われたのです。そして母と兄たちはすべての家財、食器、宝石、金、穀物、家畜などを奪われ、森の木々は切り倒され、家屋敷は打ち壊され、土地と財産は没収されたのです。このような逆境にあっても、母は英雄的精神を以て救いのないなかで辛抱強く耐え忍び、できることがあれば何とかしようと奮闘しました。母の物腰は落ち着いており、威風堂々とした様子が常にその立居振舞に漂っているような人でしたので、その姿を目にした者は畏敬の念を禁じえず、この上なく無礼な者たちでさえ、敬意を表さずにはおれなかったのでした。無礼な者と申しましたのは、文明人のなかでという意味で、母から財産を略奪し、残酷な仕打ちをしたような野蛮な者たち

は、ここには含まれておりません。と申しますのも、彼らは国王を玉座から引きずり降ろしたように、仮にその力があれば、神でさえも天国から引きずり降ろしかねない輩なのです。さらに、母の美しさは時と共に衰えることなく、顔立ちは端整で、その表情には感じのよい魅力があり、顔色はほどよく、赤すぎも白すぎもせず、歳を重ねて亡くなる時まで、ずっとそうでした。臨終の時、死は母に心を奪われていたのではないかと思う人もいたかもしれません。死は就寝中に母を抱擁し、しかもまるで彼女を傷つけるのを恐れているかのように、そっと優しくそうしたのでした。また、彼女は愛情深い母親で、子どもたちを手塩にかけて優しく愛情たっぷりに育て、八人の子どものうち、三人は息子、五人は娘でしたが、どの子もせむしやその他、畸形の様子はしておらず、侏儒のように小さすぎたり、巨人のように大きすぎたりといったこともなく、あらゆる点において均整がとれており、みな同じように整った顔立ちをしており、顔の色つやはよく、色の濃さにこそ違いはあれ、そろって茶色の髪をしており、歯は丈夫で、息は芳しく、明瞭に話し、美しい声をしており、歌うように美しくしゃべる、とまでは申しませんが、口ごもったり、喉に引っかかったような声を出すこともなく、風邪をひいていない限りは鼻にかかったような声や、かすれた声を出すこともなく、よくあるようにどもって耳障りな声でしゃべることもありませんでした。子どもたちの声の調子は低すぎも高すぎもせず、響きのよい、時宜にかなった口調と言葉で話しました。このように真実を語ることが、読者のお気に障らなければと思います。私が偏りのある記録者であると思われてはなりませんので、姉たちが美人であったと、あえて褒めることは致しませんが、多くの人がとても美人だといったものでした。ですが、あえて申し上げれば、姉たちの美しさは、美しかったとするならですが、母の美しさほど長もちせず、時は母よりも姉妹たちの顔を素早く破壊してしまったのです。また、母は使用人たちにとってよき女主人であり、病の時には看病して、治療のためには費用を惜しまず、できる限りのことをしてやりました。また、健康な時にも、使用人たちには楽に、まるで気晴らしのようにできること以上の仕事をさせることはありませんでした。母は過失を快く許し、無礼は水に流す人

で、時として腹を立てることもありましたが、子どもたちに対しては決してなく、子らの前では穏やかになり、それ以外の者に対して腹を立てるのもそれなりの理由がある場合に限られ、たとえば怠慢で素行の悪い使用人が、無暗に無駄遣いをしたり、手癖が悪く油断ならないような場合でした。母はよく、自分のように家を取り仕切る手腕がない者には大所帯過ぎるとこぼし、兄に代わってくれるよう、乞うておりましたが、母はこの役目を楽しみ、慎ましやかな誇りも感じていたようでございます。母は借地契約を管理し、借地人に荘園を割り当て、荘園裁判所を仕切り、執事たちを統率するといった仕事に長けておりました。この戦の前には、わずかな負担で済むような開期で弁護士が片づけることができる類のもの以外は、母も兄も訴訟に巻き込まれたことはなく、もし仮にあったとしても、私は存じておりません。母は、先ほども申しましたように、子どもたちの没落を生き延びて目にし、それによる打撃で亡くなりました。そのすぐ後、兄トマス・ルーカスが亡くなり、そして後を追うように兄チャールズ・ルーカスが国王に与したという理由で銃殺されました。兄は終生、国王に忠誠を誓い、勇敢に戦い、溢れんばかりの勇気をもっておりました。長女のメアリは、母が亡くなるより少し前に亡くなりましたので、思いますに娘の死を悲しむあまり、母の死期は早まったのです。姉は母が溺愛していたかけがえのない娘で、とても美しく、気立てが優しく、年齢にしては並はずれた知性を備えていた彼女は、消耗性疾患で亡くなったのですが、母もその半年ほどのちに同じ病で亡くなったのです。時間は、肉体を腐らせるように記憶を摩滅させるもので、ちょうど衣が擦り切れてぼろになるように、あるいは朽ちてちりに帰するように、記憶は時間と共にすり減っていきますが、友人に対して抱くような自然な愛情は、時の長さや強さ、力を超越するものですので、私は命ある限り、母の死を悼むことでしょう。また、わが夫の尊き弟君であるサー・チャールズ・キャベンディッシュは、当時おこりにかかり、私がイングランドから戻って間もなく亡くなりましたが、この死も忘れ難いものです。義弟が私に寄せてくださったご厚意に私はとても感謝しており、恩義を忘れることはないでしょう。大理石というわけにはまいりませんが、私は真実の記念碑を彼のために建てま

附録 マーガレット・キャヴェンディッシュ「著者の生い立ちと生涯についての真実の話」(1656 年)　175

しょう。そして、私の涙をその墓石に忌中紋章として飾りましょう。義弟は高潔にして寛大、賢明にして勇敢、気取らず礼儀をわきまえ、誠実にして心優しく、真に愛情あふれ、徳高く節度があり、約束したことは法令のように遵守し、有言実行、その生活ぶりは敬虔で、気質は穏やか、身のこなしは優雅で、話は聞く者を楽しませ、打てば響く才知と、幅広い知識、揺るぎない判断力、明晰な理解力、理性的な洞察力が備わり、あらゆる学芸に造詣が深く、特に数学に秀で、時間の大半をその研究に割いておりました。彼は言葉で道徳倫理を説くことはありませんでしたが、生き様でそれを教えました。彼はまさにすべての人の手本となるような、そんなお方だったのです。わが夫がその弟を愛していたように、彼も兄であるわが夫を深く愛しておりました。だからこそ、義弟はこれほどまでに私に対し、高潔ゆえの寛大さで、親切に心を配り、敬意を払ってくださったのでしょう。それだけの値打ちのない私でしたが、だからといって特別なご厚意を頂くことに異議申し立てをするのもおこがましく、義弟にはしばらく私の後見人でいて頂いたのです。と申しますのも、結婚後二、三年して夫はフランスから離れ、そこでの住いとしていたパリを出て、オランダのロッテルダムという町に行き、六ヶ月ほどの滞在ののち、ブラバントに戻り、アントワープに赴きました。オランダに行った折、私たちはその町を通りかかったのですが、零落の身で隠居するにはこの上なく居心地が良く、静かな町でしたので、夫はそこに家族と落ち着くことに決めたのです。しかしながら、滞在してしばらくすると、私たちは金銭的に困窮いたしまして、その町の商人たちはさほど豊かではありませんでしたので、フランスの商人ほど多額の付けを、長期にわたり、頼むことはできなかったのです。もちろん、商人たちは慇懃で親切で気前がよく、できる限り夫に掛け売りをしてくれました。ですが、結局は困窮して、私は援助を求めてイングランドに帰国せざるを得ませんでした。私が耳にしていたことは、他の多くの領地と共にわが夫の領地も売りに出されることが決まっており、土地の所有者の妻は、その売上げの割り当て金を受け取ることができるはずだということで、それなら私にも手当が支払われるはずだという希望が湧いたのでした。そこで帰国命令が出ていた、夫のかけがえのない兄弟で

あるサー・チャールズ・キャベンディッシュに付き添ってもらったのです。義弟はイングランドで暮らすか、それとも領地を失うかという選択を迫られ、自分の領地をわずかでもわが物とするためには、莫大な罰金を支払わなければならなかったのでした。ところが、そこへ戻ってみると、議会の者たちの心は私の不運と同じくらい頑なで、彼らの性質は私の苦境と同じぐらい酷いということが分かりました。彼らは広大であったわが夫の所領をすべて売り払いながら、私には一部も与えず、さらには売り上げの割り当て金も払わないという、他に受けた者がないほどのひどい仕打ちをしたのです。私は物乞いよろしく、議会の戸口に立ったことなどございません。と申しますのも、承知しております限り、また、記憶にございます限りは、私はこれまで国会議事堂に参ったことも、請願者としてその戸口に立ったことも、一度もございませんし、委員会にしばしば足を運んだという事実もございません。私が請願者として出向いたのは、一生のうちにただ一度だけ、金細工職組合本部と呼ばれるところに赴いた時ですが、金銀は一切与えられず、かわりにぴしゃりと拒絶され、夫の土地の分配は一切なされないと告げられました。私の兄ルーカス卿は、私のために掛け合って、妻の財産分については受け取る権利があると主張しましたが、彼らは私が結婚したのは夫が謀反人となってからであるので、私にはいかなる分与もなく、またあってはならぬことだといい、夫が国家に重大な反逆を企てたのだからというのですが、夫は国王と国家に最も忠義を尽くした臣下でした。しかし、私はか細い声で兄に、このような紳士的でない場所から自分を連れ出してくれるようにといい、彼らに向かっていかなる言葉もかけず、自分の宿に戻ったのでした。ですから、その委員会が、私が請願者として出向いた最初で最後の委員会となりました。どのように所領が売られたのかを問い合わせるために、ドルアリー・ハウスに私がしばしば赴いたのは事実です。ですがそれ以外は、国会議事堂やあちらこちらの委員会に私が出向いて、あんなことを申し立て、こんなふうな沙汰があった、などと噂する者もございますが、そんなことは一切ございませんでした。ですが、イングランドの慣習は法律と同様、変わるものですので、女性が申立人や代理人、請願者などになって、訴状を携えて駆けずり

回り、苦情を申し立て、敵の非を鳴らし、有力者の後ろ盾があると吹聴することもございましたので、いい加減な言葉のやりとりから、でたらめな噂や実のない話が生まれるのです。実のところ、私たち女性は、地位でより優位に立とうと互いに競い合うように、言葉でも相手をやり込めようと躍起になって競い、うまく話すことではなく、多く話すことで相手を負かそうとし、まくし立てて相手の言葉を遮り、阻み、横槍を入れ、ヤジを飛ばして足を引っ張り、侮蔑の言葉を浴びせて互いに何とか相手を貶めようとし、そうすることで優位に立とうと考えるのです。ですが、もし私たち女性が、よくものを考え、理性的に思考を巡らせさえすれば、自分たちの株を上げるのは言葉でも地位でもなく、徳と美質であると気づくでしょう。女は言葉や地位が足りないことでその名誉が損なわれることはありませんが、不実や厚顔ぶりで評判を落とすことはあるのです。と申しますのも、誠実な心、気高い魂、清らかな生活、真実を語る舌こそが、女を栄光ある名声へと導く王座にして王笏、王冠、足台なのです。私が申し上げている女性の請願者とは、高貴にして高徳、慎み深く立派な人物であるにもかかわらず、必要に迫られてやむを得ず、請願せざるを得ない状況に身を任せる人たちのことではなく、始めから何も失うものがなく、人に請うのを生業としているような者たちのことなのです。さて、金細工職組合本部でけんもほろろに撥ねつけられて絶望し、さらに請願によって受ける痛みは益より大きいという、確固たる信念と申しますか、強い確信がございましたので、社会に出た経験もなく、世間の下卑たしきたりにも通じず、これから陳情しようとしている相手がどのような気質や性格の者たちなのかも知らず、権力の在り処も分からず、こびへつらいにも長けておりませんでしたので、あえて敵に嘆願するような真似はしなかったのです。しかも、私は生来の引っ込み思案ですが、それは自分の心身や生まれ育ち、これまでの行いや人生に恥ずべきところがあったからではなく、生まれついての気質でございまして、何かしら負い目があったわけではなく、いくら自分を説き伏せようと努めても、そう生れついたからには、この恥じらいを根こそぎ取り去るのは困難なことだと気づきました。そして、私の内気さには、会う人たちの身分ではなく、数が関係しているよう

です。なぜなら、仮にらい病患者の一団に囲まれたとしても、私はカエサルやアレクサンドロス大王、クレオパトラ、ディドーの一群に囲まれたように、落ち着きを失うでしょうから。私の内気さは、頬の赤らみとなって現れることもありますが、私の心を縮み上がらせて、顔色なからしめることの方が多いのです。ですが幸いにも、たいていそれは一瞬で消え、多くの場合は人に気づかれずにすみます。そして、その場に集うのが、愚かな不埒者と思われる人たちであればあるほど、この内気さには拍車がかかるので、私がこれまでに見出した最善の対処法は、一堂に会した人たちがみな賢明で、徳が高いと自分に信じ込ませることでした。なぜかと申しますと、賢明にして徳の高い人というものは、他人を責めることはまれで、逆に人を最大限許し、できる限り褒め、正しく評価し、正当な判断を下し、立ち居振る舞いは礼儀正しく、人には恭しく、話すときには控えめですが、一方、愚か者や不届き者は、自分やその連れたちのことはよく見えていないのか棚に上げ、不埒で不作法な礼を失した言動をとり、あきれた所業に及ぶものです。もちろん、私の知り合いにそのような育ちの悪い人はおりませんが、本能的にそういった類の者たちに対する嫌悪感を抱いておりまして、子どもが幽霊を怖がったり、あるいは悪魔を目にしたり遭遇したりするのを恐れる者がいるように、そうした人たちと出会うのを恐れているのです。ですので、私のこの生来の欠点——それが欠点ならばの話ですが——は、内気というよりは、恐れといってよく、それが何であれ、非常に厄介であると思っております。と申しますのも、そのせいで私は幾度も話すことが途中でできなくなり、心乱れて自然な行動がとれず、ぎこちなく取り乱した振る舞いをせざるを得なくなったのですが、これは自信のなさからくる内気というよりは、他人に対する恐れですから、気質も政体と同じで、言葉と行動が理性という至高の権力と、思慮分別という権威によって統治され、十分文明化されて、統率のとれた秩序をもつようにならない限り、完全にこれを治すことは無理だとあきらめております。ですが、無礼な気質というものは、冷酷な気質よりなお、質の悪いもので、両者の違いは獣と人間くらいあるのですが、一方、礼儀正しく慇懃な気質の人が天上の存在に近いとしますと、無礼で冷酷な気質の人は

悪魔に近いのです。結局、私は一年半イングランドに滞在し、その間、十回ほど人を訪れ、私の夫の弟と一緒にロウズ氏というお方のお屋敷に音楽を聴きに三、四度出かけ、またおよそ同じ回数、姉たちとハイド・パークに外の空気を吸いに行きましたが、それ以外は、兄や姉たちと会う以外は、全く宿から外に出ませんでしたし、身を飾ることに何ら喜びを感じませんでしたので、着飾ることは稀でした。私がきれいにして喜ばせたい唯一のお方が、そこにはおられなかったからです。ですが、噂では、私は様々な趣向を凝らした装いをしていたことになっているのです。確かに、私は装う時、自分が自身にとっても、訪れる人や出会うかもしれない人にとっても、最大限好ましく見えるように努めてはおりました。イングランドに一年半いた間に、私は詩集（『詩と空想』）と『哲学的虚構』（*Philosophical Fancies*）と題するささやかな書を著しましたが、イングランドから戻ってから大幅に書き足し、さらにこの書（『自然の素描』[*Natures Pictures*]）ともう一冊も書き上げました。『雑録集』（*The Worlds Olio*）とタイトルを付けた私の著書については、イングランドに赴く前にその大部分を書きましたが、イングランド滞在中の私は気が晴れず、むっつりしたり不機嫌な様子をしたりということはなかったものの、とても憂鬱な気分で、それはわが夫と離ればなれであったからで、私の心は休まらず、睡眠も妨げられ、健康を害するほどでしたので、帰国がこれ以上伸びることに我慢ができなくなり、イングランドを去る決心を致しましたが、義弟チャールズ様との別れはつらく、おこりを思っておられたのですが、それがもとで亡くなられたのです。おこり自体は癒えておりましたが、生命力は衰えており、事実、健康を取り戻すだけの体力がおありにならず、結局、おこりの余波が義弟の生命の灯を吹き消したのです。ですが、これは神のみぞ知ることで、私はチャールズ様の命が果てつつあるなど思いもよらず、医者も完治する見込みが高いと請け合っておりましたし、義弟は静養のために田舎に行くことになっておりましたので、私がついて行っても迷惑になるだけで何のお役にも立てませんし、その上、私が長く滞在すればするほど金がかかりますので、それよりはと、急ぎ夫のもとに戻ったのです。夫と共に哀れな物乞いとして生きるほうが、世界の女王であっても夫

と離れて生きるより、私にとってはよかったのです。しかし、天は私たちをこれまでお守りくださり、不運には見舞われましたが、それを受け止め、二人とも現状で致し方なしと諦らめ、覚悟をしっかりと決めておりますので、たとえ不運の極致にあっても、どれほど貧にやつれようとも、不幸せだと感じるほど落ち込むことはございません。正直な心に静穏が住まえば、たとえ肉体は苦しくとも、心は平和に暮らせるものなのです。私たちは忍耐という鎧を纏っておりますので、私たちに試練を与え続けてきた苦難も、私たちが運命を防御できると分かっているのです。何しろわが夫は、気質が度を越えて陽気というわけではなく、必要以上に陰気というわけでもなく、その精神力は運命を凌駕し、気前の良さから財力を超えてなお与え、その勇気は危険をものともせず、正義の心は賄賂を許さず、友情は私心よりも強く、真心には偽りが入り込む隙間もなく、貞節は誘惑を退ける、そんなお方なのです。愉快な会話で人を虜にし、その機知は当意即妙、判断力に優れ、思い違いによって曇ることのない明晰な識別力、真理の分析力を有するお方で、異論を挿む余地がないほどです。夫の話は、いつも皆がその時初めて耳にする内容で、聞き飽きた昔の話で周りをうんざりさせることはありませんでしたし、無用な言葉を並べたてることもありませんでした。その立居振舞は、堅苦しさのない、男らしいもので、思うままに振る舞われましたが、その心もまた、何ものにも縛られず自由でした。夫の気質は高潔でご気性は優しく、その忠義心がいかほどであったかは、国王と祖国に対する公的なお勤めでしばしば命を危険にさらし、所領を失い、その身は国外追放となり、困窮を極める生活を強いられてなお、常に忍耐強く耐えてこられたことから分かることです。ともかく、運命がいかようでも、私たちは二人とも満ち足りており、周囲に迷惑のかからないように暮らしてまいりました。主人は数頭いた馬を調教するのが楽しみで、また剣の練習にも勤しみましたが、この二つの技能について学究的に考えを深め、理に適った経験を積み、熱心に練習を重ねることで、全く完璧に身につけられたのです。夫は二つの術を研究と実践によって身につけるために、錬金術師たちが賢者の石と格闘するのと同じぐらい、苦労をされたのですが、夫が彼らより優れていた点は、術の正しい扱い

とその術に潜む真理を見出されたということで、これは錬金術師たちが決してその術に見出し得なかったことであり、今後も見出すことはなかろうと私は思っております。夫は気晴らしに筆を取り、ご自身の知力が命ずるままにものを書くこともございます。私はと申しますと、物するというよりは、落書きをして時を過ごしますが、それは知恵というよりは言葉が並んでいるだけで、私はあまりしゃべるほうではなく、それは夫がそばにいない時は物思いにじっと耽るからですが、夫に対しても出しゃばって口を開くよりは、夫の言うことに注意深く耳を傾けるほうで、それでも何か悲しい架空の物語や深刻な気分、また、憂鬱な気持ちについて綴っている時には、たびたび筆で書くより先に舌が動き、否応なく言葉が溢れてしまうことがありますが、これは、悲しかったり、深刻であったり、憂鬱であったりすることを心に抱いていると、それが緊縮して極度に滞り、その重圧がいうなれば脳のなかの考えを圧迫したり、窒息させたりするものだからです。ですが、こうした思索をいくらか言葉で表出すると、残りがより系統だった秩序で収まる余裕ができて、白い紙の上をより整然と行進するように筆で書くことができるようになるのですが、私の筆跡は立派に武装した隊というよりは、総崩れの敗軍の体で、といいますのも、脳が創り出す際の素早さは、手が綴ったり、記憶が保ったりする速度以上ですから、多くの空想が失われることになるのです。しばしば空想が筆を追い抜かすものですから、競い合いで後れを取らぬよう、文字を端正に整える間もなく書きますので、私の筆跡を見慣れぬ記号と勘違いする者もあるほどですが、これに慣れてしまい、今やいくら整った文字で書こうとしても、そうすることができません。実際、私の普段の筆跡はあまりに乱れているので、読むことのできる人がいないほどで、出版社に渡すには美しく書き直さねばなりません。ですが、私にいかにわずかの知力しか備わっていなくとも、それを書き散らし、世に出すことに私は喜びを感じます。子どもの頃から、人と会話するよりも瞑想に浸り、社交よりも孤独に、浮かれ騒ぐことよりも憂鬱に、縫い針を使う裁縫よりも筆を動かす執筆に心奪われ、無害な空想に耽って時を過ごしてきましたが、空想と共に過ごすのは楽しく、空想と交わす無邪気な会話に夢中になるあまり、体の健康の

ことも顧みないほどで、空想との付き合いがなくなることのつらさは、それと共にあることの喜びに比例して大きいものですから、私の唯一の心の悩みは、私の脳が不毛になり、あるいは私の空想の根が枯れてしまって、書くべき成熟した題材が枯渇し萎れ、単調な愚作になってしまったらどうしようということでした。街から街へ、ある場所から別の場所へ、屋敷から屋敷へと旅することを好み、様々な人との交流を楽しみ、常にもっとも多く人が集まる所へ姿を現す人もありますが、私は生来の怠け者で、活発な性格ではありません。また、カードやその他のゲームを楽しむ人もいますが、私は一度も経験がなく、どのようにすればよいのかもわかりません。ダンスは品のよい嗜みですが、未婚の人にふさわしく、既婚者には浮つきすぎていて、身を落ち着けた者にはそぐわないのです。お祭り騒ぎはと申しますと、私はあまりに面白みに欠ける人間ですので、浮かれ騒ぐ人たちには溶け込めないのです。酒宴も、気質、体質、いずれの面でも私には向きません。といいますのも、私の普段の食事は茹でた鶏肉を少々といった簡素なもので、飲み物は普段は水ですし、並みの食欲はあるものの、たびたび断食を致しますが、これはあまり運動をしないのにたくさん食べるのはどうかという考えからですが、私のする運動といえば、部屋の中をゆっくり歩くぐらいで、それに対して私の思考は頭の中を素早く動きますので、心の動きが体の活発な運動を妨げるのです。もし、ダンスやランニング、早歩きをやってみよと求められれば、私は思考に乱舞させ、空想に息切れするほど駆けさせ、脚韻を踏んでみせましょう。ですが、私は世間の目に触れぬ埋没した生活は望んでおりませんので、時には外出致します。人を訪れることは稀ですが、外出の際は必ず馬車に乗り、ここ、アントワープでは「ツアー」と呼んでいるのですが、街や通りに出かけて行き、街のあらゆる主だった方々が、人を見たり、人に見られたりするためにそこに行くのですが、どのように高い身分の外国人も、また、名だたる国王陛下や女王陛下も皆、短期滞在の折には必ずそこへ向かわれるのです。と申しますのも、ここは、どこへ行くにしてもその通り道となる街道でしたので、身分ある方々がたびたびこの街に居住のためではなく、短期間逗留するためにやってきたのです。こうした人たちは皆、先ほど

申し上げたように、こうした慣習を楽しむか、少なくとも見物するために出かけていき、聞くところによれば、ヨーロッパの名だたる都市には女性向きの似たような気晴らしがあるようですが、私はといえば、住まいでじっとしてものを書いくか、先ほども申しましたように、室内でうろうろ歩いて物思いに耽っておりました。しかしながら、時に外出する必要はあると思いますし、また外には、自分の思索や空想を創りあげていくための新しい素材になるものがあると思います。ただ、私の思索について、これだけは申し上げておかなければならないのですが、それが怠けていたことはかつてなく、と申しますのも、感覚が何も感知しない時でも、思索というものは自律的に働くので、それはちょうど、自分の腹から糸を紡ぎ出す蚕のようなものです。また、人付き合いがなくても、私は暇を持て余すということがありません。夫のおそばにいられて、お健やかでおられるとわかってさえいれば、それでよいのです。さて、読者の皆様に、現在に至るまでの私の生い立ちと出来事について、主要な事柄を申し述べてまいりました。といいますのも、もし、事細かなこと、たとえば私の子ども時代の遊戯などを逐一書くとすれば、さぞやばかげた退屈なものになるでしょうから。私は立派な家柄に生まれ、高貴なお方と結婚し、気高い心をもつよう育てられましたので、卑屈な精神とは無縁で、謙虚を従者として随え、真実を指揮官とする誠実という君主によって、わが人生は統べられておりました。ですが、私の生涯について、これまで大体のところは述べてまいりましたので、私の気質、特に習慣と性格について、ここで少し申し述べさせていただくべきかと存じます。私は幼少期より、物思いに耽る質でした。人と会話を交わすことよりも、ものを考えることのほうに心奪われ、喜びを感じましたので、よく数時間、散歩に出かけ、その間ずっと物思いに耽り、思索し、瞑想しているといった具合で、私の五感が提供してくれるあらゆるものについて、自分自身と議論を交わしておりましたが、身内と一緒にいる時には、彼らの言うことやすることに注意を傾けておりました。対して、他人の言葉にはそれほど注意を払いませんでしたが、その行動はたびたび観察し、そんな折には自分の理性を裁判官とし、思索を告訴人あるいは弁護人、承認者、推薦人などとして、理性相手に弁護

し、起訴のために告訴し、あるいは申し立てをしてきました。私は小間物を飾った収納棚などには喜びを覚えず、多様な美しい衣服や、小間物には身を飾るアクセサリーにのみ、心を動かされました。私には生まれつき母国語以外の言語を学ぶ能力がなく、言葉を覚えるよりは意味を理解するほうが早く、そちらの能力に、より長けておりました。記憶力が足りないために、私はこのように外国語に通じていないのでございます。私の習慣に関しましては、私はあまり活動的な方ではありませんが、それは黙想に浸りきってしまうためでした。また、私の兄や姉たちはふだんは生真面目で、行いには浮いたところがなく、娯楽や遊戯や浮かれ騒ぎにうつつを抜かすこともありませんでしたから、そんな彼らと行動を共にしていた私も、自然とそうなったのでした。ですが、私の見たところ、兄や姉たちの振る舞いには浮いたところはございませんでしたが、それでも自分たちだけでいる時には、一緒に過ごすことが嬉しいといった様子で大変陽気で、世事一般について意見を述べ、評価したり、批判したり、賛同したり、よいと思ったことは讃えたりし、また、無邪気で罪のない趣味を楽しんだり致しました。私の学識については、かじった程度にすぎませんが、他の何をするよりも読書をして時を過ごすことを好み、理解できないことが書かれている時には、学のある兄ルーカス卿にその意味を尋ねたりしておりましたが、あまり真剣に学問に身を入れることはありませんでした。と申しますのも、私は装うことや、美しい衣装や着こなし、なかでも自分で意匠を凝らしたものに大いに喜びを覚え、他人が考案した着こなしにはそれほどの喜びは感じませんでした。また、人に自分の着こなしを真似されるのも嫌で、それは唯一無二であることに常に喜びを感じたからで、衣服の飾りについてさえも、そうでした。ですが、私が衣服の流行であれ、黙想であれ、日課であれ、何に夢中になったにせよ、すべて理に適い、正直で、恥ずかしくない、控えめなことで、そうであると全くの自信をもって、世間に請け合うことができます。なぜなら、このことは紛れもない真実だからです。私の性格については、陽気というよりは憂鬱になりがちで、気むずかしいとか不機嫌にふさぎ込むというわけではないのですが、感じやすく感傷的で孤独を好む質で、物思いに沈みがちな憂鬱質とで

も申しましょうか。また、私は笑うことよりは泣くことのほうが多いのですが、それほど泣いたり笑ったりするほうではございません。また、私は生来、心が優しく、虫を殺すのにも良心が咎め、瀕死の動物の呻き声に胸を打たれます。特別な愛情を感じている人に対しては、私はとてつもなく大きな不変の愛を捧げますが、愛に溺れるのではなく節度をもって愛し、距離を置いて見守り、付きまとって相手を煩わせるようなことはせず、従者のごとくかしずくのですが、この愛情は私が愛するに値すると認め、神の法と道徳法の双方に適うお方以外には根づくことはないのですが、私はこの感情をとても厄介だと思っておりまして、それはこの感情こそが、私の人生における唯一の苦しみであるからで、いかなる質の悪い不運や事故、病、死が、愛する人たちを見舞うやもしれぬと考えると、心休まる暇もないほどだからです。その上、私は義理堅く、厚意を受けるとそれに報いるまではそわそわして落ち着かず、また、私は貞節であり、それは生まれつきであると同時に受けた教育によるもので、不貞など考えただけで虫唾が走るほどでございます。また、私は怒ることが滅多になく、このことは使用人たちが証人になってくれましょう。私は自分の思索が妨げられるくらいなら、多少の不都合には目を瞑りますので、使用人たちの過失をたびたび見て見ぬふりをするからです。しかしながら、私は腹を立てる時には、心の底から腹を立てますが、怒りはすぐに治まり、受けた無礼が憎悪を生むほどでなければ、たちまち穏やかになります。また、私には他人のあら捜しをするような嫉妬深いところはなく、たとえわずかでもこうした感情が芽生えた時は、相手にそれを伝えることにしておりまして、胸に押し留めることで心の内で悪しき病が育ち、激情となって爆発したり、相手をののしったり、分別のない行動に出たりしないように致しております。事を検討する時は中道を行き、推論する時には手堅く、申し開きをするときは穏やかに致しますが、これは私が人から寄せられた、あるいは少なくとも寄せられていると思っていた愛情を、失いたくないという願望からでございまして、私には実に自惚れの強いところがあり、非常に自尊心が強く、生来独り善がりなために、友人たちが他の人を愛するのと同じぐらいに私のことも愛してくれるのが道理だと考えておりまして、な

ぜなら、私ほど誠実に人を愛することができる者はいないのですから、より弱い愛情のほうに好意を抱くというのは、精神より肉体を重んじるようなもので、不当だと思うからです。私は執念深かったり、妬み深かったり、意地の悪い質ではありません。自然や運命が他の人に与えた才能を嫉んだり羨んだりすることはありませんが、競争心は強いほうでございます。他人が実際より劣っていればよいのにと望んだり、実際以上に優れていたらどうしようかと気を揉んだりすることはございませんが、自分が誰よりも優れていたいと望み、そのために精一杯の努力をすることは、真っ当なことでございましょう。といいますのも、自分が自然の最も完璧な作品であり、自分の人生の糸が最も長く、自分の運命の鎖が最も強く、自分の心が最も平穏であって、自分の人生が最も愉快で、自分の死が最も安らかに訪れ、天国で最も偉大な聖人になりたい、と私が望むことは、いかなる罪でもないと思うからです。また、名誉と正直さを損なわない限りにおいて、私が運命の車輪のてっぺんに登ろうと努力し、できるならその車輪が回転しないように留め置こうと努めることも、真っ当でありましょう。他人のために幸運を祈ることが褒められるならば、自分自身のためにそうしないことは罪でございましょう。妬みが悪徳であるとすれば、競争心は美徳なのですが、競争心は野心へと通じます。むろん、それは気高い野心なのですが、私は自分が野心から虚飾の栄光を求めるのではないかと恐れるのです。と申しますのも、私は非常に野心的であるからで、ただ、美貌や知力、称号、富や権力に対してではございませんで、それは後世の記憶に生き続けることになる名声という塔へと、私が昇っていくための階段なのです。不作法な者がいうところによると、私は高慢なのだそうですが、それは自惚れからではなく、また誰かを貶めたり見下したりするからでもなく、卑しくさもしい行いをよしとしないからであり、無礼で下劣な人を蔑むあまり、無礼な振る舞いやあまりに図々しい人を見ると、とても感情的になって挑みかからんばかりになりますが、そうできるならの話で、実際はしばしば思慮分別が私の感情と相手の図々しさの間にともすれば割って入り、強引に感情を押しのけてしまうこともあるのです。生来、私は引っ込み思案なのですが、このような場合には血気盛んになるの

です。それ以外の時は、私はとても立派な養育を受けたため、どのような位や身分の人に対しても礼儀正しいのです。また、私は夫のことを大変誇りに思い、夫に対して公正でありますので、彼の妻であることをいささかも恥じてはおりません。なぜなら、名誉が真価の記章であるならば、そしてそれだけの価値をもった人物しかお引き立てにならない国王のご寵愛の記章であるならば、その持ち主に礼を失することは、私には恥ずべきことに思われます。また、私は生まれつき臆病ですが、場合によりけりで、非常に勇敢になることもございまして、たとえばもし、私の最も親しい友人の誰かが危険にさらされていたら、たとえ自分が非力だと分かっていたとしても、自分の命を顧みずに何とかして助けようと致しますし、進んで、いえ、嬉々として、友人のために命を差し出すでしょう。また、名誉のために死なねばならぬとしましたら、命を惜しみません。ですが、友人や私の名誉とは関わりなく、ただ自分の命が無益に失われるというような危機に際しては、私は根っからの臆病者となり、例えば海上やその他危険な場所や、盗賊や火事など、いえ、銃の発砲にさえ、それが豆鉄砲に過ぎなくとも、私はびくつき耳を塞ぎますので、ましてや銃を撃つ勇気などはございません。また、仮に剣が私に向けられれば、それが単なる悪ふざけに過ぎなくとも、私は怯えます。私は欲深くはありませんし、浪費癖もありませんが、どちらか一方だとすると浪費癖のほうで、だからといって無駄遣いとは一概にいえず、有益な目的に対する出費だと考えておりまして、それは世間というものは内面より外形を尊び、実体よりも見てくれを崇めるものだと見て取ったからでございます。私は非常に虚栄心が強いため――もしそれが虚栄心というものであればですが――人に顧みられないよりは、崇められようと努めるところがございますが、しかし、私は自分の友人を困窮させ、私たちの資産の許す限度を超えてまで、浪費するようなことは決してございませんし、人前に出る時にはできる限り引き立つ装いをしたいと思いますが、生涯、夫以外は誰とも会わずに一人でいることが何よりの望みで、隠者のように粗布のガウンを纏って腰ひもを結び、引きこもって隠遁生活を送りたいのです。こうして自伝を書いたことで、読者の方々が私のことを虚栄心の強い人間だとお思いにならなけ

ればよいのですが。カエサルや、オウィディウスや、その他大勢の人たちが、男女を問わず自伝を書いてきたのですから、私が彼らと同じことをしてはならない道理など、ございましょうか。おそらく、批判的な読者は、嘲ってこうおっしゃるに違いありません。なぜ、このご婦人は自伝など書いたのだ。彼女が誰の娘だろうと、誰の妻だろうと、どのように育ち、どのような運命を辿り、どのように生き、どのような気性や気質のもち主だったかなど、知りたがる者はいないというのに、と。お答えしますと、ごもっとも、確かに読者には何の意味もないかもしれませんが、書き手にとってはあるのです。なぜなら、この自伝は私自身のために書いたのであって、読者のためではありません。加えて、私はこの自伝を人を楽しませるためではなく、世に知らしめるために、空想を膨らませるためではなく、真実を語るために、書いたのです。後世の人が、私がエセックス州コルチェスター近郊のセント・ジョンズ・アビーのルーカス家の娘であり、ニューカースル侯爵の二番目の妻であると知らずに、勘違いしてはならないからです。と申しますのも、私は夫の二番目の妻でしたので、たやすく間違われることになりかねず、ましてや私が死んで夫が再度、再婚するようなことがあれば、なおさらでございましょう。

初出一覧

本書の各章は、以下の論考に加筆・修正し、再録したものである。

第 1 章 「子どもと殉教者伝」『十七世紀英文学における終わりと始まり』十七世紀英文学会編（金星堂、2013 年）pp. 143-160.

第 2 章 「フランチェスコ・スピエラの絶望と近代初期の自殺観」『ヨーロッパの自殺観 ── イギリス・ルネッサンスを中心に ──』（英宝社、2005 年）共著（吉田幸子、久野幸子、岡村真紀子、齊藤美和）第Ⅲ章、pp. 101-127.

第 3 章 「殉教者を演じる魂 ── バニヤンの内的自伝『溢れる恩寵』についての考察 ──」『欧米言語文化研究』第 1 号（2013 年 12 月）pp. 59-76.

第 4 章

Ⅰ.「Margaret Cavendish から読者へ ── 書き、出版し、献呈する有閑マダム ──」『奈良女子大学文学部研究教育年報』第 4 号（2007 年 12 月）pp. 35-41.

Ⅱ.「自伝風ロマンス、ロマンス風自伝 ── マーガレット・キャベンディッシュの〈わたし語り〉──」『十七世紀英文学を歴史的に読む』十七世紀英文学会編（金星堂、2015 年）pp. 233-252.

第 5 章 「無名少女の偉人伝 ── ジョン・ダン『周年追悼詩』──」『欧米言語文化研究』第 3 号（2015 年 12 月）pp.71-91.

第 6 章 「王立協会と近代初期イングランドにおける伝記観」『十七世紀英文学とミルトン』十七世紀英文学会編（金星堂、2008 年）pp. 233-249.

附録 「マーガレット・キャベンディッシュ「著者の生い立ちと人生についての真実の話」（1656 年）〈前編〉」『欧米言語文化研究』第 2 号（2014 年 12 月）pp.113-124；「マーガレット・キャベンディッシュ「著者の生い立ちと人生についての真実の話」（1656 年）〈後編〉」『欧米言語文化研究』第 4 号（2016 年 12 月）pp.93-104.

あとがき

　本書は、ここ十数年ほど、伝記について書いてきた論考を集めたものである。伝記というテーマが先にあったわけではない。ある時、書いたものを並べてみて、人生についての記録と呼び得る書き物が、自分の関心のひとつであることに気がついた。その時から、イギリス近代初期に焦点を絞り、何かまとめることはできないかと考えるようになった。しかし、ひ弱な志ゆえに研究は思うように進まず、計画半ばのまま、ひと度、このささやかな書で区切りをつけることになった。

　タイトルの「記憶の薄暮」は、ジョン・ダンの詩からとった。ひとりの人間がこの世で何を語り、何を成したか、何に雀躍し、何に歯噛みしたか、何を信じ、何に躓いたか——そうした記憶は時間の流れと共に薄れ、失われる。伝記はそうした時の力に抗い、忘却の闇夜の世界に記憶の淡い残光を留めようとする。本書で扱った伝記は、そのような時との戦いを生き延びて私たちに残された、近代を生きた人々の生の記録である。

　過去の拙稿に筆を加えるにあたり、あまり取り上げられることのない第一次文献を数多く含むことを考え、引用原文に拙訳を付すことにしたが、いくつかの訳語には真に頭を悩ませることになった。'Spiritual Autobiography' は、そのひとつである。これをどのように訳すべきか、どう訳してみても納まりが悪く、考えあぐねた末に「内的自伝」としたが、このジャンルの本質を的確に表した訳語とは言い難い。また、本書に収録したマーガレット・キャベンディッシュの自叙伝は、いわゆる悪文である。一文がどこまでも続く。主張はあちらに傾いたかと思うと、こちらに傾く。押していく方向がはっきりしたかと思いきや、逐一条件が付く。これを日本語に訳す際し、文章としての読み易さと、彼女の文体をできるだけ保ちたいという思いとを天秤にか

け、立ち止まることも度々であった。各々の章については、問題提起の仕方やその他、至らぬ点、不十分な点が多々あることと思う。ご示教を賜ることができれば、幸いである。

　大学の、そして外国文学研究のありかたが大きく変化するなかで、曲がりなりにも、こうして研究を続けていられるのは、ひとえに周りで支えてくださる方々のご厚誼あってのことである。本書の出版に際し、奈良女子大学の同僚の方々には、並々ならぬご助力、ご助言を頂いた。恩師吉田幸子先生は常に私の心の支えであり、学生時代に奈良で、そしてイギリスで、17世紀の詩を先生と一語一語追って読んだ懐かしい思い出は、何ものにも代えがたい私の財産である。いまひとりの恩師加藤文彦先生は、私が道に迷うたびに進むべき先を指し示して導いて下さる、道標のような存在である。お二人の恩師は、学問の枠を超えて今もなお、折に触れて私を励まし、支え続けてくださっている。ご迷惑を承知の上で、この場をお借りして、深く感謝申し上げたい。

　最後に、この本の出版を引き受けてくださった大学教育出版の佐藤守氏には、手前勝手な都合で、かなり無茶なスケジュールでの刊行をお願いしたにもかかわらず、校正その他について、きめ細かな対応をしていただいた。心よりお礼申し上げたい。

平成三十年七月

齊藤美和

索引（人名・作品）

*MC=Margaret Cavendish

【あ行】

アーサー王　137
アウグスティヌス　2, 27
　『神の国』　2
アグネス(St.)　11
アスキュー、アン　17
アダム　125-26
アヒトフェル　27
アリストテレス　138
アリン、ローズ　17, 21n
アレン、ハンナ　36, 41n, 46-47
イーヴリン、ジョン　133
イヴ　118, 124-26, 129
イグナティオス(St.)　64
『イングランドのスピラ』　28-29
ヴァーステガン、リチャード
　『当世異端者による残虐行為の劇場』
　　60, 68n
ヴァン・ダイク、アンソニー　90
ウィルキンズ、ジョン　150n
ウィルソン、トマス　111, 115
　『修辞学の技法』　111
ウォラー、エドモンド　143
ウォルター、サー・ウィリアム　169
ウォルター、エリザベス(MC's sister)
　169
ウォルトン、アイザック　139, 148, 150n
ウォルポール、ホレス　91-92
ヴォーン、ジョン　141, 143-44

ウッズ、ナサニエル
　『良心の葛藤』　25, 37-38
ウッド、アンソニー　141, 144
　『オックスフォード人士録』　144
エウセビオス
　『教会史』　13
エウラリア(St.)　8, 10, 19n
エリザベス、シャーロット
　『回想録』　16
エリザベス一世　3-4, 164-65
エリサベト　122
エレアザル　10
オウィディウス　188
オーブリー、ジョン　132, 139-49
　「トマス・ホッブズ伝」　132, 140-49
　『名士小伝』　140, 142, 144
オズボーン、ドロシー　78
オリゲネス
　『殉教の勧め』　10

【か行】

カイン　26-28, 33, 36
カウリー、エイブラハム
　「オード―カウリー氏の書、その身を
　　オックスフォード大学図書館に贈呈
　　す」　80
カエキリア(St.)　11
カエサル、ユリウス　91, 137, 178, 188
　『ガリア戦記』　137
ガリレオ・ガリレイ　148
カルヴァン、ジョン　25, 40n
キャベンディッシュ、ウィリアム　70-72, 78-79, 87, 91-92, 97, 99-102, 107n,

171-72, 174-76, 179-81, 188
キャベンディッシュ、サー・チャールズ　71, 73, 102, 174-76, 179
キャベンディッシュ、マーガレット　70-103, 164-88
　「許婚」　84-103
　『ウィリアム・キャベンディッシュ伝』　79, 85, 91
　『雑録集』　78, 87, 179
　『自然の素描』　84-103, 179
　『実験哲学に関する所見』　76, 80
　『詩と空想』　71-83, 86, 179
　「著者の生い立ちと生涯についての真実の話」　84-103, 164-88
　『哲学および自然科学の所見』　80-83
　『哲学的虚構』　167
キャム、サラ　16
キリグルー、サー・ピーター　169
キリグルー、メアリ (MC's sister)　169, 174
クラーク、サミュエル　7-9, 36
　『聖人と罪人の鑑』　8-9
　『名士伝』　36
クラウチ、ナサニエル　19n
グリバルディ、マッテオ　25
ゴドフリー、エドマンド・バリー　12
『子どもたちのための鑑』　9

【さ行】
サドロウ、ジョン　9
ジェイムズ一世　152-53
ジェインウェイ、ジェイムズ　9-11
　『子どもたちのためのしるし』　9-11
シドニー、フィリップ　138, 150n
「詩編」　57

シム、ジョン　35
ジョンソン、ベン　138-39
『真の第二のスピラ』　30
スタンリー、エリザベス（ハンティンドン伯爵夫人）　131n
ストレイチー、リットン　147
スピラ、フランシス　22-39
スプラット、トマス　133-35, 144-45
　『王立協会史』　133-35, 144
『すべての背教者への神からの警告』　29
スミス、ロバート　20n
セバスティアヌス (St.)　63
ソルター、トマス　6
ソロモン　15

【た行】
『第三のスピラ』　30
『第二のスピラ』　29-30
ダン、ジョン　4, 40-41n, 45, 110-29, 138-39, 148
　『自殺論』　4, 40-41n, 121
　『周年追悼詩』　110-29, 138
　『聖なるソネット』　45
ダントン、ジョン　30
チャールズ一世　70, 91, 97, 170, 173
チャールズ二世　132-33
チャイルド、ジョン　23, 28-29, 33, 40n
ディー、ジョン　36
ディグビー、サー・ケネルム　84
テイラー、アイザック　12
　『児童版殉教者伝』　12
　『児童版天路歴程』　12
テイラー、ジョン　11
　『殉教者の書』　11-12

テオドラ(St.) 11
デニー、エドワード 86
デニス、ベンジャミン 29
デフォー、ダニエル 22-23, 29-39
    『海賊シングルトン船長の生涯と冒険』 22-23, 29-39, 41n
テンプル、ウィリアム 78
トップ、エリザベス 71
トマス・ア・ケンピス
    『キリストにならいて』 3
トマス・アクィナス 121
ドライデン、ジョン 141, 143-44, 149n
ドルアリー、エリザベス 111-29
ドルアリー、サー・ロバート 112

【な行】
ネヴィル、サー・クリストファー 168

【は行】
ハーバート、エドワード 84
パイ、サー・エドマンド 169
パイ、キャサリン(MC's sister) 169, 171
バイロン、サー・ジョン 168-69
パウエル、ヴァヴァサ 36
バクスター、リチャード 7, 36
    『家庭の信仰問答』 7
    『青年への勧告』 7
    『貧者のための家庭書』 7
バニヤン、ジョン 44-66
    『溢れる恩寵』 44-66
    『獄中の瞑想』 52-54, 56
    『受難者への助言』 49
    『聖戦』 69n
    「著者の聖職への召命略記」 55

「著者の入獄略記」 55
バルラス(St.) 8, 10
ビアード、トマス 7
ピープス、サミュエル 79, 85-86, 91, 98
ヒエロニムス 123
フェリペ二世 113
フォックス、ジョージ
    『日誌』 4
フォックス、ジョン 2-18, 20n, 52-55, 58-59
    『殉教者列伝』 2-17, 52-54, 58, 63-64
フラー、トマス
    『イングランドの名士伝』 16, 149n, 151n
ブラックバーン、リチャード 141-42, 144, 148
ブラッドフォード、ジョン 13
ブランカ、ウィリアム 133
プラント、トマス 29
ブルック、サー・ウィリアム 92, 107n, 164-65
プルデンティウス
    『殉教歌』 12
ベイナム、ジェイムズ 58-59, 63
ベーコン、ナサニエル 25-39
    『フランシス・スピラの悲惨な容体に関する記録』 25-39
ベーコン、フランシス 132-33, 136-39, 142-43, 145, 151n
    『学問の進歩』 136-39
    『ニュー・アトランティス』 133
    『ヘンリ十七世治世史』 139
ベサント、アニー 16-18
    『自叙伝』 16-17

ペティ、サー・ウィリアム　　141
「ヘブライ人への手紙」　　63
ベンフィールド、デニス　　8
ヘンリエッタ・マリア　　70, 96-97, 170
「ホセア書」　　64
ホッブズ、トマス　　140-49
ホワイト、トマス
　　『幼子のための小冊』　　7, 9
ホワイト、ローリンズ　　8

【ま行】
「マカバイ記」　　3, 10
マリア (Virgin)　120, 138
マルガレタ (St.)　　121
メアリ一世　　2-3, 12-13, 17

【や行】
ヤコブス・デ・ウォラギネ　　4, 12-13
　　『黄金伝説』　　4
ユダ　　26-28, 32-33, 36-37
ヨハネ (the Baptist)　　122
ヨブ　　169

【ら行】
ラウレンティウス (St.)　　62
ルーカス、アン (MC's sister)　　169
ルーカス（レイトン）、エリザベス
　　(MC's mother)　　93-94, 107n, 166-67, 172-74
ルーカス、サー・ジョン　　96, 168, 176, 184
ルーカス、サー・チャールズ　　167-69, 174
ルーカス、トマス (MC's father)　　92, 164-65
ルーカス、サー・トマス (MC's brother)　　167-69, 174
ルキア (St.)　　119
ロウス、メアリ
　　『ユーレイニア』　　71, 86
ローレンス、ジョン　　8
ロジャーズ、ジョン　　13-15, 20n
ロマヌス (St.)　　8

【わ行】
『若者のためのしるし』　　10
ワッツ、アイザック　　11

■著者紹介

齊藤　美和（さいとう・みわ）

1967 年、兵庫県生まれ
1998 年、奈良女子大学大学院人間文化研究科博士後期課程単位取得満期退学
現在、奈良女子大学教授
博士（文学）
主著に、*Political Lamentation: The Funeral Elegy in Early Modern England, 1603-1660*（単著、Eihosha、2002 年）、『イギリスの詩を読む — ミューズの奏でる寓意・伝説・神話の世界 —』まほろば叢書（編著、かもがわ出版、2016 年）、『十七世紀英文学を歴史的に読む』（共著、金星堂、2015 年）、『イングリッシュ・エレジー — ルネサンス・ロマン派・20 世紀 —』（共著、音羽書房鶴見書店、2000 年）、『文学と女性』（共著、英宝社、2000 年）などがある。

記憶の薄暮
― 十七世紀英国と伝記 ―

2018 年 8 月 30 日　初版第 1 刷発行

■著　　者──齊藤美和
■発 行 者──佐藤　守
■発 行 所──株式会社 大学教育出版
　　　　　　〒700-0953　岡山市南区西市 855-4
　　　　　　電話 (086) 244-1268 ㈹　FAX (086) 246-0294
■印刷製本──モリモト印刷㈱
■Ｄ Ｔ Ｐ──林　雅子

© Miwa Saito 2018, Printed in Japan
検印省略　　落丁・乱丁本はお取り替えいたします。
本書のコピー・スキャン・デジタル化等の無断複製は著作権法上での例外を除き禁じられています。本書を代行業者等の第三者に依頼してスキャンやデジタル化することは、たとえ個人や家庭内での利用でも著作権法違反です。

ISBN978-4-86429-531-4